마더나이트

Mother
Night

마더 나이트

커트 보니것 장편소설

김한영 옮김

문학동네

일러두기

1. 주석은 모두 옮긴이주다.
2. 본문의 고딕체는 원서에서 강조한 부분이다.
3. 장편 문학작품·기타 단행본은 『 』, 단편 문학작품·시는 「 」, 연속간행물·연극·음악
   등은 〈 〉로 구분했다.

차례

서문

　이것은 내 이야기들 가운데 내가 그 교훈을 아는 유일한 이야기이다. 뭐랄까, 대단한 교훈은 아니고, 그저 우연히 알게 된 교훈이다. 그것은, 우리가 쓰려고 하는 가면이 바로 우리 자신이기에, 가면을 신중히 고르라는 것이다.

　나는 나치의 사기 행각을 제한적으로만 경험했다. 1930년대에 고향인 인디애나폴리스에서 몇 명의 열성적이고 야비한 미국인 파시스트가 활동하는 것을 보았다. 그중 한 사람은 나에게 〈시온 의정서〉를 찔러넣어주기도 했는데, 유대인의 세계 정복 음모를 기록한 책 같았다. 또 사람들이 나의 이모를 두고 비웃었던 기억이 난다. 이모는 독일적인 독일인과 결혼하려고 유대인의 피가 조금도 섞이지 않았다는 증빙서류를 얻기 위해 인디애나폴리스시에 편지를 써야 했다. 시장은 고등학교와 댄스스쿨 시절부터 이모와 알고 지내던 사람으로, 독일 사람들이 요구한 서류 위에 재미로 리본과 관공서 봉인을 붙여 18세기 평화협정문처럼 보이게 했다.

얼마 후 전쟁이 터졌다. 나는 참전하여 포로가 되었고, 그 덕에 전쟁이 벌어지는 동안 독일의 일면을 내부에서 볼 수 있었다. 대대 정찰병으로 사병 신분이었던 나는 제네바협정에 따라 노동으로 생계를 유지해야 했다. 그것이 오히려 좋았다. 하루종일 감옥에 갇혀 있지 않고 시골 지역으로 나갈 수 있었기 때문이다. 나는 드레스덴이라는 도시로 이송되어 그곳 사람들과 그들이 살아가는 모습을 보게 되었다.

내가 속한 특별작업반에는 나 같은 포로가 백 명 정도 있었다. 우리는 비타민을 강화한 임산부용 맥아시럽을 만드는 어느 공장에 계약 노동자로 동원되었다. 그 시럽은 히코리 향을 가미한 묽은 벌꿀 같았고, 지금도 구미가 당길 정도로 맛이 좋았다. 드레스덴은 파리처럼 매우 화려하고 사랑스러운 도시로, 전쟁의 손길이 닿지 않았다. 그곳은 군부대나 군수산업체가 전혀 없어 국제법상 보호를 받는 이른바 '무방비' 도시였다.

그러나 내가 이 글을 쓰고 있는 시점으로부터 약 이십일 년 전인 1945년 2월 13일 밤 드레스덴의 하늘은 미국과 영국 폭격기에서 쏟아진 고성능 폭탄으로 뒤덮였다. 특별한 표적이 있는 것은 아니었다. 도시 전체를 불쏘시개로 만들고, 소방관을 지하에 묶어두는 것이 그들의 목적이었다.

수십만 개의 작은 소이탄이 새로 갈아엎은 텃밭에 씨앗을 뿌리듯 거대한 불쏘시개 위로 점점이 쏟아졌다. 계속 쏟아지는 폭탄 때문에 소방관들은 대피호 밖으로 나올 수 없었고, 그사이 작은 불꽃들은 점점 커지면서 서로 합쳐지다가 결국 세상의 종말을 알리는 거대한 화염이 되었다. 화재 폭풍이 일었다. 그건 유럽 역사상 가장 큰 대학살이었다. 그렇다 한들 어쩌랴?

우리는 그 화재 폭풍을 직접 보지 못했다. 여섯 명의 호송병, 그리고 손질하여 가지런히 쌓아둔 소, 돼지, 말, 양의 시체와 함께 어느 도살장의 서늘한 고기 창고에 틀어박혀 있었기 때문이다. 머리 위 여기저기서 폭탄이 쿵쿵 걸어다니는 소리가 들렸다. 가끔씩 수성페인트가 소나기처럼 부스스 쏟아졌다. 만일 구경하러 올라갔다면 순식간에, 화재 폭풍이 지나간 자리에서 볼 수 있는 독특한 인공물들, 즉 타다 남은 2, 3피트 길이의 숯덩이로 변했을 것이다. 사람치고는 우스꽝스러우리만치 왜소하고, 기름에 튀긴 메뚜기치고는 특대형이었으리라.

맥아시럽공장은 날아갔다. 실은 십삼만 오천 명의 헨젤과 그레텔이 생강빵 인형처럼 구워진 지하실들을 제외하고 모든 것이 사라졌다. 우리는 송장을 캐내는 광부가 되어 대피호를 부수고 들어가 시체를 끄집어냈다. 그때 나는 죽음을 맞이한 모든 연령대의 온갖 독일인 유형을 보았는데, 대개는 무릎 위에 귀중품을 그러안고 있었다. 때때로 친족들이 찾아와 시신을 발굴하는 광경을 지켜보았다. 그들 역시 흥미로웠다.

나치와 나의 관계는 그것이 전부다.

만일 내가 독일에서 태어났다면 나 역시 나치당원이 되어 유대인과 집시와 폴란드인을 닥치는 대로 두들겨패고, 눈더미 밖으로 장화만 삐죽 나온 시체들을 내버려두고 나 자신은 따뜻한 방에서 고결한 배를 두드렸을 것이다. 세상은 그런 거니까.

이 이야기에는 명백한 교훈이 또하나 있다. 죽으면 그만이라는 것.

그리고 방금 또다른 교훈이 떠올랐다. 사랑할 수 있을 때 사랑하라는 것. 그것이 남는 장사다.

아이오와주, 1966

편집자의 말

하워드 W. 캠벨 2세의 고백을 담은 이 책의 미국판을 펴내는 과정에서 나는 여느 경우와는 달리 단순한 정보 제공이나 정보 왜곡을 위한 글이 아닌, 그 이상의 의미를 지닌 글을 다루게 되었다. 캠벨은 극악무도한 범죄를 저지른 사람이었을 뿐 아니라, 작가이자 한때 약간의 명성을 얻은 극작가였다. 그가 작가였다는 말은 예술상의 필요만으로도 거짓말을 할 자격, 다시 말해 거짓말을 하고도 보복을 당하지 않을 면죄부가 주어진다는 뜻이다. 그가 극작가였다는 말은 독자에게 더욱 엄중한 경고를 던져준다. 인간의 삶과 열정을 비틀고 일그러뜨려 연극 무대 같은 그로테스크한 인위적 공간에 올려놓는 사람보다 거짓말을 더 잘하는 사람은 없을 테니 말이다.

방금 나는 거짓말에 대해 이야기했다. 그러니 이젠 예컨대 극장에서나 캠벨의 고백록에서처럼 예술적 효과를 위해 사용된 거짓말은 보다 높은 차원에서 보면 진실을 가장 재미있게 각색한 형태일 수 있다는 견해를 조심스럽게 피력해본다.

그렇다고 이 견해를 가지고 논쟁할 생각은 전혀 없다. 편집자로서 나의 임무는 논쟁과 무관하니까. 내 임무는 캠벨의 고백을 가장 만족스러운 문체로 전달하는 것이다.

본문을 수정한 대목에 대해 말하자면, 편집자가 고친 것은 거의 없다. 나는 철자를 약간 교정하고, 감탄부호 몇 개를 옮겼으며, 필요한 부분은 빠짐없이 고딕체로 바꿨다.

몇몇 부분에서는 아직 살아 있는 무고한 사람들의 체면이나 이익을 보호하기 위해 이름을 바꿨다. 예를 들어 버나드 B. 오헤어, 해럴드 J. 스패로, 닥터 에이브러햄 엡스타인은 모두 꾸며낸 이름이다. 마찬가지로 스패로의 군번이나 재향군인회의 이름도 지어낸 것이다. 예컨대 브루클라인 재향군인회의 프랜시스 X. 도노번 지부는 실제로 존재하지 않는다.

하워드 W. 캠벨 2세의 정확성보다는 나의 정확성이 문제가 될 수 있는 곳이 한 군데 있다. 22장에서 캠벨이 자작시 세 편을 영어와 독일어로 동시에 인용한 대목이다. 그의 원고에서 영어 시들은 완벽하게 뜻이 통하지만, 캠벨의 기억에서 나온 독일어 시들은 여러 번의 수정으로 혼탁하고 불명료해진 탓에 이해하기 어려운 부분이 많다. 캠벨은 독일어 작가임을 자랑스러워했고, 영어 사용에는 무관심했다. 독일어 구사에 대한 자부심을 정당화하려는 노력으로 그는 그 시들의 독일어판을 끊임없이 수정했지만 결코 만족하지 못했다.

따라서 독일어로 쓰인 그 시들이 애초에 어떤 내용이었는지를 보여주기 위해 나는 정밀한 복원 작업을 의뢰해야만 했다. 이를테면 사금파리로 꽃병을 만드는 그 작업을 떠맡은 사람은 뛰어난 언어학자이자 훌륭한 여성 시인인, 매사추세츠주 코튜잇에 사는 시어도어 롤리 여사였다.

중요한 삭제는 두 곳에서만 이루어졌다. 39장에서 나는 출판 변호사의 주장에 따라 한 구절을 삭제했다. 캠벨의 원본에서는 '백인계 후손들의 미국 헌법 철위대' 대원 한 명이 연방 수사관에게 다음과 같이 소리친다. "내가 당신보다 더 훌륭한 미국인이야! 우리 아버지가 '나는 미국인이다의 날'을 제정했다구!" 목격자들은 하나같이 그런 주장이 있긴 했지만 명확한 근거는 없다고 말한다. 출판 변호사는 그 글에 담긴 주장이 실제로 '나는 미국인이다의 날'을 제정한 사람들의 명예를 훼손할 수 있다고 생각했다.

어쨌거나 목격자들의 증언을 참고하자면, 캠벨은 그 말을 나름대로 정확하게 기록한 것 같다. 그는 레지 노트가 죽기 전에 한 말도 빠짐없이 재현했다고 모두가 증언한다.

그 밖에는 원문의 23장에서 외설적인 한 구절을 삭제했다. 캠벨이 이름도 모르는 어느 편집자에게 외설적인 부분을 삭제하라고 요구하는 글을 자신의 본문에 남겨놓지 않았다면, 나는 그 장을 원래대로 남겨두고 나 자신을 훌륭한 편집자라고 여겼을 것이다.

이 책의 제목은 캠벨이 쓴 글의 제목과 동일하다. 그것은 괴테의 『파우스트』에 등장하는 메피스토펠레스의 말에서 따왔다. 칼라일 F. 매킨타이어의 번역(New Directions, 1941)을 빌리자면 그 말은 다음과 같다.

나는 태초에 전부였던 암흑의 일부, 빛을 낳은 밤의 일부이다. 건방진 빛은 이제 암흑의 오랜 지위와 공간을 차지하기 위해 그녀와 다투고 있지만 성공을 거두진 못하리라. 빛은 제아무리 애를 써도 물질에 들러붙어 있어 자유로울 수가 없다. 빛은 물질에서 흘러나오고 물질을 아름답게 만든다. 그러나 단단한 물체는 빛의 진로를 가로막기 때문에 빛과 이 세상의 물질은 머지않아 함께 파멸할 것이다.

이 책의 헌사 또한 캠벨의 헌사와 동일하다. 캠벨은 헌사에 대해 어떤 장에서 다음과 같이 썼다가 나중에 그 장을 삭제했다.

나는 어떤 종류의 책을 쓸지 정하기도 전에 헌사부터 썼다. '마타 하리에게 바침'이 그것이다. 마타 하리는 간첩 활동을 위해 몸을 팔았고, 나 역시 그랬다.

이젠 이 책이 얼마간 완성되었으므로, 나는 누구든 덜 이국적이고 덜 환상적이고 보다 현대적인 인물, 즉 무성영화의 주인공 같은 분위기가 덜 풍기는 누군가에게 이 책을 바치고 싶다.

나는 이 책을 내가 아는 한 사람에게 바치고 싶다. 남자든 여자든 상관없다. 자신의 악행이 널리 알려졌음에도 스스로에게 다음과 같이 말할 수 있는 사람이면 된다. "나의 깊은 내면에는 아주 선한 나, 진짜 나, 천국에서 만들어진 내가 감춰져 있다."

많은 사람이 떠오른다. 나는 그들의 이름을 길버트와 설리번*의 익살스러운 노래처럼 줄줄이 욀 수도 있다. 그러나 이 책을 헌정할 만한 단 한 사람의 이름은 딱히 떠오르지 않는다. 나 자신의 이름밖에는.

그러니 나는 다음과 같은 헌사로 나 자신에게 경의를 표하고자 한다.

이 책을 하워드 W. 캠벨 2세에게 바치노라. 그는 너무나

---

* 19세기 말 희가극을 공동 작곡한 영국의 극작가 길버트와 작곡가 설리번.

공공연하게 악에 봉사하고 너무나 은밀하게 선에 봉사했다.
이것은 그의 시대가 낳은 범죄였다.

커트 보니것 2세

하워드 W. 캠벨 2세의
고백록

마타 하리에게 바침

그렇게 죽은 영혼을 안고 그는 거기에 살고 있다.

어느 누가 한 번쯤 되뇌어보지 않았을까?

나의 땅, 내가 태어난 조국은 여기라고.

어느 누구의 심장이 한 번쯤 불타오르지 않았을까?

낯선 타향을 방황하다 발길을 돌려 고국으로 향할 때.

— 월터 스콧 경

1. 디글랏 빌레셀 3세

내 이름은 하워드 W. 캠벨 2세다.

나는 미국 출생이고, 세평에 따르자면 나치당원이며, 성향은 무국적자다.

내가 이 책을 쓰고 있는 지금은 1961년이다.

나는 이 책을 '하이파 전범 기록 연구소' 소장인 투비아 프리드만 씨에게 전하고, 또한 이 이야기와 관련이 있을지 모르는 모든 사람에게 전하고 싶다.

프리드만 씨가 이 책에 흥미를 가질 만한 이유는 무엇일까?

전범 혐의를 받는 사람이 쓴 책이기 때문이다. 프리드만 씨는 그런 사람들을 전문으로 연구하는 사람이다. 그는 내 글이 적절하기만 하다면 나치의 악행을 모은 그의 문서보관소에 추가하고 싶다는 열망을 표현한 바 있다. 그는 나에게 타자기 한 대, 무료 속기 서비스, 몇 명의 보조원을 대줄 정도로 열성적이다. 보조원들은 내 이야기의 완성도와 정확도를 높이기 위해 내가 필요로 하는 사실이면 무엇이든 찾아내고 확인할 것이다.

나는 감옥에 갇혀 있다.

나는 낡은 예루살렘의 새로 지은 훌륭한 감옥에 갇혀 있다.

나는 내가 저지른 전쟁범죄 때문에 이스라엘 공화국의 공정한 재판을 기다리고 있다.

프리드만 씨가 보내준 다소 기이한 타자기는 쓰임새가 적절하다. 이것은 2차세계대전중에 독일에서 만든 타자기가 분명하다. 어떻게 아느냐고? 아주 간단하다. 독일 제3제국 이전에는 결코 사용하지 않았고, 앞으로도 결코 사용하지 않을 기호가 자판에 있기 때문이다.

그 기호는 나치의 기관 중에서도 가장 광신적인 히틀러 친위대Schutzstaffel, 즉 공포의 SS를 칠 때 사용하는 쌍번개 자판이다.

나는 전쟁 내내 독일에서 그런 타자기를 사용했다. 종종 열정적으로 친위대에 관한 글을 쓸 때면 절대로 'SS'라는 약자를 사용하지 않고 언제나 훨씬 더 놀랍고 마술적인 그 쌍번개 자판을 두드렸다.

까마득한 옛날 이야기다.

나는 옛날 이야기에 둘러싸여 있다. 내가 썩고 있는 감방은 새로 지은 것이지만, 귀동냥으로 건물에 사용된 어떤 돌들은 솔로몬 시대에 깎은 것이라고 들었다.

그리고 이따금 감옥 창밖으로 갓 태어난 이스라엘 공화국의 쾌활하고 건방진 젊은이들을 보고 있노라면, 나와 나의 전쟁범죄도 솔로몬의 회색 돌덩이만큼이나 까마득히 오래된 것처럼 여겨진다.

그 전쟁, 그 2차세계대전은 얼마나 오래된 일인가! 그때 일어난 전쟁범죄도 얼마나 오래된 일인가!

그것은 지금 얼마나 까맣게, 심지어 유대인 자신들에게, 특히 젊은 유대인들에게 얼마나 완벽하게 잊혔는가!

나를 감시하는 유대인 가운데 한 명은 전쟁에 대해 아무것도 모르고 관심조차 없다. 그의 이름은 아르놀트 마르크스이다. 아르놀트는 머리가 아주 빨갛고, 겨우 열여덟 살이다. 이건 히틀러가 죽었을 때 세 살이었고, 내가 전범이 될 무렵엔 존재하지도 않았다는 뜻이다.

그는 아침 여섯시부터 정오까지 나를 감시한다.

아르놀트는 이스라엘에서 태어났고, 이스라엘 밖으로 나가본 적이 없다.

그의 어머니와 아버지는 1930년대 초에 독일을 떠났다. 그의 할아버지는 1차세계대전에서 철십자 훈장을 받았다고 한다.

아르놀트는 변호사 공부를 하고 있다. 그와 총기 제작자인 그의 아버지는 부업으로 고고학에 종사하고 있다. 부자는 틈만 나면 하솔 유적을 발굴한다. 이가엘 야딘이라는 사람이 그들의 발굴 작업을 감독하는데, 이가엘은 아랍과의 전쟁에서 이스라엘군 참모장을 지낸 인물이다.

어쨌거나.

아르놀트의 말에 따르면 하솔은 최소한 기원전 1900년 전부터 팔레스타인 북부에 존재했던 가나안 왕국의 도시였다고 한다. 기원전 1400년경에 이스라엘 군대가 하솔을 점령하여 사만 명의 주민을 모두 죽이고 도시를 불태웠다고 한다.

"솔로몬이 그 도시를 재건했죠. 하지만 기원전 732년에 디글랏 빌레셀 3세가 다시 파괴했어요." 아르놀트가 말했다.

"누구라고?" 내가 물었다.

"디글랏 빌레셀 3세요. 아시리아의 왕이었죠."

아르놀트는 내 기억을 슬쩍 찔러보았다.

"아, 그 디글랏 빌레셀."

"그에 대해 들어본 적 없어요?"

나는 겸손하게 어깨를 으쓱했다.

"들어본 적이 없다네, 부끄러운 일이지만."

아르놀트는 교장선생님처럼 눈살을 찌푸렸다.

"그러니까 말이죠, 디글랏 빌레셀 3세는 정말 모두가 알아야 할 인물이에요. 아시리아에서 가장 위대한 인물일 겁니다."

"아."

"원한다면 그에 관한 책을 갖다드리죠."

"참 고마운 말이군. 나중에 기회가 된다면 위대한 아시리아인에 대해 알아보도록 하겠네. 하지만 지금은 훌륭한 독일인에게 정신이 팔려 있다네."

"이를테면, 누구죠?"

"아, 요즘엔 나의 상관이었던 파울 요제프 괴벨스에 대해 많이 생각하고 있다네."

"누구라고요?"

아르놀트는 멍한 눈으로 나를 바라보았다.

그 순간 나는 팔레스타인 성지에서 몰려온 흙먼지에 파묻히는 듯한 느낌을 받았고, 훗날 모래흙과 돌무더기가 내 몸뚱이 위로 첩첩이 쌓일 것임을 깨달았다. 파괴된 도시의 잔해가 내 위로 3, 40피트나 높이 쌓이는 느낌이 들었다. 내 밑으로는 원시의 조개더미와 신전 한두 채가 파묻혀 있고.

그 밑에 디글랏 빌레셀 3세가 누워 있다.

2. 특별사역반

 정오에 아르놀트 마르크스와 교대하는 간수는 내 나이 또래의 마흔여덟 살 남자다. 그는 전쟁을 제대로 기억하지만, 그 기억을 떠올리고 싶어하진 않는다.
 그의 이름은 안도르 구트만이다. 안도르는 조는 듯한, 그리 영특하지 않은 에스토니아계 유대인이다. 그는 아우슈비츠의 집단학살 수용소에서 이 년을 보냈는데, 화장터의 연기가 되어 굴뚝 위로 사라지기 일보 직전까지 갔다고 마지못해 털어놓았다.
 "히틀러가 화장터의 가마들을 폐쇄하라고 명령할 당시 나는 막 존더코만도에 배속된 상태였소."
 존더코만도는 '특별사역반'이란 뜻이다. 아우슈비츠에서 그것은 정말로 특별한 사역반이었다. 죄수로 구성되었고, 처형할 유대인을 가스실에 처넣고 그들의 시체를 끄집어내는 임무가 주어졌으니 말이다. 일이 끝나면 이번엔 자신들이 죽을 차례였다. 후임자들에게 내려지는 첫번째 임무는 그들의 유해를 처리하는 일이었다.

사실은 많은 죄수들이 특별사역반에 자발적으로 지원했다고 구트만이 말했다.

"왜죠?" 내가 물었다.

"당신이 책을 한 권 써서 그 '왜?'라는 질문에 답한다면 아주 위대한 책이 될 거요."

"당신은 그 답을 알고 있소?"

"모르오. 나도 모르기 때문에 그런 책이 나온다면 값이 아주 비싸더라도 사볼 생각이오."

"대충 짐작이라도?"

그는 내 눈을 똑바로 쳐다보았다.

"모른다니까. 나도 지원자였지만 알 수가 없소."

그는 거기까지 털어놓은 뒤 잠시 밖으로 나갔다. 아우슈비츠에 대해, 그가 가장 생각하기 싫어하는 그 일에 대해 기억을 가다듬었다. 그리고 다시 돌아와 내게 말했다.

"수용소 곳곳에 확성기가 있었소. 잠시도 조용할 때가 없었지. 확성기에서는 수많은 음악이 흘러나왔소. 음악을 하는 사람들 말로는 대개 훌륭한 음악이었고, 때로는 최고의 음악이었다고 하더군."

"그것참 흥미롭군요."

"유대인의 음악은 전혀 없었소. 그건 금지되었죠."

"당연히 그랬겠죠."

"그런데 음악은 항상 중간에 멈췄고 그사이에 안내 방송이 흘러나왔소. 하루종일 음악과 방송이 끊이질 않았던 거요."

"아주 현대적이군요."

그는 눈을 감고 기억을 더듬었다.

"항상 읊조리던 방송이 하나 있었어요. 꼭 자장가 같았지요. 하루에도 여러 번 흘러나왔는데, 그건 특별사역반을 소집하는 방송이었소."

"그래요?"

그가 눈을 감은 채 읊조렸다. "라이헨트레거 추 바헤."

번역하면 "시체 운반원은 경비실로 오라"는 뜻이다. 수백만 명의 인간을 죽여 없애기 위해 특별히 설립한 기관이니 당연히 그런 방송이 자주 나왔을 것이다.

"이 년 동안 매일 확성기를 통해 음악 중간중간에 그런 방송을 들으니까, 시체 운반원이 아주 훌륭한 직업으로 들리더군요."

"이해합니다."

"이해한다구요?" 그는 고개를 가로저었다. "난 이해가 안 돼요. 앞으로도 계속 부끄러울 겁니다. 특별사역반에 지원한

건…… 정말이지 부끄러운 일이었소."

"난 그렇게 생각하지 않습니다."

"아니, 난 그렇게 생각해요. 부끄러운 일이죠. 다시는 그 이야기를 꺼내고 싶지 않소."

3. 연탄

매일 저녁 여섯시에 안도르 구트만과 교대하는 간수는 아르 파드 코바치다. 아르파드는 따발총처럼 말이 많고 쾌활한 사람 이다.

어제저녁 여섯시에 근무하러 왔을 때에는 나에게 지금까지 쓴 글을 보여달라고 했다. 내가 두어 장을 건네자 그는 복도를 왔다갔다하고 손을 휘저으며 내 글을 요란스레 칭찬했다.

그는 내 글을 읽지도 않았다. 다만 그 위에 적혀 있을 거라 지 레 상상한 것을 두고 칭찬했을 뿐이다.

어제저녁에 그는 이렇게 말했다.

"이걸 그 병신 같은 놈들에게 보여줘야 해! 그 쓸개 빠진 연 탄들에게!"

연탄이란 나치가 들이닥쳤을 때 자기 자신이나 다른 사람의 목숨을 구하기 위해 아무런 노력도 하지 않은 사람, 나치가 시키는 대로 고분고분 따라 하다 제 발로 가스실에 걸어들어간 사람을 말했다. 연탄은 물론 석탄 가루를 찍어 만든 덩어리로, 운반, 저장, 연소에 관한 한 편리함의 대명사다.

나치 치하의 헝가리에서 유대인으로 살아남는 문제에 부딪혔을 때 아르파드는 연탄이 되기를 거부했다. 오히려 정반대로 위조서류를 만들어 헝가리 SS에 입대했다.

나에 대한 동정심에는 그런 사실이 바닥에 깔려 있다. 어제저녁에 그가 말했다. "인간이라면 살아남기 위해 무엇을 해야 하는지 그들에게 가르쳐주시오! 연탄이 된다고 해서 얼마나 고상해지겠소?"

"내 방송을 들어본 적이 없소?" 내가 물었다. 내 전쟁범죄의 수단은 라디오 방송이었다. 나는 나치의 라디오 선전원이었고, 교활하고 역겨운 반유대주의자였다.

"못 들어봤소." 그가 말했다.

그래서 나는 한 방송의 필사본을 그에게 보여주었다. 하이파 연구소가 나에게 보내준 필사본이었다. "이걸 읽어봐요."

"됐어요. 당시에는 모두가 앵무새처럼 똑같은 이야기만 지껄였으니까."

"그래도 읽어봐요. 부탁하는 거니까."

그래서 그는 필사본을 읽었고, 그의 얼굴은 갈수록 일그러졌다. 그가 필사본을 돌려주며 말했다. "실망스럽군요."

"왜요?"

"너무 약해요! 주제도 없고, 양념도 없고, 맛도 없잖소! 난 당신이 인종을 비난하는 분야의 대가인 줄 알았는데!"

"아닌가요?"

"만일 나의 SS 소대원 중 누구라도 유대인에 대해 그렇게 우호적인 발언을 했다면, 난 그놈을 반역죄로 쏴 죽였을 거요! 괴벨스는 당신을 해고하고 나를 그 자리에 앉혔어야 했어! 그러면 온 세상을 쑥대밭으로 만들었을 텐데!"

"당신은 이미 당신의 SS 소대로 한몫했잖소?"

아르파드는 SS 시절을 떠올리며 미소를 지었다.

"나는 정말 대단한 아리아인이었죠!"

"아무도 당신을 의심하지 않았소?"

"누가 감히 의심을 해요? 나는 정말로 순수하고 잔인한 아리아인이었기 때문에 특수 분대에 들어가기까지 했는걸요. 우리 임무는 유대인이 어떻게 SS의 다음 작전을 번번이 알아맞히는지를 밝히는 거였죠. 어디선가 정보가 새고 있었고, 우린 그걸 찾아야 했어요."

당시를 기억하는 그의 표정은, 실은 첩자가 바로 자기였는데도, 정말 비통하고 결연했다.

"당신의 분대는 임무를 완수했나요?" 내가 물었다.

"이건 정말 고소한 이야기인데 말이죠. SS 대원 열네 명이 우리의 추천으로 총살을 당했지요. 아돌프 아이히만이 몸소 우리를 치하하더군."

"그를 직접 만났다고요?"

"그럼요. 그런데 그가 얼마나 중요한 인물이었는지 몰랐던 게 두고두고 후회돼요."

"왜죠?"

"그를 죽일 수도 있었으니까."

4. 가죽끈

베르나르트 멩겔은 자정부터 아침 여섯시까지 나를 감시하는 폴란드계 유대인이고, 아르파드처럼 내 나이 또래다. 2차세계대전중에 그는 죽은 사람 연기를 너무나 훌륭하게 해서 목숨을 건졌다. 독일군 병사가 그의 치아 세 개를 뽑고도 시체가 아니라는 것을 몰랐으니까.

그 병사는 멩겔의 어금니 세 개에 씌워놓은 금을 탐냈다.

그래서 어금니 세 개를 뽑아갔다.

멩겔은 내가 이곳 감옥에서 아주 시끄럽게 잠을 잔다고 말해줬다. 매일 밤 뒤척이며 중얼거린다는 것이다.

오늘 아침에 멩겔이 말했다.

"난 당신처럼 전시에 저지른 짓 때문에 양심의 가책을 느끼는 사람을 어디서도 보지 못했소. 다른 사람들은 어느 편에서 무슨 짓을 했건 자기가 선량한 사람이라서 그렇게 행동했다고 확신하거든."

"무엇 때문에 내가 양심의 가책을 느낀다고 생각하시오?"

내가 물었다.

"당신이 자는 모습, 당신이 꿈꾸는 모습 때문이지. 헤스는 그렇게 잠을 자진 않았소. 죽는 그날까지 무슨 성자처럼 잠을 자더군."

멩겔은 아우슈비츠 유대인 수용소장인 루돌프 프란츠 헤스를 말하고 있었다. 그의 따뜻한 보살핌 속에서 말 그대로 유대인 수백만 명이 독가스를 마셨다. 멩겔은 헤스에 대해 좀 알고 있었다. 1947년 이스라엘로 이주하기 전에 헤스를 교수형에 처하는 데 한몫했던 것이다.

그가 증언을 했다는 뜻이 아니다. 그는 큼직한 두 손으로 그 일에 참여했다. 그가 말했다. "헤스를 교수형에 처할 때 내가 그의 양 발목을 끈으로 묶었지. 가죽끈으로 아주 꽉 묶었다오."

"그래서 만족스럽던가요?" 내가 물었다.

"아니요. 나 역시 그 전쟁을 겪은 다른 사람들과 똑같았소. 모든 일이 어쩔 수 없이 해야 하는 일이었지. 어떤 일이든 다른 일보다 좋거나 나쁘지 않았소."

멩겔이 계속 말했다. "헤스를 처형한 뒤 나는 고향으로 돌아가려고 짐을 꾸렸소. 트렁크의 걸쇠가 망가져 큰 가죽끈으로 가방을 졸라맸지. 한 시간 내에 똑같은 일을 두 번이나 했던 거요. 한 번은 헤스를 졸라매고 또 한번은 트렁크를 졸라맸지. 두 일이 거의 똑같이 느껴지더군."

5. "최후의 모든 것을 다 바쳐"

나 역시 아우슈비츠의 소장 루돌프 헤스를 알고 있었다. 전쟁 중 바르샤바에서 열린 신년 전야제 파티에서 그를 만난 적이 있다. 1944년이 시작되는 순간이었다.

파티에서 내가 작가라는 말을 들은 헤스는 나를 한쪽으로 끌고 가더니 자기도 글을 쓰고 싶다고 말했다.

"당신처럼 창작을 하는 사람이 얼마나 부러운지 아시오? 창작은 신의 선물이지."

헤스는 나에게 들려줄 놀라운 이야기가 있는데, 그것은 모두 사실이지만 사람들은 믿지 못할 것이라고 말했다.

헤스는 전쟁에서 승리하기 전에는 그 이야기를 들려줄 수 없다고 했다. 그리고 전쟁이 끝나면 우리가 공동으로 소설을 쓸 수도 있지 않겠느냐는 것이었다.

그가 동정을 구하는 눈빛으로 내게 말했다.

"말로 할 수는 있지만 글로 쓰진 못하겠단 말이오. 글을 쓰려고 앉으면 그대로 얼어붙거든."

바르샤바에서 나는 무엇을 하고 있었을까?

나는 독일 대중연예선전부 장관이자 나의 상관인 제국 지도자, 파울 요제프 괴벨스 박사의 명령을 받고 그곳에 파견되었다. 나는 능력이 뛰어난 극작가였고, 괴벨스 박사는 나의 그런 능력을 이용하고자 했다. 괴벨스 박사는 최후의 모든 것을 다 바친 병사들을 기리는 야외극을 구상하고 있었다. 구체적으로는 바르샤바 유대인 거주지에서 유대인 봉기를 진압하다 목숨을 잃은 병사들이었다.

괴벨스 박사는 전쟁이 끝나면 바르샤바에서 매년 그 야외극을 상연하고, 게토의 잔해를 연극의 배경으로 보존하겠다는 꿈을 갖고 있었다.

"이 연극에 유대인도 넣을까요?" 내가 물었다.

"물론. 수천 명이 들어가야겠지."

"이런 질문을 드려도 될지 모르겠지만, 전쟁이 끝나면 어디서 유대인을 끌어다 씁니까?"

그는 내 말에 담긴 유머를 꿰뚫어보고 껄껄 웃더니 이렇게 말했다.

"아주 좋은 질문이야. 그 문제는 헤스와 상의하도록 하지."

"누구요?" 나는 아직 바르샤바에 가본 적이 없었고, 헤스 동지를 만나보지도 못했다.

괴벨스가 말했다. "그는 바르샤바에서 작은 유대인 휴양소를 운영하고 있지. 그에게 조금만 남겨달라고 부탁하면 틀림없이 들어줄 걸세."

이 소름 끼치는 야외극도 나의 전쟁범죄 목록에 추가될까? 다행히 아니다. 야외극은 가제목만 정해졌을 뿐 더이상 진전되지 않았다. 임시로 정한 제목은 '최후의 모든 것을 다 바쳐'였다.

그러나 시간이 충분했다면, 그리고 나의 상관들이 계속 재촉했다면 나는 필시 그것을 썼을 것이다. 기꺼이 인정하는 바이다.

사실, 나는 거의 모든 것을 기꺼이 인정한다.

야외극으로 말하자면, 그것은 특별한 결과로 이어졌다. 그 덕분에 에이브러햄 링컨의 게티즈버그 연설이 괴벨스의 관심을 끌었고, 그런 다음 히틀러의 관심까지 끌었다.

괴벨스가 어디서 그런 제목을 따왔느냐고 물었을 때 나는 게티즈버그 연설의 전문을 번역해주었다.

그는 입술을 계속 놀리며 연설문을 읽은 다음 말했다.

"자네도 알다시피, 이건 정말 위대하기 짝이 없는 선전문이네. 지금까지 우린 한 번도 우리가 바라는 만큼 현대적이거나, 과거를 뛰어넘은 적이 없어."

"제 조국에선 아주 유명한 연설입니다. 초등학생이라면 누구나 암기해야 하죠."

"미국이 그리운가?"

"산과 강, 드넓은 평원과 숲이 그립습니다. 하지만 유대인이 설치고 돌아다닌다면 결코 행복하지 못할 겁니다."

"때가 되면 모두 처리될 걸세."

"그날을 위해 살아야죠. 저와 제 아내는 그날이 오기만을 기다리고 있습니다."

"안사람은 어떤가?"

"아주 건강하게 잘 지냅니다. 감사합니다."

"아름다운 여성이더군."

"아내에게 그 말씀을 꼭 전하겠습니다. 대단히 기뻐할 겁니다."

"링컨의 연설문 말인데." 그가 말했다.

"네?"

"여기에는 독일 국립묘지의 헌정사에 아주 긴요하게 써먹을 만한 구절들이 있어. 사실 말이지, 우리 독일의 헌정사는 어느 구절 하나 마음에 드는 것이 없다네. 그런데 여기에는 내가 찾고 있던 신선한 그 무엇이 들어 있어. 이걸 총통 각하께 보내고 싶네."

"분부만 내리십시오, 장군님."

"설마, 링컨이 유대인은 아니겠지?"

"물론 아닙니다."

"나중에 그가 유대인이라고 드러나면 아주 곤란해질 걸세."

"그가 유대인이라는 말은 금시초문입니다."

"실은 에이브러햄이란 이름이 영 의심스럽거든." 괴벨스가 말했다.

"그의 부모는 그게 유대인 이름이란 걸 몰랐을 겁니다. 그냥 발음이 좋아서 붙였겠지요. 그들은 하찮은 개척민이었거든요. 그게 유대식 이름이란 걸 알았다면 틀림없이 좀더 미국적인 이름을 지어줬을 겁니다. 조지나 스탠리나 프레드 같은."

이 주 후 게티즈버그 연설문이 히틀러에게서 돌아왔다. 서류 위에는 다음과 같은 글이 적힌 총통의 쪽지가 스테이플로 박혀 있었다. "이 연설의 몇몇 부분에선 가슴이 미어져 눈물이 날 지경이다. 모든 북방 민족은 군인에게 깊은 애정을 느낀다는 점에서 하나다. 이것이 우리를 묶어주는 가장 큰 결속력이다."

이상하게도 나는 히틀러나 괴벨스나 헤스나 괴링을 비롯하여 '2'라는 숫자가 붙은 세계대전의 주역들을 꿈에서 본 적이 없다. 대신에 여자들 꿈을 꾼다.

나는 이곳 예루살렘에서 잠을 잘 때 나를 감시하는 간수 베르나르트 멩겔에게, 내가 무슨 꿈을 꾸는지 무엇을 보고 알 수 있느냐고 물었다.

"간밤에 말이오?"

"아무 때라도."

"간밤엔 여자였소. 두 명의 이름을 반복해서 말하더군."

"누구였죠?"

"한 명은 헬가였소."

"내 아내요."

"또 한 명은 레지였소."

"처제로군. 그냥 그들의 이름을 부른 거요. 그게 전부요."

"그리고 '안녕'이라고 말했소."

"안녕이라." 나는 그 말을 되뇌었다. 꿈에서든 현실에서든 틀림없이 그럴 만했다. 헬가와 레지는 둘 다 저세상으로 떠났으니까.

멩겔이 말했다. "그리고 뉴욕에 대한 이야기도 있었소. 뭐라고 중얼거리더니 '뉴욕'이라고 말했소. 그런 다음 또다시 중얼거리더군."

그 역시 그럴 만했다. 이스라엘로 오기 전에 오랫동안 뉴욕에서 살았으니까.

"뉴욕은 분명 천국이겠지." 멩겔이 말했다.

"당신에겐 천국일 수 있겠지만, 나에겐 지옥이었소. 아니, 지옥보다 더 끔찍했지."

"지옥보다 더 끔찍한 게 뭐란 말이오?"

내가 대답했다. "연옥이라오."

6. 연옥

나의 연옥인 뉴욕에 대해 말하자면, 나는 그곳에서 십사 년을 살았다.

2차세계대전이 끝나고 나는 독일에서 사라졌다. 그리고 아무도 몰래 그리니치빌리지에 나타났다. 그곳에서 나는 벽 속에서 쥐들이 찍찍거리고 발톱으로 벽을 긁어대는 암울한 다락방 하나를 빌렸다. 그리고 한 달 전까지 그곳에서 살다가 재판을 받기 위해 이스라엘로 끌려왔다.

쥐가 들끓는 그 다락방에는 그래도 한 가지 봐줄 만한 점이 있었다. 뒤창 밖으로 작은 사유지 공원이 내려다보인다는 것이었다. 그것은 몇 개의 뒷마당이 합쳐져 이루어진 작은 에덴동산이었다. 그 공원, 그 에덴동산은 집들로 둘러싸여 거리에서 완전히 분리돼 있었다.

공원은 아이들이 술래잡기를 하고 놀아도 될 만큼 널찍했다.

그 작은 에덴동산에서 아이가 외치는 짤막한 노랫소리가 종종 들려왔는데, 매번 나는 하던 일을 멈추고 그 소리에 귀를 기울였다. 감미롭고도 구슬픈 그 노래는 이제 술래잡기를 마치고 집으로 돌아갈 시간이 되었으니 아직도 숨어 있는 사람은 모두 나오라는 뜻이었다.

그 노래는 이러했다. "올리 올리 옥스 인 프리."*

나는 나를 해치거나 죽이려 들지 모르는 수많은 사람들로부터 숨어 지내는 처지에서 종종 누군가가 나에게 그 짧은 노래를 불러주기를, 그래서 이제 나의 끝없는 술래잡기가 끝났음을 알려주기를 간절히 원했다.

"올리 올리 옥스 인 프리."

---

* Olly-olly-ox-in-free. 원래는 'Olly-olly-oxen-free'임. '소야, 소야, 이제 나오렴'이라는 뜻으로 우리말의 '못 찾겠다, 꾀꼬리' 정도에 해당한다.

7. 자서전

　나, 하워드 W. 캠벨 2세는 1912년 2월 16일 뉴욕주 스케넥터디에서 태어났다. 아버지는 침례교 목사의 아들로 태어나 테네시에서 자랐고, 제너럴일렉트릭사의 서비스부에서 기사로 일했다.

　서비스부의 임무는 세계 곳곳으로 팔려나간 제너럴일렉트릭사의 중장비를 설치, 유지, 보수하는 것이었다. 처음에 아버지에게 할당된 지역은 미국뿐이었지만, 집에 들어오는 날이 거의 없었다. 또한 아버지의 직업은 아주 다양한 기술을 요구했기 때문에 아버지는 다른 어떤 일에도 시간과 상상력을 할애할 여유가 없었다. 사람이 곧 직업이고 직업이 곧 사람이었다.

　내가 지켜본 바로는, 기술 서적을 제외하고 아버지가 들여다본 유일한 책은 1차세계대전을 다룬 그림 역사책이었다. 수많은 사진이 실린, 세로 1피트에 가로 1.5피트나 되는 커다란 책이었다. 아버지는 그 전쟁에 참전하지 않았지만 틈만 나면 지루한 줄 모르고 그 책을 들여다봤다.

아버지는 그 책이 자신에게 어떤 의미인지 말하지 않았고, 나 역시 아버지에게 묻지 않았다. 아버지는 단지 그건 아이들 책이 아니므로 내가 그 책을 봐서는 안 된다고 말했을 뿐이다.

그래서 당연히, 나는 혼자 있을 때마다 그 책을 펼쳐봤다. 책에는 가시철조망에 매달린 남자들, 팔다리가 잘린 여자들, 땔감처럼 쌓인 시체들 사진이 있었다. 세계대전의 흔한 풍경이었다.

어머니는 인디애나폴리스 출신으로 초상 사진가의 딸이었고, 결혼 전 이름은 버지니아 크로커였다. 어머니는 가정주부이자 아마추어 첼리스트로, 스케넥터디 관현악단에서 첼로를 연주했고, 한때는 나를 첼로 연주자로 키울 꿈을 갖기도 했다.

나는 첼로 연주를 잘하지 못했다. 아버지처럼 지독한 음치였기 때문이다.

나는 외아들이었고 아버지는 거의 집에 들어오지 않았기 때문에, 여러 해 동안 나는 어머니의 말동무 노릇을 했다. 어머니는 아름답고, 재기 넘치고, 병적인 사람이었다. 지금 생각해보면 어머니는 거의 매일 취해 있었던 것 같다. 한번은 접시에 소독용 알코올과 식용 소금을 가득 따랐다. 그리고 그 접시를 식탁에 올려놓고 전등을 모두 끈 다음 나를 식탁 맞은편에 앉혔다.

그리고 어머니는 접시에 성냥불을 갖다댔다. 그러자 순수한 노랑에 가까운 나트륨 불꽃이 일었고, 그 때문에 어머니는 나에게, 나는 어머니에게 시체처럼 보였다. 어머니가 말했다.

"자, 보렴. 사람이 죽으면 이렇게 보인단다."

이 기괴한 실험은 나만 겁먹게 한 것이 아니었다. 어머니 역시 겁에 질렸다. 어머니는 자신의 기괴함에 스스로 놀랐는지, 그때부터 나를 말동무로 삼지 않았다. 그 이후부터 어머니는 거의 말을 걸지 않았는데, 나를 짐짓 외면한 것은 그보다 더 괴이한 말이나 행동을 하지 않을까 두려워서였을 것이다.

이것은 모두 내가 열 살이 되기 전 스케넥터디에 살 때 일어난 일이다.

내가 열한 살이 된 1923년에 아버지는 제너럴일렉트릭사의 베를린 지부로 발령을 받았다. 그때부터 내 교육, 친구, 제1언어는 독일식으로 바뀌었다.

나는 결국 독일어로 글을 쓰는 극작가가 되었고, 독일 배우인 헬가 노트와 결혼했다. 아내는 베를린 경찰국장 베르너 노트 씨의 두 딸 중 장녀였다.

아버지와 어머니는 전쟁이 발발한 1939년에 독일을 떠났다.

아내와 나는 독일에 남았다.

1945년 전쟁이 끝날 때까지 나는 영어권 세계에 나치를 선전하는 작가이자 방송인으로 일하며 생계를 꾸렸다. 당시 나는 대중연예선전부에서 미국 문제를 전담하는 최고 권위자였다.

전쟁이 끝날 무렵 내 이름은 전범자 리스트의 윗자리에 올랐다. 여기엔 나의 범죄행위가 아주 공공연한 것이었다는 이유가 크게 작용했다.

나는 1945년 4월 12일 헤르스펠트 근처에서 미3군 중위 버나드 B. 오헤어라는 자에게 체포되었다. 그때 나는 비무장 상태로 오토바이를 몰고 있었다. 푸른색 바탕에 금색이 들어간 제복을 입을 권리가 있었지만, 그때는 사복을 입고 있었다. 푸른색 서지 양복과 모피 칼라가 달린 해진 외투였다.

공교롭게도 미3군은 이틀 전 나치의 학살 수용소인 오르트루프를 점령했는데, 그 때문에 오르트루프는 미국인에게 가장 먼저 공개된 수용소가 되었다. 나는 그곳으로 끌려가 그 모든 것을 보았다. 석회 구덩이, 교수대, 태형용 기둥, 내장이 터지고 눈알이 튀어나오고 팔다리가 잘린 시체 더미.

내가 한 짓의 결과를 보여줄 생각이었던 것이다.

오르트루프의 교수대는 한 번에 여섯 명을 매달 수 있었다. 내가 봤을 때는 각각의 밧줄에 수용소 간수들이 한 명씩 매달려 있었다.

나도 곧 그렇게 매달릴 것이 분명했다.

나 자신도 그렇게 되리라 예상했기 때문에 밧줄 끝에 매달린 여섯 간수의 평화로운 모습에 관심이 갔다.

그들은 편안히 죽었다.

교수대를 올려다보는 내 모습이 사진에 찍혔다. 내 뒤에는 오 헤어 중위가 젊은 늑대처럼 깡마르고 방울뱀처럼 독기 오른 모 습으로 서 있었다.

사진은 〈라이프〉의 표지에 실렸고, 퓰리처상을 받을 뻔했다.

8. 아우프 비더젠

내 목은 무사했다.

나는 대역죄, 반인류적 범죄, 양심을 저버린 죄를 범하고도 용케 살아남았다.

그런 죄를 저지르고도 살아남을 수 있었던 것은 전쟁 기간 내 내 미국의 첩보원으로 활동했기 때문이다. 내 방송에는 독일에 관한 정보가 암호로 숨어 있었다.

그 암호는 대개 말버릇, 말 사이의 중단, 강조, 기침, 중요한 문장에서의 말실수 등이었다. 한 번도 본 적 없는 사람들이 나에게 지령을 내려, 방송중에 어느 문장에서 어떤 버릇을 드러내야 하는지 알려주었다. 나는 지금까지도 어떤 정보가 나를 통해 흘러나갔는지 알지 못한다. 내가 받은 지령 대부분이 무척이나 단순했다는 점으로 볼 때, 그 정보는 주로 첩보기관에 들어온 질문에 '예' 또는 '아니요'로 답하는 내용이었을 것이다. 때로는 보다 복잡한 지령이 내려오기도 했다. 예컨대 노르망디 침공을 선전하는 동안 나는 말기 양측 폐렴 환자 같은 말투와 발성법으로 방송을 해야 했다.

내가 연합군에 협력한 것은 그 정도였다.

하지만 그 협력이 내 목을 구해주었다. 나는 보호를 보장받았다. 공식적으로 미국 첩보원이라고 인정받진 못했지만 나의 전범 재판은 유야무야되었다. 나는 내 시민권과 관련하여 존재하지도 않는 절차상의 구실로 감옥에서 풀려났고, 은밀한 도움을 받아 독일에서 사라졌다.

가짜 이름으로 뉴욕에 도착한 나는 말투를 바꾸고 구석진 공원이 내려다보이는 지저분한 다락방에서 새 삶을 시작했다.

나는 혼자였다. 완벽하게 혼자였기 때문에 본명을 되찾은 뒤에도 내가 그 하워드 W. 캠벨 2세일 거라고 의심하는 사람은 아무도 없었다.

신문이나 잡지에 가끔 내 이름이 오르내리곤 했지만, 어떤 중요한 인물로서가 아니라 사라진 전범을 모아놓은 긴 리스트 속의 한 명으로서였다. 이란, 아르헨티나, 아일랜드 등에서 나를 봤다는 소문이 떠돌았고, 그때마다 이스라엘 첩보원들이 나를 찾아 이잡듯이 뒤지고 다닌다는 말이 흘러나왔다.

어쨌거나 어느 첩보원도 내 집 문을 두드리지 않았다. 내 우편함에 적힌 이름은 누가 봐도 금방 알아볼 수 있는 하워드 W. 캠벨 2세였지만, 아무도 문을 두드리지 않았다.

그리니치빌리지에서의 연옥 생활이 끝나기 전까지 내 존재를 들킬 뻔했던 가장 아찔한 순간은 같은 건물에 사는 유대인 의사를 찾아갔을 때뿐이었다. 엄지손가락이 병균에 감염되어서였다.

의사의 이름은 에이브러햄 엡스타인이었다. 그는 어머니와 함께 2층에 살았다. 모자는 불과 얼마 전에 이사를 왔다.

의사에게 내 이름을 말했을 때, 내 이름은 그에겐 아무 의미가 없었지만 그의 어머니에겐 그렇지 않았다. 엡스타인은 의과대학을 갓 졸업한 젊은이였다. 반면에 그의 어머니는 뚱뚱하고, 느리고, 주름이 깊게 패고, 음울하고, 경계심이 가득한 늙은이였다.

"아주 유명한 이름이군요. 당신도 틀림없이 알 거예요." 그녀가 말했다.

"뭐라구요?" 내가 물었다.

"하워드 W. 캠벨 2세라는 이름을 가진 다른 사람을 모르세요?"

"몇 명이 있는 것 같긴 합니다만."

"나이가 어떻게 되시우?"

나는 내 나이를 말했다.

"그렇다면 충분히 전쟁을 기억하겠구먼."

"전쟁은 잊어버리세요." 아들은 내 엄지손가락에 붕대를 매주며, 어머니에게 다정하면서도 날카롭게 말했다.

"하워드 W. 캠벨 2세라는 이름을 못 들어봤수? 베를린에서 방송을 했는데." 그녀가 내게 말했다.

"아, 기억납니다. 네, 들어봤지요. 워낙 오래전이라 잊고 있었군요. 방송을 들어본 적은 없지만 뉴스에 나왔던 기억은 나는군요. 그런 기억은 금방 지워지지요."

"지워져야죠." 젊은 의사 엡스타인이 말했다. "광란의 시대는 가능한 한 빨리 잊어야 합니다."

"아우슈비츠." 그의 어머니가 말했다.

"아우슈비츠는 잊어버리세요." 닥터 엡스타인이 말했다.

"아우슈비츠가 뭔지 아시우?" 그의 어머니가 내게 물었다.

"네, 압니다."

"내가 꽃다운 시절을 보낸 곳이라우. 그리고 여기 있는 내 의사 아들이 어린 시절을 보낸 곳이지."

닥터 엡스타인이 불쑥 끼어들었다. "난 그곳에 대한 생각은 절대 안 합니다. 자, 이틀 정도 지나면 말짱해질 겁니다. 따뜻하게 해주고 물이 닿지 않게 하세요." 그러고는 서둘러 문밖으로 내 등을 떠밀었다.

막 떠나려 할 때 그의 어머니가 등뒤에서 말했다. "슈프레헨지 도이치?"

"뭐라구요?"

"독일어를 할 줄 아느냐고 물었수."

"아, 아니요. 거의 못합니다." 그렇게 말한 다음 나는 조심스럽게 독일어를 시도해보았다. "나인? 이건 아니란 뜻이죠?"

"맞아요." 그녀가 말했다.

"아우프 비더젠, 이건 '안녕히'란 뜻이죠?"

"다시 만날 때까지." 그녀가 말했다.

"네. 그럼, 아우프 비더젠."

"아우프 비더젠."

9. 둘만의 제국

나는 미국이 전쟁에 뛰어들기 삼 년 전인 1938년에 미국 첩보원으로 포섭되었다. 베를린 티어가르텐*에서 봄날을 즐기고 있을 때였다.

나는 한 달 전에 헬가 노트와 결혼식을 올렸다.

내 나이 스물여섯이었다.

나는 가장 자신 있는 언어인 독일어로 글을 쓰는 제법 성공한 극작가였다. 〈술잔〉이라는 작품은 드레스덴과 베를린에서 상연되었다. 두번째 작품 〈눈장미〉는 베를린에서 연극으로 제작되고 있었다. 그리고 세번째 작품 〈70 곱하기 7〉은 막 탈고를 마

---

* 독일 베를린 중앙에 있는 큰 공원.

친 상태였다. 세 작품 모두 중세 로망스라 초콜릿 에클레어처럼 정치색이라고는 눈곱만큼도 없었다.

그날 나는 공원 벤치에 앉아 햇살을 즐기며 이제 막 떠오르기 시작한 네번째 희곡을 구상하고 있었다. '둘만의 제국'이란 제목이 얼핏 떠올랐다.

그것은 아내와 내가 서로에게 품고 있는 사랑에 관한 이야기였다. 미쳐버린 세계에서 한 쌍의 연인이 자기들만의 나라, 즉 둘만의 제국에 충성을 다하여 살아남게 된다는 이야기였다.

맞은편 벤치에 중년의 미국인이 앉았다. 보아하니 영락없는 멍청이에 떠버리였다. 그는 발을 쉬려고 구두끈을 푼 다음 한달이 지난 〈시카고 선데이 트리뷴〉을 읽기 시작했다.

잘생긴 SS 장교 세 명이 우리 둘 사이로 성큼성큼 지나갔다.

그들이 지나가자 미국인은 신문을 내려놓고 콧소리가 섞인 시카고 말투로 나에게 말을 걸었다. "잘생긴 젊은이들이군요."

"그렇습니다." 내가 말했다.

"영어를 할 줄 아시는군요?"

"네."

"영어를 하는 사람을 만나다니 정말 반갑습니다. 누군가와 이야기하고 싶어 죽을 지경이었거든요."

"그러세요?"

"요즘 상황을 어떻게 생각하세요? 혹시 이런 질문을 하고 다니는 것도 법으로 금지된 건 아니겠죠?"

"어떤 상황 말입니까?"

"독일에서 벌어지는 일들, 히틀러와 유대인 문제 말입니다."

"내 힘으론 어쩔 수 없는 일이라 생각을 안 합니다."

그가 고개를 끄덕이며 말했다. "당신의 밀랍beeswax이 아니란 말씀?"

"뭐라고 하셨죠?"

"당신이 상관할 바business가 아니란 말씀?"

"그렇습니다."

"이해를 잘 못했나요? '비즈니스'가 아니라 '비즈왁스'라고 해서요?"

"많이 쓰는 말인가요?"

"미국에선 그렇죠. 내가 그쪽으로 가도 될까요? 그러면 목청을 돋울 필요가 없을 것 같은데요."

"좋으실 대로."

그가 내 쪽으로 자리를 옮기면서 내 말을 되뇌었다.

"좋으실 대로라. 왠지 영국인 말투 같군요."

"미국인입니다."

그는 눈썹을 추켜올렸다.

"정말인가요? 당신이 어느 나라 사람일까 추측하고 있었지만, 미국인이라고는 전혀 생각지 못했습니다."

"감사합니다."

"내 말을 칭찬으로 들으셨군요. 그래서 '감사하다'고 말한 거죠?"

"칭찬은 아니지만, 욕도 아니잖습니까? 사람들은 국적에 관심이 많은 것 같은데, 난 그렇지 않습니다."

그는 아무래도 내 말을 이해하지 못한 것 같았다. 그가 말했다. "어쨌든, 무슨 일을 하십니까?"

"글을 씁니다."

"정말이오? 그것참 대단한 우연이군요. 아까 저쪽 벤치에 앉아 있을 때, 내가 글을 쓸 줄 안다면 얼마나 좋을까 생각했거든요. 아주 훌륭한 첩보 소설이 떠올랐기 때문이죠."

"그랬나요?"

"차라리 당신한테 주는 게 나을 것 같습니다. 나는 절대로 소설을 쓰지 못할 테니까."

"지금으로선 계획이 모두 잡혀 있습니다."

"그렇지만 언젠가는 이야깃거리가 떨어지지 않겠습니까? 그때가 되면 내 이야기를 써먹을 수 있겠지요. 들어보세요. 젊은 미국인이 있습니다. 그는 독일에서 살고 모든 면에서 독일인입니다. 독일어로 희곡을 쓰고, 아리따운 독일인 배우와 결혼도 했지요. 그리고 연극계 사람들과 어울리기를 좋아하는 나치 거물들을 많이 압니다."

그는 온갖 나치당원들의 이름을 줄줄 말했다. 모두 헬가와 내가 잘 아는 사람들이었다.

헬가와 내가 나치에 열광해서가 아니었다. 그렇다고 그들을 증오했다고 말할 수도 없다. 그들은 우리의 연극을 사랑하는 열렬한 관객이었고, 우리가 살고 있는 사회의 중요 인사였다.

그들도 그냥 사람이었다.

이제 와 돌이켜보니 비로소 그들이 참으로 벌레 같은 사람들이었다는 생각이 든다.

솔직히 말하면, 아직도 그들이 정말로 그런 짓을 했을까 하는 의심이 들곤 한다. 나는 그들과 인간적으로 아주 친했고, 한창때에 그들의 신뢰와 갈채를 얻기 위해 정말 열심히 일했다.

정말 열심히.

제기랄.

너무 열심히.

"당신은 누구요?" 나는 공원에서 만난 남자에게 물었다.

"우선 내 이야기를 끝냅시다. 그런데 이 젊은이는 전쟁이 터질 거란 걸 알았어요. 그리고 전쟁이 터지면 미국과 독일이 양쪽으로 갈라설 거라고 생각하지요. 그래서 지금까지 나치에게 고분고분하게 굴었으니 이제 나치가 된 것처럼 행동해보자고 결심하고는 전쟁이 터지자 독일을 떠나지 않고 아주 쓸모 있는 미국 첩보원이 됩니다."

"내가 누군지 아는군요?"

"알다마다요." 그는 호주머니에서 지갑을 꺼내 미합중국 육군성 신분증을 보여주었다. 신분증에는 프랭크 위르타넨 소령이라 적혀 있었고 소속 부대는 기재되어 있지 않았다. "난 이런 사람이오. 캠벨 씨, 나는 지금 당신에게 미국의 정보요원이 되어달라고 부탁하는 중이오."

"오, 맙소사." 분노와 숙명적인 느낌이 밀려왔다. 온몸에 힘이 쭉 빠졌다. 나는 자세를 바로잡고 말했다. "어이가 없군요. 말도 안 됩니다. 어림없어요."

"그래도 크게 실망하진 않겠습니다. 어차피 오늘 당장 대답을 기대하진 않았으니까요."

"내가 집에 가서 이 문제를 숙고해볼 거라고 생각하신다면, 그건 오산입니다. 집에 가면 나는 아름다운 아내와 훌륭한 식사를 하고, 음악을 듣고, 사랑을 나누고, 개처럼 잠을 잘 겁니다. 난 군인도 아니고 정치가도 아닙니다. 난 예술가예요. 전쟁이 일어나도 전쟁에 도움이 될 일은 절대로 하지 않을 겁니다. 전쟁이 일어나도 평화로운 일에만 전념할 겁니다."

그가 고개를 가로저었다. "캠벨 씨, 당신에게 세상의 행운을 모두 빌어주고 싶군요. 하지만 이 전쟁은 어느 누구도 평화로운 일에 빠져 살도록 내버려두지 않을 거요. 그리고 유감스럽게도, 나치의 만행이 심해질수록 당신은 개처럼 마음 편히 잘 수가 없을 거요."

"두고 볼 일이죠." 나는 딱 잘라 말했다.

"바로 그거요, 두고 볼 일이지. 그래서 오늘 당장 확답을 달라고 하지 않는 거요. 만일 우리에게 협력하기로 결정한다면, 당신은 전적으로 혼자서만 그 일을 하면서 나치당에서 능력이 닿는 만큼 높은 자리까지 올라갈 수 있소."

"솔깃한 말이군요."

"진짜로 솔깃한 말은 이것이오. 당신은 보통 사람보다 백배는 더 용감한 진짜 영웅이 될 거요."

쇠꼬챙이처럼 고개를 빳빳이 세운 독일군 장성과 서류가방을 든 뚱뚱한 민간인이 낮은 소리로 열심히 이야기를 주고받으며 우리 앞을 지나갔다.

"안녕하쇼." 위르타넨 소령이 영어로 친근하게 인사를 건넸다.

두 사람은 경멸스럽다는 듯 콧방귀를 뀌고 가버렸다.

"전쟁이 나면 당신은 군에 입대하자마자 죽은 목숨이 될 거요. 물론 전쟁이 끝날 때까지 체포되지 않고 용케 살아남을 수도 있겠지. 하지만 그때쯤이면 당신의 명성은 흔적도 없이 사라지고, 추구할 목표도 없어질 거요."

"정말 솔깃하게 말씀하시는군요."

"특히 당신에게 그렇게 들리는 이유를 알고 있소. 지금 상연 중인 당신의 연극을 봤소. 그리고 이제 곧 무대에 오를 희곡도 읽어보았소."

"그래요? 거기에서 뭘 알아낸 겁니까?"

그는 미소를 지었다. "순수한 마음과 영웅을 동경한다는 것, 선을 사랑하고 악을 싫어한다는 것, 로맨스를 믿는다는 것."

그러나 내가 첩보원이 되리라고 기대할 수 있는 가장 큰 이유는 그의 입에서 나오지 않았다. 그것은 내가 아마추어 배우라는 사실이었다. 그가 설명한 부류의 첩보원이 된다면 나는 아주 굉장한 연기를 펼칠 기회를 잡는 셈이었다. 나치당원의 외면과 내면을 탁월하게 해석하여 모든 사람을 속일 수 있는 절호의 기회를.

그때부터 나는 모든 사람을 감쪽같이 속였다. 나는 히틀러의 오른팔처럼 우쭐거리며 돌아다녔고, 어느 누구도 마음속에 깊이 감춰둔 진실한 나의 모습을 알아채지 못했다.

내가 미국 첩보원이었다는 사실을 과연 증명할 수 있을까? 나의 부러지지 않은, 새하얀 목이 증거 1호이자 유일한 증거물이다. 내가 반인류적 범죄를 저질렀는지 아닌지를 밝혀야 하는 사람들은 언제라도 그 증거물을 자세히 조사해볼 수 있다.

미합중국 정부는 내가 그들의 첩보원이었다는 사실을 긍정도 부정도 하지 않고 있다. 어쨌든 정부가 그 가능성을 부인하지 않고 있다는 사실이 일말의 증거가 아닐까.

그런데 정부는 프랭크 위르타넨이란 자가 정부의 어느 부서에서도 일한 적이 없다고 말하며 그 일말의 가능성마저 지우려 하고 있다. 나 말고는 그의 존재를 믿는 사람이 없는 것이다. 그래서 나는 앞으로 그를 '나의 푸른 요정 대모代母'라고 부르고자 한다.

푸른 요정 대모가 나에게 일러준 많은 것들 중에 전쟁이 났을 때 접선자가 나를 확인하고 내가 접선자를 확인할 수 있는 암호가 있었다.

내 암호는 "새 친구를 사귀라"였다.

상대 암호는 "하지만 옛친구를 버리지 말라"였다.

이곳에서 내 변호를 맡은 앨빈 도브로비츠 씨는 참으로 박학다식한 변호사다. 그는 나와는 달리 미국에서 자랐다. 도브로비츠 씨의 말에 따르면, 그 암호는 이상주의적인 미국 소녀단원들이 종종 불렀던 〈브라우니〉라는 노래의 한 구절이라고 한다.

아래는 도브로비츠 씨가 알려준 노래 전문이다.

새 친구를 사귀되
옛친구를 버리지 말라.
새 친구가 은이라면,
옛친구는 금이라네.

10. 사랑

아내는 내가 첩보원이라는 사실을 전혀 몰랐다.

그녀에게 말했더라도 큰 문제는 없었을 것이다. 그녀에게 말했더라도 그녀가 나를 덜 사랑하진 않았을 것이다. 그녀에게 말했더라도 내가 위험한 상황에 빠지는 일은 없었을 것이다. 그녀에게 말했더라도 나의 천사 같은 헬가가 몸담고 있는 이 세상은 이미 묵시록이 예언한 그런 곳이 되어버렸기 때문에 더이상 끔찍해지지 않았을 것이다.

그런 말을 굳이 하지 않아도 전쟁이면 충분했다.

나의 헬가는 내가 라디오에서나 파티에서 했던 얼빠진 말들을 진심으로 믿었다. 우리는 항상 파티에 다녔다.

우리 부부는 쾌활하고 애국심이 높아서 인기가 많았다.

사람들은 우리 덕분에 사기가 높아지고 일에 매진할 힘이 생긴다고 말했다. 그리고 헬가 역시 장식품처럼 가만히 앉아서 전쟁이 끝나기를 기다리지 않았다. 그녀는 종종 적의 포성이 들리는 지역까지 들어가 부대를 위문했다.

적의 포성이었을까? 어쨌든 누군가의 포성이었다.

그녀는 그렇게 떠나갔다. 그녀가 크림반도에서 부대를 위문하고 있을 때 소련군이 크림반도를 점령했다. 헬가는 죽은 것으로 추정되었다.

전쟁이 끝난 뒤 나는 헬가에 관한 실낱같은 풍문이라도 알아내기 위해 서베를린의 어느 사설 탐정사무소에 막대한 돈을 지불했다. 결과는 감감무소식이었다. 나는 탐정사무소에 헬가가 죽었는지 살았는지 확인할 수 있는 확실한 증거를 찾는다면 거금 만 달러를 지불하겠다고 제안했지만, 그들은 끝내 돈을 요구하지 않았다.

나의 헬가는 내가 인간 종족과 역사의 수레바퀴에 대해 했던 말들을 진심으로 믿었고, 그런 헬가에게 나는 고마움을 느꼈다. 내가 진짜로 누구이고 내 말의 진의가 무엇이었건 간에 내가 필요로 했던 것은 무조건적인 사랑이었다. 헬가는 나에게 그 사랑을 준 천사였다.

아낌없이.

무조건적인 사랑이 필요 없을 정도로 모든 면에서 완벽한 젊은이는 지구상에 없다. 아아, 젊은이들이 그들의 배역에 따라 정치적 비극을 연기하는 상황에서, 무조건적인 사랑은 그들이 찾을 수 있는 단 하나의 진짜 보물이다.

둘만의 제국, 즉 사랑하는 헬가와 나의 나라에는 영토가 있었다. 어느 누구의 침입도 허락하지 않았던 그 영토는 우리의 커다란 더블베드 가장자리를 크게 벗어나지 않았다.

평평하고, 술 장식이 달리고, 탄력이 좋은 작은 나라에서 나의 헬가와 나는 두 개의 산이었다.

그리고 사랑 외에는 어떤 것에도 인생의 의미를 둘 수 없었던 시절에 나는 얼마나 열렬히 지리학을 탐구했던가! 나는 키가 1마이크론에 불과한 깨알 같은 크기의 반더포겔* 소속 젊은이가 헬가의 배꼽 옆에 난 점과 그 반대편에 난 곱슬곱슬한 금발 사이로 자전거를 타고 지나간다면 그에게 정교한 지도를 그려줄 수도 있었다. 이 표현이 저속하다 해도 어쩔 수 없다. 사람은 누구나 정신 건강을 위해 게임을 하기 마련인데, 나는 단지 그 게임을 묘사한 것뿐이다. 아이들이 '아기 돼지' 게임을 하듯 우리는 우리의 게임에 몰두했다.

아, 우리는 서로에게 얼마나 매달렸던가! 나의 헬가와 나는 얼마나 미친듯이 서로에게 매달렸던가!

---

* 독일어로 '철새'라는 뜻이며, 산과 들을 돌아다니며 심신을 다지는 일을 목적으로 하는 청년 단체이다.

우리는 서로의 말을 귀담아듣지 않았다. 우리는 서로의 목소리에 담긴 멜로디만을 들었다. 우리가 들으려 했던 것에는 큰 고양이가 가르랑거리거나 으르렁대는 소리만큼이나 지성이라곤 조금도 담겨 있지 않았다.

만일 우리가 그 이상의 것에 귀를 기울이고 그것에 대해 생각했다면, 우리는 얼마나 구역질나는 부부였을까! 둘만의 제국에 속한 그 영토를 벗어나면 우리는 주변을 에워싼 미치광이 애국자처럼 이야기를 나눴다.

그러나 그런 것은 중요하지 않았다.

단 하나 중요한 것은……

둘만의 제국이었다.

그리고 그 제국이 사라졌을 때 나는 지금의 나인 동시에 앞으로의 영원한 나, 즉 나라 없는 사람이 되었다.

아무런 경고도 없었다고 말할 수는 없다. 오래전 봄날에 공원에서 나를 포섭했던 그 남자, 바로 그가 나의 운명을 아주 잘 알아맞혔으니까.

나의 푸른 요정 대모는 이렇게 말했다.

"당신이 그 임무를 제대로 수행하려면, 대역죄를 저질러야 하고 적에게 최대한 봉사해야 할 거요. 하지만 그 죄를 용서받진 못할 거요. 당신이 용서받을 수 있는 법적 장치는 전혀 없기 때문이오. 당신에게 돌아갈 최대한의 보상은 당신의 목이 무사할 거라는 것이오. 그러나 당신에게 무죄판결이 내려지는 마술 같은 날이나 미국이 숨어 있는 당신을 불러내기 위해 기분좋게 '올리 올리 옥스 인 프리'를 외치는 날은 절대로 오지 않을 거요."

11. 잉여 군수물자

어머니와 아버지는 돌아가셨다. 어떤 사람 말로는 두 분이 마음 고생으로 돌아가셨다고 한다. 육십대 중반이면 누구라도 마음이 찢어지기 쉬운 나이다.

두 분은 종전을 보지 못했을 뿐만 아니라 아들의 밝은 웃음도 다시 보지 못했다. 두 분은 분명 나의 상속권을 박탈하고 싶었겠지만, 끝내 그러지 않았다. 두 분은 악명이 자자한 반유대주의자인 동시에 변절자이고 라디오 방송의 스타인 하워드 W. 캠벨 2세에게 주식, 부동산, 현금과 개인 소유물을 모두 물려주셨다. 1945년, 유언을 검인할 당시의 가치로 사만 팔천 달러에 이르는 재산이었다.

그 유산은 증식과 인플레이션 덕분에 네 배로 불어나 현재 나에게 연 칠천 달러의 불로소득을 안겨주고 있다.

사람들이 나에 대해 무슨 말을 하건, 나는 절대로 원금에는 손을 대지 않았다.

전쟁이 끝난 뒤 그리니치빌리지에서 짝 잃은 기러기처럼 쓸쓸하게 지내던 시절에 나는 집세를 포함해 하루 생활비로 약 사 달러를 썼고, 심지어 텔레비전까지 갖춰놓고 살았다.

나의 새 가구들, 즉 좁디좁은 철제 간이침대, 'USA'가 찍힌 녹갈색 담요, 접이식 삼베 의자, 요리해서 바로 먹는 휴대용 식기 세트는 모두 나처럼 전쟁이 남긴 군수물자였다. 심지어 내 책들도 대부분 해외 파병부대를 위한 위문품에서 나온 것이었다.

그리고 사용하지 않은 위문품 세트에서 레코드판이 나왔기 때문에, 나는 베링해협에서 아라푸라해까지 어떤 날씨에도 끄떡없이 작동하는 전천후 휴대용 축음기를 구했다. 위문품 세트는 포장되어 있었고, 그 포장을 뜯어보고 살 순 없었기에 나는 빙 크로스비의 〈화이트 크리스마스〉를 스물여섯 장이나 소장하게 되었다.

내 외투, 비옷, 재킷, 양말, 속옷 역시 잉여 군수물자였다.

잉여 군수물자로 나온 구급상자를 일 달러에 구입했는데, 약간의 모르핀까지도 손에 들어왔다. 잉여 군수물자로 사업을 하는 똥파리들이 돈냄새에 취해 모르핀을 못 보고 지나친 것이다.

나는 그 모르핀을 맞아볼까 하는 유혹을 느끼면서, 만일 그로

인해 행복감을 느낀다면 그것으로 족할 뿐이고, 어쨌거나 내 수중에는 충분한 돈이 있으니 마약에 중독된다 해도 뭐가 문제겠느냐는 생각이 들었다. 하지만 다시 생각해보니 나는 이미 중독된 상태였다.

나는 고통을 전혀 느끼지 않았다.

내 마약은 나로 하여금 전쟁을 견디게 해주었다. 그것은 단 하나, 헬가에 대한 나의 사랑을 제외하고 어떤 것에도 감정이 흔들리지 않는 능력이었다. 이렇게 내 감정을 아주 좁은 분야에 집중하는 능력은 사랑에 빠진 젊은이의 행복한 환상에서 시작해, 전쟁중에 미치광이가 되는 것을 막아주는 장치로 발전했고, 마지막에는 내 사고의 영원한 중심축으로 자리잡았다.

그래서 나의 헬가가 죽은 것으로 추정되는 상황에서 나는 종교에 온 마음을 빼앗긴 광신도처럼 언제 어디서든 만족감을 느끼는 죽음의 숭배자가 되었다. 항상 혼자였던 나는 그녀를 위해 건배하고, 그녀에게 아침 인사와 밤 인사를 건네고, 그녀를 위해 음악을 틀었을 뿐 그 밖의 것에는 조금도 신경을 쓰지 않았다.

그렇게 생활한 지 십삼 년이 되는 1958년의 어느 날, 나는 잉여 군수물자로 나온 목공예용 조각도 세트를 구입했다. 그것은 2차세계대전이 아니라 한국전쟁에서 나온 것이었다. 나는 삼 달러를 주고 그 물건을 샀다.

그것을 들고 집에 온 나는 특별한 목적도 없이 빗자루 손잡이를 깎기 시작했다. 그러다 갑자기 체스 세트를 만들어야겠다는 생각이 들었다.

지금 나는 갑작스러움에 대해 이야기하고 있다. 나에게 어떤 열정이 있다는 사실이 놀라웠기 때문이다. 나는 열두 시간 동안 내리 나무를 깎았고, 날카로운 도구로 왼손바닥을 열두 번이나 찔리면서도 일손을 놓지 않았다. 모든 일이 끝났을 때 나는 그야말로 의기양양한 피투성이 얼간이였다. 나에겐 내 노동의 가치를 보여주는 멋진 체스 세트가 생겼다.

그런데 또다른 이상한 충동이 나를 엄습했다. 누군가에게, 그러니까 아직 살아 있는 사람 가운데 누군가에게 내가 만든 그 멋진 작품을 보여주지 않고는 못 배길 것 같은 욕구가 치밀어 올랐다.

그래서 창작과 술의 힘에 도취된 나는 아래층으로 내려가 누가 사는지도 모르는 이웃집의 문을 두드렸다.

내 이웃은 조지 크래프트라는, 여우같이 생긴 늙은이였다. 조지 크래프트는 그가 가진 여러 이름 가운데 하나에 불과했다. 이 늙은이의 진짜 이름은 이오나 포타포프 대령이었다. 이 늙은 여우는 소련 첩보원으로 1935년부터 미국에서 첩보 활동을 벌여왔다.

그때는 그 사실을 몰랐다.

그리고 그 역시 처음에는 내가 누구인지 몰랐다.

우리가 맞닥뜨리게 된 건 순전히 우연이었다. 처음에는 어떤 음모도 없었다. 그의 문을 두드리고 그의 사생활에 침입한 사람은 나였다. 만일 내가 그 체스 세트를 조각하지 않았다면 우린 절대로 만나지 않았을 것이다.

크래프트—나는 그를 크래프트라고 생각하기 때문에, 앞으로 계속 그렇게 부를 것이다—의 현관문에는 자물쇠가 서너 개나 달려 있었다.

나는 체스를 둘 줄 아느냐는 말로 그를 꾀어 자물쇠들을 열게 만들었다. 이번에도 순전한 우연이었다. 그것 말고는 어떤 것도 그로 하여금 문을 열게 하지 못했을 테니까.

그런데 지금 내 조사를 돕는 사람들 말에 따르면, 이오나 포타포프란 이름이 1930년대 초에 유럽 체스대회에서 자주 등장했다고 한다. 1931년 로테르담에서는 실제로 체스의 그랜드 마스터인 타르타코베르를 이기기도 했다는 것이다.

그가 문을 연 순간 나는 그가 화가임을 알아보았다. 거실 한가운데에 이젤이 세워져 있었고, 그 위에 깨끗한 캔버스가 놓여 있었으며, 벽마다 그가 그린 멋진 그림이 가득 걸려 있었다.

나는 포타포프라는 본명을 가진 크래프트에 대해 이야기할 때가 정체를 알 수 없는 위르타넨에 대해 이야기할 때보다 더 편하다. 위르타넨은 당구대 위를 지나가는 자벌레처럼 아무런 흔적도 남기지 않았다. 반면에 크래프트에 대한 증거는 사방에

널려 있다. 바로 이 순간에도 크래프트의 그림들이 뉴욕에서 한 점당 거금 만 달러에 거래되고 있다는 이야기를 전해듣는다.

내 앞에는 약 이 주 전인 3월 3일자 〈뉴욕 헤럴드 트리뷴〉에서 오려낸 기사가 있다. 화가 크래프트에 대한 비평 기사다.

여기 마침내 회화 분야에서 지난 백 년 동안의 놀라운 창의력과 실험정신을 물려받을 능력 있고 감사할 줄 아는 상속자가 모습을 드러냈다. 아리스토텔레스 이후로는 자신이 속한 문화 전반을 이해한 사람이 한 명도 없었다는 말이 있다. 조지 크래프트는 분명 현대 미술 전반을 온몸으로 이해한 최초의 인물이다.

그는 과거와 현재에 속한 20여 유파의 적대적인 관점들을 믿을 수 없을 정도로 우미하고 견실하게 결합하고 있다. 그는 놀라운 조화를 통해 우리에게 전율과 겸손함을 느끼게 하고, 마치 "만일 또 한번의 르네상스를 원한다면, 그 정신을 표현하는 회화는 바로 이런 모습일 것"이라고 말하는 듯하다.

본명이 이오나 포타포프인 조지 크래프트는 정부의 허락을 받고 포트 리븐워스의 연방교도소에서 천재적인 예술 작업을 계속하고 있다. 분명 크래프트-포타포프 본인도 그렇겠지만, 우리 모두는 그가 그의 조국 소련의 어느 감옥에 있다면 그의 천재성이 얼마나 빨리 시들어버릴지에 대해 깊이 생각해볼 필요가 있다.

어쨌든 크래프트가 문을 열어주었을 때 나는 그의 그림들이 썩 훌륭하다는 것을 알았지만, 그렇게까지 훌륭한지는 몰랐다. 아마도 위에 인용한 비평은 브랜디 알렉산더를 잔뜩 마신 어느 계집애 같은 비평가가 쓴 게 아닐까 싶다.

"아래층에 화가가 사는 줄은 미처 몰랐습니다." 내가 크래프트에게 말했다.

"과분한 말씀이오."

"그림이 훌륭합니다! 어디에서 전시하나요?"

"전시회 같은 건 한 번도 해보지 않았소."

"전시회를 연다면 큰돈을 벌 텐데요."

"고마운 말이군요. 하지만 난 그림을 너무 늦게 시작했다오." 그런 다음 그는 자신이 살아온 이야기를 그럴듯하게 늘어놓았다. 물론 모두 꾸며낸 이야기였다.

그는 인디애나폴리스에서 온 홀아비라고 자신을 소개했다. 젊었을 때에는 화가가 되고 싶었지만, 그림 대신 사업에 뛰어들었다고 했다. 페인트와 벽지 사업이었다.

"아내는 이 년 전에 세상을 떴다오." 그는 살짝 눈시울을 적시며 말했다. 물론 그에게 아내가 있긴 했지만, 그의 아내가 있는 곳은 인디애나폴리스의 공동묘지가 아니었다. 그의 아내 타냐는 보리소글렙스크에 시퍼렇게 살아 있었다. 그는 이십오 년 동안 아내를 보지 못했다.

"아내가 죽었을 때 나는 내 영혼이 두 가지 일 중 하나를 선택하고 싶어한다는 걸 깨달았다오. 자살하거나, 젊은 시절의 꿈을 이루거나. 그래서 젊은 바보의 꿈을 빌린 늙은 바보가 되었다오. 나는 캔버스와 물감을 사서 그리니치빌리지로 왔소."

"자식은 없습니까?"

"없소." 그가 슬프게 대답했다. 사실 그는 세 명의 자식과 아홉 명의 손자를 두었다. 큰아들 일리야는 유명한 로켓 전문가다.

"이 세상에 남은 유일한 친척은 예술이라오. 나는 예술의 가장 초라한 친척인 셈이지." 그것은 자기가 찢어지게 가난하다는 뜻이 아니라 화가로서 뛰어나지 못하다는 뜻이었다. 자신은 돈이 많다고 그는 말했다. 인디애나폴리스의 사업체를 아주 비싼 값에 팔았다는 것이다.

"체스라, 아까 체스라고 말했소?"

내가 들고 온 구두 상자 안에는 내가 직접 깎아 만든 체스 말들이 들어 있었다. 나는 그것을 그에게 보여주었다.

"방금 이걸 만들었는데, 이걸 가지고 체스를 한 판 두고 싶은 마음이 굴뚝같더군요."

"물론, 체스를 잘 두시겠지요?" 그가 물었다.

"둔 지가 워낙 오래돼서요."

내 체스 상대는 거의 항상 나의 장인이자 베를린 경찰국장인 베르너 노트 씨였다. 헬가와 나는 일요일 오후면 처가에 놀러가곤 했는데, 나는 장인에게 진 적이 거의 없었다. 내가 유일하게 참가했던 대회는 독일 대중연예선전부에서 개최한 국제대회였다. 나는 참가자 육십오 명 중 11위로 경기를 마쳤다.

탁구는 체스보다 훨씬 자신 있었다. 나는 사 년 동안 내리 단식과 복식을 석권한 선전부 챔피언이었다. 내 복식 파트너는 호주와 뉴질랜드 선전을 담당했던 하인츠 실트크네히트였는데, 우리는 제국 지도자 괴벨스와 상급구역 지도자 칼 헤데리히 조와 맞붙어 21-2, 21-1, 21-0으로 완승을 거두기도 했다.

역사는 종종 스포츠와 어깨를 나란히 한다.

크래프트는 체스 판을 갖고 있었다. 우리는 판 위에 말들을 세워놓고 체스를 두기 시작했다.

그때부터 내가 내 몸을 감싸기 위해 만들어놓았던 두껍고 뻣뻣한 털이 덮인 녹갈색 보호막이 조금씩 너덜너덜해지더니, 마침내 희미한 빛이 새어들어올 정도로 얇아졌다.

나는 게임이 즐거웠고, 직관적으로 흥미로운 묘수들을 떠올려 새로 사귄 친구가 나를 이기는 즐거움을 만끽하게 했다.

그후로 크래프트와 나는 일 년 삼백육십오 일 하루도 거르지 않고 적어도 세 판씩은 체스를 두었다. 그리고 둘 사이에 각자가 허전하다고 느꼈던 애달픈 가족애 같은 것을 쌓아나갔다. 우리는 다시 음식의 맛을 느끼기 시작했고, 식료품점에서 새로운 재료를 발견하면 사가지고 와서 필요한 만큼 나누곤 했다. 딸기 철이 돌아왔을 때 크래프트와 나는 마치 예수가 돌아오기라도 한 것처럼 야단법석을 떨었다.

우리 사이에 특별한 공감을 불러일으킨 것은 와인이었다. 와인에 대해 나보다 훨씬 많이 알고 있던 크래프트는 종종 거미줄 투성이의 보물을 가져와 식사에 곁들였다. 하지만 막상 식사를 하기 위해 자리에 앉으면 그는 앞에 놓인 잔에 와인을 가득 따르기만 할 뿐, 그 와인은 모두 내 차지가 되었다. 크래프트는 알코올중독자였다. 그래서 와인을 한 모금만 마셔도 한 달 동안이나 쉬지 않고 계속 마시게 된다고 했다.

그가 나에게 늘어놓은 자신의 이야기 가운데 더러는 사실도 있었다. 그는 지난 십육 년 동안 AA(익명의 알코올중독자 모임)의 회원이었다. 그가 AA의 모임을 접선 장소로 이용하는 동안 그 모임에서 제공하는 정신적인 가르침에 마음이 끌린 것은 사실이었다. 언젠가 그는 무척이나 진지하게, 미국이 전 세계에 기여한 가장 큰 공로인 동시에 수천 년 동안 길이 기억될 공로는 AA의 창립이라고 말했다.

자신이 그토록 찬양하는 기관을 첩보 활동에 이용한 것은 그의 첩보원다운 정신분열증을 보여주는 전형적인 예였다.

또한 나와 절친한 친구가 된 동시에 결국에는 소련의 대의를 위해 나를 이용해먹을 방법을 생각해낸 것도 그의 첩보원다운 정신분열증을 보여주는 전형적인 예였다.

12. 우편함 속의 이상한 우편물

한동안 나는 크래프트에게 내가 누구이고 무엇을 하는 사람인지에 대해 거짓말을 했다. 하지만 서로의 우정이 아주 깊이, 아주 빨리 쌓여갔기 때문에, 곧 모든 사실을 털어놓았다.

"부당하기 짝이 없군! 자네 말을 들으니 내가 미국인이라는 게 부끄러울 지경이야! 왜 정부는 솔직하게 나서서 '자! 당신들이 침을 뱉던 이 사람은 사실 영웅입니다!'라고 말하지 않는 거지?"

그는 분개했고, 내가 아는 한 그 분개는 진심이었다.

"아무도 나에게 침을 뱉지 않아요. 내가 살아 있다는 걸 아는 사람도 없는 걸요."

그는 내가 쓴 희곡을 보고 싶어했다. 지금 나에겐 한 부도 남아 있지 않다고 말하자 그는 그럼 한 장면씩 이야기해달라고 했고, 끝내 자기 앞에서 각 장면을 연기하게 만들었다.

그는 내 희곡이 매우 훌륭한 것 같다고 말했다. 과연 진심이었을까? 잘 모르겠다. 나에겐 내 희곡들이 그저 지루했지만, 그는 정말 좋아했을지도 모른다.

내 생각에 그를 자극했던 것은 내가 창작한 예술이 아니라 예술이라는 개념 자체였다.

어느 날 밤, 그가 말했다.

"예술, 예술, 예술…… 예술이 얼마나 중요한지를 깨닫는 데 왜 그렇게 오랜 시간이 걸렸는지 알 수가 없어. 사실 젊었을 때 나는 예술을 극단적으로 경멸했지. 지금은 예술을 생각할 때마다 무릎을 꿇고 눈물을 흘리고 싶은 심정이라네."

때는 늦가을이었다. 굴이 제철이라 우리는 앞에 굴을 열두 개씩 쌓아놓고 성찬을 벌였다. 크래프트를 안 지 거의 일 년이 되는 때였다.

"하워드, 미래의 문명은 지금의 문명보다 나을 테지. 그 문명에서는 모든 사람을 각자가 어느 정도로 예술적이었는가에 따라 평가할 거야. 만일 어느 미래의 고고학자가 버려진 도시의 잔해 속에서 기적적으로 우리의 작품을 발견한다면, 자네와 난 그 작품의 예술성으로 평가를 받을 걸세. 그 외에는 어떤 것도 중요하지 않을 거야."

"음, 그럴까요?"

"자넨 다시 글을 써야 하네. 데이지는 데이지꽃을 피우고, 장미는 장미꽃을 피우지 않는가? 자넨 작가로서 꽃을 피워야 하고, 나는 화가로서 꽃을 피워야 해. 우리에게 그것 말고 무엇이 중요하겠는가?"

"죽은 자는 대개 좋은 글을 못 쓰지요."

"자넨 죽지 않았어! 자네 머릿속엔 생각이 가득해. 몇 시간이라도 계속해서 말을 할 수 있지 않은가."

"헛소리들이죠."

그가 목소리를 높였다.

"그렇지 않아! 자네가 다시 펜을 잡고 전보다 더 훌륭한 글을 쓰려면 필요한 게 하나 있지. 그건 바로 여자라네."

"뭐라고요?"

"여자라고 했네."

"어디서 그런 엉뚱한 생각이 나왔죠? 굴을 먹어서 그런가? 당신이 먼저 여자를 구한다면 나도 여자를 구하죠. 어때요?"

"난 너무 늙어서 소용이 없다네. 하지만 자넨 달라." 다시 한번 진실과 거짓을 구분해야 한다면, 그는 정말 그렇게 생각했던 게 분명하다. 그는 진심으로 내가 다시 글을 쓰기를 원했고, 여자가 생기면 마술처럼 그렇게 될 것이라고 믿었다. "내가 이 나이에 창피를 무릅쓰고 남자 구실을 해야 여자를 구하겠다면, 그렇게 해보겠네."

"난 여자가 있어요."

"과거에 있었지. 그건 다른 문제라네."

"여자 얘긴 하고 싶지 않아요."

"그래도 난 해야겠는걸."

"혼자 실컷 하세요." 나는 식탁에서 벌떡 일어났다. "그래야 직성이 풀린다면 어디 한번 뚜쟁이 노릇을 해보시던가. 난 내려가서 우편함에 얼마나 좋은 게 왔는지 봐야겠어요."

난 그가 귀찮아졌다. 그래서 우편함을 보러 1층으로 내려갔다. 그저 이 불편한 심기를 떨쳐버리기 위해서일 뿐 특별히 우편함을 들여다볼 마음은 없었다. 일주일 이상 우편함을 확인하지 않고 넘어갈 때도 많았다. 우편함에 들어 있는 것이라곤 수익금 배당 수표, 주주총회 공지문, 무기명의 '고객님' 앞으로 날아온 쓰레기 우편물, 자녀 교육에 필요하다는 책과 교재를 광고하는 전단 따위가 전부였다.

어떻게 해서 나 같은 사람에게 교재 광고물 따위가 날아오게 되었을까? 예전에 뉴욕의 한 사립학교에 독일어 교사로 지원한 적이 있었다. 1950년경의 일이었다.

내가 작성한 지원서는 어쩔 수 없이 거짓말로 시작해 거짓말로 끝났기 때문에 학교측은 구태여 불합격 통보를 해줄 필요조차 느끼지 않았다. 어쨌거나 그 일로 내 이름이 교육 분야의 어느 리스트에 오르게 되었고, 그때부터 광고 전단이 끊임없이 날아왔다.

나는 삼사 일 치 우편물이 쌓인 우편함을 열었다.

코카콜라 배당금 수표, 제너럴모터스의 주주총회 공지문, 임원들의 스톡옵션을 승인해달라고 요청해온 뉴저지 스탠더드 오일의 통지문, 그리고 교과서처럼 보이게 위장한 팔 파운드짜리 역기 카탈로그가 내 손을 기다리고 있었다.

역기의 목적은 학생들에게 수업 중간에 운동할 기회를 주자는 것이었다. 카탈로그에는 미국 어린이의 신체 조건이 거의 모든 나라의 어린이에 비해 뒤처진다는 경고가 실려 있었다.

그러나 그 이상한 역기 광고물이 가장 이상한 우편물은 아니었다. 그보다 더 이상한 것들이 있었다.

그중 하나는 매사추세츠주 브루클라인 재향군인회의 프랜시스 X. 도노번 지부에서 보내온 커다란 규격 봉투에 담긴 편지였다.

또다른 하나는 단단하게 만 작은 신문으로 발신지는 뉴욕 중앙 정거장이었다.

먼저 신문을 펼쳐보니, 치의학 박사 라이오넬 J. D. 존스 목사가 발행한 〈백인 기독교 민병대〉라는, 유대인, 흑인, 가톨릭에 대한 편파적 증오가 가득 담긴 치졸하고 무지몽매한 간행물이었다. 가장 큰 표제는 '대법원, 미국을 튀기로 만들다!'였다.

그다음으로 큰 표제는 '적십자사, 백인들에게 흑인의 피를 수

혈하다!'였다.

이 표제들은 나에게 별로 놀라울 게 없었다. 어쨌든 독일에서 나 역시 먹고살기 위해 그런 말들을 했으니 말이다. 사실 고故 하워드 W. 캠벨 2세의 정신에 훨씬 더 근접한 기사는 전면 한쪽 구석에 실린 다음과 같은 제목의 글이었다. '2차세계대전의 유일한 승자는 국제 유대인 조직이다.'

이번에는 미국 재향군인회 지부에서 온 편지를 뜯어보았다. 이런 내용이 적혀 있었다.

　친애하는 하워드 씨

　당신이 아직 살아 있다는 소식을 듣고 나는 충격과 실망에 휩싸였소. 2차세계대전중에 목숨을 잃은 수많은 선량한 사람들을 생각할 때마다, 그리고 당신이 아직까지 살아 있을 뿐 아니라 뻔뻔스럽게 배반했던 바로 그 나라에 살고 있다는 사실을 생각할 때마다 구역질이 날 것만 같소. 당신에게 즐거운 소식을 전하겠소. 어젯밤에 우리 지부는 만장일치로, 당신의 숨이 끊어질 때까지 목을 매달거나 아니면 당신이 그토록 사랑했던 독일로 당신을 추방하기로 결정했소.

　당신의 소재를 알았으니 조만간 방문할 것을 약속드리오. 옛이야기를 나눈다면 정말 즐겁지 않겠소?

　이 더러운 쥐새끼 양반, 오늘밤 잠자리에서 오르트루프 수용소 꿈을 꾸길 바라오. 기회가 있었을 때 당신을 그 석회 구 덩이에 처박지 못한 것이 후회될 뿐이오.

안녕히 계시오.

포스트아메리카니즘 위원장

버나드 B. 오헤어

공동 수신자:

워싱턴 DC, 워싱턴 DC 지부 FBI 국장이자 중앙정보국장 J. 에드거 후버

뉴욕, 〈타임〉 편집장

뉴욕, 〈뉴스위크〉 편집장

워싱턴 DC, 〈보병신문〉 편집장

인디애나주 인디애나폴리스, 〈재향군인회보〉 편집장

워싱턴 DC, 반미활동 하원위원회 조사위원장

뉴욕시 블리커가 395번지, 〈백인 기독교 민병대〉 편집장

버나드 B. 오헤어란 자는 전쟁이 끝났을 때 나를 체포해 오르 트루프 학살 수용소 구석구석을 끌고 다니며 구경시켰고, 또한 〈라이프〉 표지의 그 유명한 사진에 함께 나왔던 젊은 친구였다.

그의 편지를 그리니치빌리지의 우편함에서 발견했을 때, 나

는 도대체 그가 어떻게 내 소재를 알아냈을지 어리둥절하기만 했다.

〈백인 기독교 민병대〉를 뒤적여보니, 하워드 W. 캠벨을 찾아낸 사람은 오헤어만이 아니었다. 〈백인 기독교 민병대〉 3면에는 '미국의 비극!'이라는 간단한 제목 밑에 짤막한 글이 실려 있었다.

위대한 작가이자 미국 역사상 가장 용감한 애국자 가운데 하나인 하워드 W. 캠벨 2세는 현재 베순가 27번지의 어느 다락방에서 가난하고 쓸쓸하게 살아가고 있다. 이것이 바로 모든 미국인의 피가 흑인과(이나) 동양인의 피로 오염될 때까지 멈추지 않고 투쟁할 국제 유대인 은행가와 국제 유대인 공산주의자의 음모에 관한 진실을 용감하게 폭로한, 생각하는 지식인의 운명이다.

13. 치의학 박사이자 신학 박사인
라이오넬 제이슨 데이비드 존스 목사

내가 이 기록에 〈백인 기독교 민병대〉의 발행자인 존스 박사의 일대기를 포함할 수 있었던 것은 하이파 전범 기록 연구소가 자료를 빌려준 덕분이다.

존스는 전범으로 기소된 적은 없지만 상당히 두툼한 보고서의 주인공이었다. 나는 기념품이 가득 쌓인 보물창고 같은 그 서류를 뒤지다가 아래와 같은 사실을 발견했다.

치의학 박사이자 신학 박사인 라이오넬 제이슨 데이비드 존스 목사는 1889년 매사추세츠주 하버힐에서 태어나 감리교 신자로 성장했다.

그는 치과의사의 막내아들이자 두 치과의사의 손자였고, 두 치과의사의 형제이자 세 치과의사의 처남이었다. 그 자신도 치과의사의 길로 들어섰지만, 1910년 피츠버그대학 치의대에서 퇴학당하고 말았다. 퇴학 사유는 요즘 같으면 십중팔구 편집증으로 진단될 증세였는데, 1910년에는 단순한 학문적 부적격으로 처리되었다.

그의 병세는 결코 가볍지 않았다. 그의 시험 답안지는 단연코 치의대 역사상 가장 길 뿐 아니라 가장 엉뚱했다. 처음에는 시험에서 요구하는 주제에 맞게 제대로 시작했다. 그러나 몇 줄만 넘어가면 그 주제에서 벗어나 자신만의 독창적인 이론, 즉 유대인과 흑인의 치아는 두 집단이 퇴화한 동물임을 확실히 입증한다는 이론을 늘어놓기 시작했다.

그의 치과 기술이 매우 훌륭했기 때문에 교수들은 그가 치아에 대한 정치적 해석을 중단하고 보다 성숙한 단계로 올라서기를 기대했다. 그러나 그의 증세는 갈수록 악화되었고, 결국 그의 답안지들은 광적인 팸플릿이 되어, 모든 신교도 앵글로색슨 민족은 유대인과 흑인의 지배에 맞서 단결하라고 선동했다.

존스가 가톨릭과 유니테리언* 신자의 치아에서까지 퇴화의 증거를 찾아내기 시작하고, 그의 매트리스 밑에서 총알이 장전된 권총 다섯 자루와 총검 한 자루가 나오자 학교 당국은 결국 최후의 조치를 내렸다.

---

* 삼위일체론과 그리스도의 신성을 부정하고 오직 하느님의 신성만 인정하는 기독교의 한 분파.

그리고 우리 부모가 나와 절대로 의절하지 않은 것과는 달리, 존스의 부모는 그와 의절하고 말았다.

　무일푼이 된 존스는 피츠버그의 샤프 형제 장례회관에 시신 보존 위생사 보조로 취직했다. 그리고 이 년 만에 그곳의 관리자가 되었고, 다시 일 년 뒤에 장례회관의 주인이자 미망인인 해티 샤프와 결혼했다. 결혼 당시 해티는 쉰여덟 살, 존스는 스물네 살이었다. 존스의 삶을 들여다본 많은 조사관들은 물론이고 남자에게 대체로 불리한 평가를 내리는 조사관들조차 존스가 아내 해티를 진심으로 사랑했다는 결론을 피하지 못했다. 두 사람은 1928년 해티가 세상을 떠날 때까지 줄곧 행복한 결혼생활을 유지했다.

　사실 그것은 너무나 행복하고, 완전하고, 자족적인 둘만의 제국이었기 때문에, 그 기간 동안 존스는 앵글로색슨 민족을 선동하는 행위를 거의 하지 않았다. 그는 인종 문제에 대한 논평의 대상을 작업실에서 보는 시체들에 국한하여, 장례 시설 가운데 정치적으로 가장 진보적인 곳이라 해도 다들 웃고 넘어갈 만한 농담을 하는 정도로 만족했다. 그리고 그 기간은 정서와 재정 면에서뿐 아니라 창의적인 면에서도 황금기였다. 존스는 로마 호시라는 화학자와 공동으로 연구하여 비베린이라는 방부처리액과, 진짜 잇몸과 거의 유사해서 의치에 사용하기에 매우 적합한 진지바트루라는 물질을 개발했다.

아내가 죽자 존스는 새롭게 태어날 필요를 느꼈다. 그래서 한동안 깊이 잠재웠던 원래 모습으로 다시 태어났다. 존스는 흔히 말하는 세상 물정 모르는 과격한 선동가가 되었다. 그가 세상으로 다시 나온 해는 1928년이었다. 그는 자신의 장례회관을 팔만 사천 달러에 팔고 〈백인 기독교 민병대〉를 창간했다.

이듬해인 1929년에 존스는 증권 파동으로 알거지가 되었고, 그의 신문은 14호로 발행이 중단되었다. 이 신문은 〈후즈 후〉라는 인명록에 기재된 모든 사람에게 무료로 우송되었는데, 신문에 실린 그림이라고는 치아 사진과 도해가 전부였고, 기사라고는 치아와 인종에 대한 자신의 이론에 근거해 시사 문제를 설명한 것이 전부였다.

최종호 바로 이전 호에서 존스는 발행인란에 자신을 '치의학박사 라이오넬 J. D. 존스'라고 소개했다.

나이 마흔에 다시 무일푼 신세가 된 존스는 어느 장례업계 신문에 실린 광고에 지원했다. 아칸소주 리틀록의 어느 장의전문학교에서 교장을 구하는 광고였다. 광고주는 그 학교의 전 교장이자 소유주인 미망인이었다.

존스는 일자리도 얻고 미망인도 얻었다. 메리 앨리스 슈프라는 이름의 이 미망인은 예순여덟의 나이로 존스와 결혼했다.

존스는 다시금 헌신적인 남편이자 행복하고 완전하고 조용한 남자로 돌변했다.

그가 맡은 학교는 리틀록 방부처리 전문학교라는 매우 정직한 이름을 갖고 있었다. 이 학교는 연간 팔천 달러의 적자를 냈다. 그래서 존스는 학교를 고비용에 시달리는 방부처리 분야에서 끌어내고 부동산을 매각한 다음, 서반구 성서대학으로 신규 허가를 받았다. 이 대학은 강의도 없고 아무것도 가르치지 않으며, 모든 사업을 우편으로 처리했다. 그가 벌인 사업은 신학 분야의 박사학위증을 액자에 넣어 수여하고 한 장당 팔십 달러를 받는 것이었다.

그리고 내친김에 존스 본인도 서반구 성서대학의 학위를 무료로 챙겼다. 두번째 아내가 세상을 떠난 뒤 〈백인 기독교 민병대〉를 재창간하면서 그는 발행인란에 '치의학 박사 겸 신학 박사 라이오넬 J. D. 존스 목사'라고 적어넣었다.

그리고 존스는 치의학과 신학뿐 아니라 미술까지 결합한 책을 저술하고 자비로 출간했다. 『예수는 유대인이 아니었다』라는 책이었다. 그는 자신의 주장을 입증하기 위해 예수를 그린 오십 점의 명화를 수록하고, 그 그림 가운데 어느 것에서도 유대인의 턱이나 치아를 볼 수 없다고 주장했다.

새로 발간된 〈백인 기독교 민병대〉의 처음 몇 호는 구판만큼이나 형편없었다. 그런데 어느 순간에 기적이 일어났다. 지면이 4면에서 8면으로 늘어났고, 조판, 인쇄, 종이가 깔끔하고 단정해진 것이다. 치아 도해는 그럴듯한 사진으로 바뀌었고, 지면은 세계 각지에서 끌어온 기사들로 활기를 띠었다.

그 이유는 간단하고도 명료했다. 존스가 당시 급부상하던 히틀러의 독일 제3제국에 선전요원으로 채용되어 재정 지원을 받게 된 것이다. 존스의 뉴스, 사진, 만화, 논설은 독일 에르푸르트에 있는 나치의 선전 공장에서 곧바로 공수되었다.

그렇다면 한층 상스러워진 그의 자료 대부분이 내 손으로 작성된 것일 가능성이 매우 높다.

존스는 미합중국이 2차세계대전에 뛰어든 뒤에도 계속 독일의 선전요원으로 일했다. 그리고 1942년 7월에야 스물일곱 명의 다른 범죄자와 함께 다음과 같은 죄목으로 체포되었다.

미합중국 육군과 해군에 소속된 군인, 그리고 공화주의 정부와 공직에 종사하는 이들의 사기와 신념과 용기를 훼손하기 위해 적과 공모한 죄, 국민에게 언론의 자유를 허락한 국가는 애국자의 가면을 쓴 적에게 취약하다는 믿음에 기초하여 언론과 출판의 자유에 편승하고 그 권리를 이용 및 남용하여 반국가적인 사상을 유포한 죄, 정직한 비판인 양 가장하여 공화주의 정부의 적절한 기능을 방해하고 훼손하고 분쇄하고 파괴하려 한 죄, 미합중국 육군과 해군에 소속된 군인과 국민의 신념과 용기를 꺾어 정부를 취약하게 만들어서 외부의 무장 세력과 내부의 반역으로부터 국가와 국민을 수호할 정부의 힘을 약화시키려 한 죄.

존스는 유죄판결을 받았다. 그리고 십사 년 형을 언도받고 팔 년을 복역했다. 1950년 애틀랜타에서 출소할 당시 그는 부유한 사람이 되어 있었다. 그가 개발한 방부처리액 비베린과 의치용 잇몸 재료 진지바트루가 각 분야의 시장을 지배했던 것이다.

1955년에 그는 〈백인 기독교 민병대〉를 다시 발행했다.

그로부터 오 년 뒤, 일흔한 살의 정력적인 노정치가이자 회한 이나 빈틈 따위는 전혀 보이지 않는 노인의 모습으로 치의학 박사 겸 신학 박사인 라이오넬 J. D. 존스 목사가 나를 방문했다.

무엇 때문에 나는 그의 쓰레기 같은 일대기를 소개해 아까운 지면을 허비했는가?

무식한 미치광이 인종차별주의자와 나 자신을 대비시키기 위해서이다.

독일에서 나에게 명령을 내린 자들은 존스 박사처럼 무식한 미치광이였다. 나는 그것을 알고 있었다.

오, 하느님. 나는 어쨌든 그들의 명령을 따르지 않는가!

14. 계단에서 내려다본 광경

내가 우편함의 내용물 때문에 충격을 받은 지 일주일이 되는 날 존스가 나를 방문했다. 나는 내 쪽에서 먼저 그를 만나려고 시도했다. 그는 내 다락방에서 불과 몇 블록 떨어진 곳에서 그 비열한 신문을 발간하고 있었던 것이다. 나는 나에 관한 기사를 철회해달라고 요청하기 위해 그곳을 찾아갔다.

마침 그는 부재중이었다.

집으로 돌아와보니 우편함은 새 우편물로 가득했고, 그 대부분은 〈백인 기독교 민병대〉의 구독자가 보낸 것이었다. 내가 더이상 혼자가 아니며 친구가 있다는 것이 공통된 주제였다. 뉴욕주 마운트버넌에 사는 한 여자는 천국에 나를 위한 왕좌가 마련돼 있을 거라고 말했다. 노픽의 한 남자는 나를 제2의 패트릭

헨리*라고 치켜세웠다. 세인트폴의 한 여자는 훌륭한 글을 계속 쓰는 데 보태라며 이 달러를 보냈다. 그리고 미안하다고 했다. 수중에 있는 돈이 그것뿐이라면서. 오클라호마주 바틀즈빌에 사는 한 남자는 유대인이 우글거리는 '주욕Jew York'을 떠나 하느님의 땅으로 오는 것이 어떻겠느냐고 물었다.

나는 존스가 어떻게 나를 찾아냈는지 전혀 몰랐다.

크래프트 역시 어리둥절하긴 마찬가지라고 주장했다. 하지만 사실은 어리둥절하지 않았다. 바로 그가 자신을 익명의 애국자라고 소개하며 내가 살아 있다는 기쁜 소식을 존스에게 알려준 장본인이었으니까. 그는 또한 그 위대한 신문을 미국 재향군인회 프랜시스 X. 도노번 지부의 버나드 B. 오헤어에게도 한 부 보내달라고 부탁했다.

크래프트는 나를 이용하려는 계획을 세워두고 있었다.

그와 동시에 얼간이 하나를 속여먹겠다는 소망에서 파생할 수 있는 그 어떤 동정심보다 더 애틋한 통찰력, 더 직관적인 애정을 발휘하여 내 초상화를 그리고 있었다.

존스가 나를 찾아왔을 때 나는 초상화 모델을 하는 중이었다. 크래프트가 테레빈유를 흘렸고, 나는 냄새를 없애기 위해 문을 열었다.

---

* 미국 독립혁명의 지도자.

그때 계단통을 타고 열린 문으로 아주 이상한 주문 소리가 흘러들어왔다.

나는 문밖으로 나가 층계참에 서서 참나무와 회반죽으로 만든 나선형 계단통의 아래쪽을 내려다보았다. 난간을 따라 위로 올라오는 네 사람의 손이 눈에 들어왔다.

바로 존스와 그의 세 동료였다.

이상한 주문은 손들의 전진과 맞물려 들려왔다. 난간을 잡은 손들이 4피트 가량 올라와 그 자리에 멈추면 주문 소리가 흘러나왔다.

주문은 헐떡거리는 목소리로 이십까지 세는 소리였다. 존스의 일행 중 두 명, 즉 그의 경호원과 남자 비서는 심장이 매우 좋지 않았다. 두 사람의 늙고 허약한 심장이 터지지 않도록 그들은 몇 걸음마다 멈춰 서서 이십까지 세며 휴식 시간을 쟀다.

존스의 경호원은 한때 독일계 미국인 협회 부회장을 지낸 바 있는 오거스트 크랩타우어였다. 크랩타우어는 예순세 살이었고, 애틀랜타에서 십일 년간 복역했으며, 금방이라도 저승 문턱을 넘어갈 태세였다. 그런데도 정기적으로 염장이를 찾아가 분장이라도 하는 듯 얼굴이 뽀얗고 앳되었다. 그가 일생 동안에 이룬 가장 큰 업적은 1940년 뉴저지에서 독일계 미국인 협회와 KKK단의 공동 집회를 성사시킨 것이었다. 그 집회에서 크랩타우어는, 교황은 유대인이고 유대인이 바티칸을 담보로 교황청에 천삼백만 달러를 융자해줬다고 공언했다. 교황이 바뀌고 형무소 세탁소에서 십일 년이나 복역한 뒤에도 그의 생각은 전혀 변하지 않았다.

존스의 비서는 파문당한 신부이자 성 바울파인 패트릭 킬리였다. 그의 고용주가 아직도 '킬리 신부'라 부르는 그는 일흔세 살에 주정뱅이였다. 2차세계대전 전에는 디트로이트에 있는 어느 총기 클럽의 지도 신부였는데, 나중에 드러났지만 그 클럽은 나치 독일의 첩보원들이 조직한 단체였다. 클럽의 이상은 노골적으로 유대인을 쏴 죽이는 것이었다. 킬리 신부가 클럽의 어느 회합에서 기도한 내용을 한 신문기자가 받아 적어 다음날 아침에 전문을 실은 적이 있다. 너무나도 악랄하고 편협한 신에게 호소하는 내용의 그 기도문은 교황 피우스 11세의 관심과 놀라움을 불러일으켰다.

킬리는 즉시 성직을 박탈당했고, 교황 피우스 11세는 미국 가톨릭 교구에 다음과 같은 취지가 담긴 장문의 서한을 보냈다. '진정한 가톨릭 신자라면 어느 누구라도 우리의 동료인 유대인을 학살하는 일에 가담하지 않을 것입니다. 유대인에 대한 공격은 우리 인류에 대한 공격입니다.'

킬리의 많은 동료들이 감옥에 갔지만 그는 감방 신세를 면했다. 동료들이 정부 돈으로 스팀 난방, 깨끗한 침대, 규칙적인 식사를 제공받는 동안 킬리는 추위에 떨고, 벼룩에 물리고, 굶주리고, 술에 찌들어 빈민굴을 떠돌아다녔다. 만일 존스와 크랩타우어가 그를 찾아내 구해주지 않았다면, 그는 여전히 빈민굴에 처박혀 있거나 빈민 공동묘지에 묻혔을 것이다.

그런데 킬리의 그 유명한 기도문은 과거에 내가 지어서 단파로 방송했던 풍자시를 개작한 것이었다. 기왕에 나의 문학적인 기여에 관한 기록을 바로잡는 마당이니, 교황과 바티칸의 담보에 대해 크랩타우어 부회장이 주장한 내용 역시 내 손에서 나온 작품임을 지적하고자 한다.

그렇게 네 사람은 "하나, 두울, 세엣, 네엣……"을 읊조리며 나를 보기 위해 올라왔다.

그들의 걸음은 무척이나 느렸는데, 일행 중 네번째 사람은 다른 사람들보다도 훨씬 뒤처져 올라왔다.

이 네번째 사람은 여자였고, 층계참에서는 반지를 끼지 않은 창백한 손만 보였다.

존스의 손이 선두였다. 그 손은 마치 비잔틴 왕자의 손처럼 여러 개의 반지로 번쩍거렸다. 그 보석들은 구체적으로 두 개의 결혼반지, 폴 리비어 기독교인 투사 연합의 어머니 지원 단체가 1940년에 증정한 스타사파이어 반지, 샌프란시스코의 독일 총영사였던 만프레트 프라이허 폰 킬링거 남작이 1939년에 선물한 얼룩마노 바탕에 만卍 자형 다이아몬드가 박힌 반지, 그리고 일본인 세공가가 흰머리독수리를 비취로 조각하여 은고리에 박아넣은 것으로 로버트 스털링 윌슨에게서 받은 반지였다. 윌슨은 일본군 첩보원으로 1942년 형무소에 들어간 흑인이었고, '할렘의 흑인 지도자'라고 불렸다.

존스의 번쩍이는 손이 난간에서 사라졌다. 존스는 느릿느릿 여자에게로 내려가 내가 이해할 수 없는 몇 마디 말을 건넸다. 그런 다음 다시 올라왔는데, 칠십대 노인치고는 놀라울 정도로 고른 호흡을 유지했다.

나와 눈이 마주치자 그는 진지바트루에 가지런히 박아넣은 새하얀 이를 내보이며 미소를 지었다. "캠벨 씨?" 그는 아주 조금밖에 숨을 헐떡이지 않았다.

"그렇습니다만."

"나는 존스 박사요. 선생에게 깜짝 놀랄 일이 있소."

"이미 당신의 신문을 봤습니다."

"아니, 신문이 아니오. 그보다 더 놀라운 것이오."

존스 박사 뒤로 킬리 신부와 크랩타우어 부회장이 모습을 드러냈다. 두 사람은 숨을 헐떡이면서 갈라진 목소리로 숫자를 세고 있었다.

"더 놀라운 것이라니?"

나는 그를 아주 무참하게 만들어 다시는 나를 자기편이라고 생각하지 못하게 할 작정이었다.

"내가 데려온 여자를 보시오."

"누굴 데려왔다는 거요?"

"당신 아내요."

존스가 말했다.

"그녀와 연락이 닿았는데, 자기 이야기를 하지 말라고 신신당부하더군. 그녀는 이렇게 아무 예고 없이 걸어들어오겠다고 고집을 부렸소."

"그래야 당신 삶 속에 내 자리가 남아 있는지 확인할 수 있을 테니까요. 내 자리가 없다면, 나는 작별 인사를 하고 사라져 다시는 당신을 귀찮게 하지 않을 거예요." 헬가가 말했다.

15. 타임머신

만일 반지를 끼지 않은 그 창백한 손이 사랑하는 헬가의 손이었다면, 마흔다섯 살 여자의 손이었을 것이다. 만일 그것이 헬가의 손이었다면, 소련에서 십육 년 동안 포로 생활을 한 중년 여인의 손이었을 것이다.

나는 나의 헬가가 여전히 사랑스럽고 쾌활하리라고는 상상조차 못했다.

만약 헬가가 크림반도에서 기어다니고, 쿵쾅거리고, 쉭쉭거리고, 윙윙거리고, 살금살금 다가오고, 철컥거리고, 튀어오르고, 재잘거리면서 삽시간에 인간의 목숨을 앗아가는 그 모든 전투 장난감을 피해 소련군의 공격에서 목숨을 건졌다 해도, 그보다 느린 운명, 나병처럼 천천히 목숨을 앗아가는 운명이 그녀를 휩쓸었을 것이다. 나는 그 운명을 짐작할 필요가 없었다. 그것은 소련 전선에서 포로가 된 모든 여자에게 빠짐없이 적용되는 잘 알려진 운명이었고, 철저하게 현대적인 전쟁에서 철저하게 현대적이고, 철저하게 과학적이고, 철저하게 무성無性적인 국가라면 어디서나 당연하게 벌어지는 잔혹한 일상의 일부였다.

만약 나의 헬가가 그 전투에서 살아남았다면, 그녀를 체포한 자들은 분명 그녀의 등에 총구를 들이대고 그녀를 강제노동 집단으로 떠밀었을 것이다. 그들은 분명 그녀를 위대한 소련에 무수히 존재하는 사팔뜨기, 땅딸보, 낙오자, 거지, 넝마주이의 집단 속에 처넣었을 것이고, 분명 나의 헬가를 서리 내린 눈밭에서 식량으로 삼을 뿌리를 캐고, 납덩이같은 발을 끌며 탈구된 손가락으로 잡석을 치우고, 끽끽거리는 수레를 밧줄로 끄는 이름도 없고 성性도 없는 가여운 인간으로 만들었을 것이다.

"내 아내라고? 거짓말 마시오."

내 말이 끝나자 그가 유쾌하게 대꾸했다.

"내 말이 거짓인지 아닌지는 쉽게 알 수 있을 거요. 선생이 직접 보시오."

나는 당당하고 침착하게 계단을 내려갔다.

그러자 그 여자가 보였다.

그녀는 이목구비가 분명하게 잘 보이도록 턱을 들고 나를 향해 미소를 지었다.

그녀의 머리는 눈같이 하얬다.

그것만 제외한다면 그녀는 시간이 비껴간 나의 헬가였다.

그것만 제외한다면 그녀는 결혼 첫날밤과 똑같이 나긋나긋하고 눈부신 나의 헬가였다.

16. 젊음을 간직한 여자

우리는 아기처럼 엉엉 울었고, 서로를 부둥켜안은 채 계단을 올라 다락방으로 향했다.

킬리 신부와 크랩타우어 부회장 곁을 지나면서 언뜻 보니 킬리 신부도 눈물을 흘리고 있었다. 크랩타우어는 앵글로색슨 가족의 의미를 되새기며 차려 자세로 서 있었다. 그들보다 계단 위쪽에 서 있던 존스는 자신이 만든 기적이 흡족하다는 듯 즐거운 표정이었다. 그는 보석으로 뒤덮인 두 손을 연신 비벼댔다.

"내 아내 헬가입니다." 나는 헬가를 부둥켜안고 다락방에 들어서면서 내 오랜 친구 크래프트에게 헬가를 소개했다.

크래프트는 억지로 눈물을 참느라 불을 붙이지 않은 옥수숫대 파이프를 잘근잘근 씹어 끄트머리를 뜯어냈다. 그는 결코 운

적이 없었지만, 그때만은 거의 울 뻔했다. 적어도 내가 보기엔 그랬다.

존스, 크랩타우어, 킬리도 우리를 따라 들어왔다. 내가 존스에게 물었다.

"어떻게 당신이 내 아내를 이곳으로 데려오게 된 겁니까?"

"기가 막힌 우연이었소. 어느 날 선생이 살아 있다는 사실을 알게 됐소. 그리고 한 달 뒤에 선생의 아내도 살아 있다는 걸 알게 됐소. 이 우연을 신의 섭리가 아니고 무엇이라 부르겠소?"

"글쎄요."

"내 신문은 적은 부수나마 서독에서도 발행되는데, 독자 한 명이 당신 기사를 읽고 나에게 전보를 쳤소. 당신의 아내가 난민이 되어 서베를린에 와 있는 것을 아느냐고 묻는 내용이었소."

"그가 왜 나에게 직접 전보를 치지 않은 겁니까?"

나는 헬가를 바라보았다. 그리고 독일어로 물었다.

"여보, 왜 당신이 나에게 전보를 치지 않았소?"

그녀가 영어로 대답했다.

"우린 아주 오랫동안 헤어져 있었어요. 그동안 난 죽은 사람이었고요. 당신이 분명 새 가정을 꾸렸을 거라고 생각했어요. 간절히 원한다고 해도 나를 위한 자리는 없을 거라고."

"내 삶에는 당신을 위한 자리밖에 없다오. 당신 외에는 어느 누구도 내 삶을 채워주지 못해."

"할말이 너무나 많아요, 당신에게 할 이야기가⋯⋯"

그녀는 이렇게 말하고 내 품에 기대며 쓰러졌다. 나는 의아해하며 그녀를 내려다보았다. 그녀의 피부는 부드럽고 깨끗했다. 그녀는 마흔다섯 살인 여자치고는 놀라울 정도로 싱싱한 젊음을 간직하고 있었다.

그녀가 지난 십오 년을 어떻게 보냈는지 듣고 나자 그녀의 젊음이 더욱 놀랍게 느껴졌다.

그녀는 크림반도에서 체포되어 강간을 당했다. 그런 다음 다른 포로들과 함께 유개화차에 실려 우크라이나로 끌려가 강제노동을 했다. 그녀가 말했다.

"우린 진창에 버려진 쓰레기나 마찬가지였어요. 전쟁이 끝났는데도 끝났다고 말해주는 사람이 없었죠. 우리가 겪은 비극은 끝이 없었어요. 우리에 대해서는 어떤 기록도 없었고요. 우린 발을 질질 끌며 폐허가 된 마을을 정처 없이 떠돌았어요. 어느 집이건 허드렛일이 생기면 우리를 불러다 시켰고, 우린 꼼짝없이 그 일을 해야 했지요."

그녀는 좀더 과장된 몸짓으로 이야기를 하기 위해 내게서 떨어졌다. 나는 앞쪽 창가에 서서 그녀의 이야기에 귀를 기울였다. 그리고 먼지 낀 유리창을 통해 새도 나뭇잎도 없는 헐벗은 나뭇가지를 바라보았다.

세 장의 먼지 낀 유리창에는 나치의 만卍 자, 소련의 망치와

낫, 성조기의 별과 줄무늬가 하나씩 그려져 있었다. 몇 주일 전 크래프트와 애국심에 대해 논쟁을 벌인 뒤 논쟁의 결론으로서 내가 그려놓은 것들이었다. 나는 크래프트에게 애국심이 나치와 공산주의자와 미국인에게 각각 무슨 의미인지 보여주기 위해 각 상징을 향해 기운차게 만세를 불렀다.

"만세, 만세, 만세."

헬가는 끝도 없이 이야기를 늘어놓으면서, 현대사라는 미친 베틀에서 기나긴 일대기를 짜냈다. 그녀는 이 년 뒤 강제노동 집단에서 도망쳤지만, 하루 만에 기관단총을 든 아시아계 야만인과 경찰견에게 붙잡혔다.

그후 삼 년 동안 감옥살이를 했고, 그다음 시베리아로 끌려가 거대한 전쟁 포로 수용소에서 통역과 서류 정리 일을 했다. 전쟁은 오래전에 끝났지만, 그곳에는 아직도 팔천 명의 SS 대원이 포로로 붙잡혀 있었다. 그녀가 말했다.

"그곳에서 팔 년을 보내다보니 고맙게도 틀에 박힌 생활에 중독이 되더군요. 우리는 그곳의 모든 포로들, 가시철조망에 갇힌 그 무의미한 인생들의 기록을 완벽하게 관리했죠. SS 대원들, 한때는 그렇게나 팔팔하고 깡마르고 악랄했던 사람들이 점차 흰머리가 늘고 나약해지고 자기 연민에 빠지더군요. 아내 없는 남편, 자식 없는 아버지, 가게 없는 가게 주인, 물건 없는 상인이 되었죠."

헬가는 기가 꺾인 친위대원들을 생각하면서 스스로에게 스핑크스의 수수께끼를 던졌다. "아침엔 네 발로 걷고, 낮에는 두 발로 걷고, 밤에는 세 발로 걷는 짐승이 무엇일까요?"

그리고 쉰 목소리로 대답했다. "사람이에요."

헬가는 본국으로 돌아오게 된 경위를 이야기했다. 그녀는 어찌어찌하여 동독으로 보내졌는데, 보내진 곳은 베를린이 아니라 드레스덴이었다.

그녀는 드레스덴의 담배공장에서 겪은 일들을 숨막힐 정도로 자세히 설명했다.

어느 날 그녀는 동베를린으로 달아났고, 그곳에서 서베를린으로 넘어왔다. 그리고 며칠 뒤 비행기를 타고 나에게 날아왔던 것이다.

"누가 비행기 값을 댔소?" 내가 물었다.

"선생을 존경하는 사람들이 댔소. 그들에게 고마워할 필요는 없소. 그들은 당신에게 죽어서도 갚지 못할 빚이 있다고 생각하니까." 존스가 친절하게 대답했다.

"무슨 빚요?"

"전시에 다른 사람들은 모두 거짓말을 늘어놓았지만 당신만은 용감하게 진실을 이야기했지. 그 용기에 대한 감사의 빚이라오."

17. 오거스트 크랩타우어, 발할라*로 가다

크랩타우어 부회장은 혼자만의 결정으로 존스의 리무진에서 헬가의 짐을 가져오기 위해 그 모든 계단을 다시 내려갔다. 헬가와 나의 재결합을 보고 젊음과 품위를 되찾은 것처럼 느꼈기 때문이다.

아무도 눈치채지 못한 사이에 그는 양손에 가방을 하나씩 들고 문 앞에 다시 나타났다. 존스와 킬리는 소스라치게 놀랐다. 종종 끊어지고 새는 크랩타우어의 낡은 심장 때문이었다.

부회장의 얼굴은 토마토주스 색깔로 바뀌어 있었다.

"이 바보 같은 양반." 존스가 외쳤다.

---

* 북유럽 신화에서, 오딘을 위해 싸우다가 죽은 전사들이 머무는 궁전.

"아니오. 난 아무렇지도 않소." 크랩타우어가 미소를 지으며 말했다.

"로버트를 시키지 그랬소?" 존스가 말했다.

로버트는 리무진에 앉아서 대기하고 있는 존스의 운전사로, 일흔세 살이고 흑인이었다. 그가 바로 로버트 스털링 윌슨, 즉 전과자이자 일본군 첩보원, 그리고 '할렘의 흑인 지도자'였다.

"로버트더러 갖고 올라오라고 할 것이지, 원 세상에. 그렇게도 죽고 싶소?" 존스가 말했다.

"아돌프 히틀러에게 충성했던 하워드 캠벨 씨 같은 사람의 아내를 위해 죽는다면, 나에겐 영광이오."

그는 이렇게 말한 뒤 그 자리에 푹 쓰러졌다.

우리는 그를 살려내려고 애썼지만, 그는 추하게 입을 벌린 채 완전히 숨을 놓았다.

나는 닥터 에이브러햄 엡스타인과 그의 어머니가 사는 2층으로 뛰어내려갔다. 마침 의사는 집에 있었다. 닥터 엡스타인은 우리가 그의 죽음을 믿기에 충분할 정도로 가엾은 크랩타우어를 아주 거칠게 다뤘다.

나는 유대인인 엡스타인이 크랩타우어를 때리고 찌르는 것을 보고 존스나 킬리가 뭐라고 한마디하지 않을까 생각했다. 그러나 두 늙어빠진 파시스트는 어린애처럼 공손하고 고분고분했다.

존스가 엡스타인에게 한 말이라고는, 크랩타우어가 분명히 사망했다고 엡스타인이 발표한 뒤에 "의사 선생, 나는 치과의사요"라고 한 게 전부였다.

"그래요?" 엡스타인은 대수롭지 않게 대꾸한 다음, 구급차를 부르러 자기 아파트로 내려갔다.

존스는 나의 잉여 군수물자 담요 한 장을 가져와 크랩타우어를 덮었다. "일이 제대로 풀리려는 순간에 이렇게 되다니." 죽은 크랩타우어에 관한 이야기였다.

"무슨 일이었죠?" 내가 물었다.

"그는 작은 단체를 조직할 참이었소. 큰 건 아니지만, 충성스럽고 믿을 만하고 헌신적인 단체였소."

"이름이 뭐였습니까?"

"'백인계 후손들의 미국 헌법 철위대'였소. 그에겐 정말 평범한 젊은이들을 훈련시켜 강철 같은 투사로 만들어내는 진짜 재능이 있었소." 존스는 슬픈 표정으로 고개를 가로저었다. "젊은이들에게서 아주 큰 호응을 얻고 있었는데."

"그는 젊은이들을 사랑했고, 젊은이들도 그를 사랑했다오." 킬리 신부가 말했다. 아직도 눈물을 뚝뚝 흘리면서.

"그의 묘비에 그렇게 새겨야겠군." 존스가 말했다. "그는 내 지하실에서 청소년들을 가르치곤 했소. 그가 아이들을 위해 그곳을 어떻게 꾸몄는지 선생도 봐야 할 거요. 온갖 계층의 평범한 아이들이었소."

"대개 장래가 없는 문제아들이었죠." 킬리 신부가 말했다.

"그는 선생을 아주 존경했소." 존스가 나에게 말했다.

"나를 존경했다고요?"

"선생이 방송을 하던 그 시절에 그는 한 번도 선생의 방송을 놓친 적이 없었소. 감옥에 가서도 맨 처음 한 일이 단파 라디오를 만드는 것이었소. 선생의 방송을 듣기 위해서 말이오. 그는 매일 전날 밤에 선생이 말했던 것들을 떠올리면서 감동에 벅차오르곤 했소."

"음."

"캠벨 씨, 당신은 등대였소." 존스가 열띤 목소리로 말했다. "그 암흑의 시대에 선생이 얼마나 빛나는 등대였는지 아시오?"

"모르겠습니다."

"크랩타우어는 선생이 철위대원에게 이상을 심어주는 교관이 되어주기를 희망했소."

"내가 지도 신부요." 킬리가 말했다.

"아, 이제 누가, 도대체 누가 철위대를 이끈단 말인가? 누가 앞으로 나아가 떨어진 횃불을 들어올릴 것인가?" 존스가 말했다.

그때 누군가 날카롭고 세게 문을 두드렸다. 다가가 문을 열어보니 존스의 운전사가 서 있었다. 섬뜩한 노란 눈에 주름진 얼굴을 한 늙은 흑인이었다. 그는 흰 장식이 들어간 검은색 제복을 입었고, 기장을 떼낸 독일 공군 모자를 썼으며, 멜빵이 달린 장교 혁대, 니켈 도금한 호루라기, 검은 가죽 각반을 착용하고 있었다.

이 백발의 늙은 흑인은 엉클 톰과는 완전 딴판이었다. 그는 관절염 환자처럼 걸어들어왔지만, 장교 혁대에 양손 엄지손가락을 찔러넣고 턱을 우리 쪽으로 바짝 쳐들고 모자는 계속 쓰고 있었다.

"무슨 일이 있습니까?" 그가 존스에게 물었다. "너무 오래 걸리는 것 같아서……"

"있지. 오거스트 크랩타우어 씨가 돌아가셨네."

'할렘의 흑인 지도자'는 이 소식을 건성으로 듣고는 말했다. "모두 죽는구나, 모두 죽어. 이렇게 모두 죽으면 누가 우리의 횃불을 들 것인가?"

"나도 방금 똑같은 말을 했다네."

존스는 이렇게 말하고 로버트에게 나를 소개했다.

로버트는 악수를 청하지 않았다. "당신 이야기는 익히 들었소만, 방송은 한 번도 듣지 않았소."

"그렇군요, 모든 사람에게 항상 즐거움을 줄 수는 없겠지요."

"우린 서로 적이었소." 로버트가 말했다.

"그랬군요." 나는 그에 관해 아무것도 몰랐고, 그가 어느 쪽이든 자신에게 어울리는 편에 속해 있었다면 그만이라고 생각했다.

"나는 유색인 편이었고, 일본에 협력했소." 그가 말했다.

"아, 그래요?"

"우린 당신들이 필요했고, 당신들은 우리가 필요했소." 2차 세계대전중 독일과 일본의 동맹을 말하는 것이었다. "당신들의 요구 중에는 우리가 동의할 수 없는 게 너무 많았소."

"그런 것 같습니다."

"그러니까, 내가 듣기에 당신은 유색인종이 아주 열등하다고 생각한다던데?"

"자, 그만들 하시오." 존스가 진정시키듯 말했다. "우리끼리 말다툼해봐야 무슨 이득이 있겠소? 우린 힘을 모아야 해요."

"나는 그저 당신에게 했던 말을 이 친구에게도 그대로 해주고 싶을 뿐이오." 그런 다음 로버트는 나를 보았다. "나는 여기 있는 이 목사 양반에게 매일 아침 똑같은 이야기를 합니다. 방금 당신에게 했던 그 이야기를 말이오. 나는 목사 양반에게 아침식사로 따뜻한 시리얼을 내주면서 이렇게 말합니다. '조만간 유색인이 정당한 분노를 터뜨릴 것이고, 이 세계를 정복할 것이오. 백인은 결국 패배할 것이오!'"

"알았으니 그만하게나, 로버트." 존스가 참을성 있게 말했다.

"유색인종은 수소폭탄을 갖게 될 거요. 그리고 당장에 그것을 사용할 것이고. 이제 일본이 수소폭탄을 떨어뜨릴 차례요. 나머지 유색인종은 수소폭탄을 가장 먼저 터뜨린 민족으로서 일본인을 존경하게 될 거요."

"일본이 수소폭탄을 어디에 떨어뜨릴까요?" 내가 물었다.

"중국이오. 틀림없소." 그가 말했다.

"다른 유색인종에게 말이오?"

로버트는 나를 동정하는 눈으로 쳐다보았다.

"중국놈이 유색인종이라고 누가 그럽디까?"

18. 베르너 노트 씨의 아름다운 푸른색 화병

헬가와 나는 마침내 단둘이 되었다.

우리는 수줍었다.

나이가 들 대로 든데다 여러 해 동안 독신으로 지낸 나로서는 그냥 수줍기만 한 정도가 아니었다. 과연 내게 잠자리를 할 힘이 남아 있는지 시험해보기가 두려웠다. 그리고 그 두려움은 나의 헬가가 기적처럼 유지하고 있는 눈부신 젊음 앞에서 더욱 커져갔다.

"그러니까, 이런 게 이른바 재회의 과정이겠지." 내가 말했다. 우리는 독일어로 이야기를 나눴다.

"그래요." 그녀는 어느새 앞쪽 창가로 다가가 내가 먼지투성이 유리창에 그려놓은 애국의 상징들을 바라보고 있었다. "지금은 어느 편인가요, 하워드?" 그녀가 물었다.

"뭐라고?"

"낫과 망치, 만卍자, 별과 줄무늬 중 어느 것이 가장 좋아요?"

"음악 이야기를 하는 게 어떻겠소?"

"네?"

"요즘 어떤 음악을 좋아하는지 물어봐요. 음악에 대해선 할 얘기가 있지만, 정치적 견해 따윈 전혀 없소."

"알겠어요. 그럼, 요즘 어떤 음악이 좋은가요?"

"〈화이트 크리스마스〉. 빙 크로스비의 〈화이트 크리스마스〉."

"〈화이트 크리스마스〉?"

"내가 좋아하는 곡이라오. 너무 좋아해서 레코드가 스물여섯 장이나 있지."

그녀는 어리둥절한 표정으로 나를 보며 말했다. "정말이에요?"

"이건 그냥 혼자만의 농담이라오. 너무 오랫동안 혼자 지내다 보니 모든 삶이 혼자만의 것이 돼버렸소. 누군가가 내 말을 이해한다는 것이 놀라울 뿐이오."

"내가 이해할게요. 조금만 기다려요. 오래 걸리진 않을 거예요. 조만간 당신의 모든 말을 다시 이해하게 될 거예요." 그리고 어깨를 으쓱하며 말했다. "나도 혼자만의 비밀스러운 농담이 있어요."

"이제부터는 다시 둘만의 비밀을 만들어갑시다."

"좋아요."

"다시 둘만의 제국을."

"그래요. 그런데 궁금한 게 있어요."

"무엇이든 물어봐요."

"아버지가 어떻게 돌아가셨는지는 알고 있어요. 하지만 어머니와 레지에 대해서는 전혀 알 수가 없어요. 혹시 무슨 소식이라도 들었나요?"

"전혀 못 들었소."

"마지막으로 본 게 언젠가요?"

기억을 더듬어보니, 마지막으로 헬가의 부모님과 예쁘고 상상력이 넘치는 처제 레지 노트를 본 날이 떠올랐다.

"1945년 2월 12일이오." 그리고 나는 그날 있었던 일을 이야기했다.

뼈가 시릴 정도로 추운 날이었다. 나는 오토바이를 한 대 훔쳐 베를린 경찰국장 베르너 노트 씨의 집으로 달려갔다.

베르너 씨는 공습 지역에서 멀리 떨어진 베를린 교외에 살고 있었다. 처가 식구들이 사는 집은 로마 귀족의 무덤처럼 단조롭고 웅대한, 담장이 둘린 하얀 저택이었다. 오 년이라는 전쟁 기간에도 그 집은 유리창에 금조차 가지 않을 정도로 전쟁의 손길을 잘 피해 갔다. 높고 움푹 들어간 남쪽 창문으로는 담장 안쪽에 자리한 과수원 풍경이 들어왔다. 북쪽 창으로는 폐허가 된 베를린의 부서진 건물들이 보였다.

나는 제복을 입고 있었다. 그리고 벨트에는 작은 권총과 크고 장식이 많은 의전용 단검을 꽂고 있었다. 나는 보통 때에는 제복을 입지 않았지만, 그래도 제복을 입을 자격이 있었다. '자유 미국인 군단'의 소령에게 지급된 푸른색 바탕에 금색이 들어간 제복을.

자유 미국인 군단은 미군 포로를 위주로 전투부대를 만들겠다는 나치의 망상이었다. 계획상 이 군단은 지원자로 결성되어, 소련 전선에만 동원될 예정이었다. 또한 계획상 서구 문명에 대한 사랑과 몽골 유목민에 대한 두려움에 기초하여 결성된 사기 높은 전투부대였다.

그런데 내가 이 부대를 나치의 망상이라 부르는 것은, 내가 정신분열증을 보인다는 것을 의미한다. 왜냐하면 이 아이디어가 바로 내 머리에서 나왔기 때문이다. 나는 군단의 창설을 제안하고, 제복과 기장을 디자인했으며, 강령을 작성했다.

강령은 이렇게 시작했다. "나는 존경하는 미국의 선조들처럼 진정한 자유를 믿으며……"

자유 미국인 군단은 그다지 성공적이지 못했다. 단 세 명의 포로만이 가입했으니까. 그들이 어떻게 됐는지는 신만이 아신다. 추측해보건대 내가 처가로 달려갈 무렵에는 모두 죽고, 나만이 군단의 유일한 생존자였을 것이다.

내가 처가로 달려갈 당시에 소련군은 베를린 외곽 20마일 지점까지 와 있었다. 나는 전쟁이 거의 끝났고, 그래서 첩보원 일도 마감할 때가 되었다고 판단했다. 제복을 입은 이유는 베를린에서 빠져나갈 때 독일군이 길을 막으면 그들에게 위압감을 주기 위해서였다. 훔친 오토바이 뒤에는 사복 꾸러미가 묶여 있었다.

처가를 찾아간 것은 진심에서 우러나온 행동이었다. 나는 진심으로 그들에게 작별 인사를 하고, 또 그들에게 작별 인사를 듣고 싶었다. 나는 그들을 염려하고 동정했으며, 어떤 면에선 사랑했다.

크고 하얀 저택의 철대문은 열려 있었다. 베르너 노트 씨는 허리에 손을 짚은 채 대문 옆에 서서 폴란드와 소련 출신 여자 노예들이 일하는 것을 지켜보고 있었다. 여자 노예들은 집안에서 트렁크와 가구를 끌어내 말이 묶인 세 대의 짐마차에 싣고 있었다.

마부들은 소련 침공 때 포로로 잡은, 작고 노르스름한 몽골족이었다.

여자들을 감독하는 사람은 남루한 양복을 입은 뚱뚱한 중년의 네덜란드인이었다. 그리고 키가 큰 늙은 남자가 프로이센-프랑스 전쟁에서 사용했던 단발 소총을 들고 여자들을 감시했다. 늙은 감시원의 초라한 가슴에는 철십자 훈장이 매달려 있었다.

한 여자 노예가 반짝반짝 빛나는 아름다운 푸른색 화병을 들고 발을 질질 끌면서 집안에서 걸어나왔다. 그녀는 캔버스 천을 댄 나막신을 신었다. 이름도, 나이도, 성性도 없는 쓰레기 같은 여자였다. 그녀의 눈은 굴 껍데기 같았고, 동상에 걸린 코는 흰색과 딸기 같은 빨간색으로 얼룩덜룩했다.

그 여자는 화병을 떨어뜨릴 것처럼 위태해 보였고, 화병이 손에서 미끄러질까봐 몸을 잔뜩 웅크리고 있었다.

화병이 금방이라도 떨어질 것 같은 광경을 본 장인은 즉시 도난경보기처럼 비명을 질렀다. 그는 하느님에게 한 번만 그를 불쌍히 여겨달라고, 한 번만 이치에 닿는 일을 해달라고, 힘과 지능을 가진 사람을 단 한 명만 더 보여달라고 소리쳤다.

그는 넋이 나간 여자에게서 화병을 낚아챘다. 그리고 부끄러운 줄도 모르고 눈물을 글썽이면서, 게으름과 어리석음으로 인해 지상에서 영영 사라질 뻔했던 그 푸른색 화병을 찬미하라고 우리 모두에게 외쳤다.

허수아비 감독관인 남루한 네덜란드인은 즉시 여자에게 다가가 장인이 내뱉었던 말을 그대로 되풀이하며 소리를 질러댔다. 늙은 감시원도 필요하다면 그 여자에게 폭력을 행사할 수도 있다는 사실을 보여주기 위해 감독관과 함께 다가갔다.

결국 그녀에게는 이상한 벌이 떨어졌고, 그 덕분에 오히려 그녀는 고통을 당하지 않았다.

그녀는 노트 씨의 물건을 나르는 특권을 박탈당했다.

그래서 다른 여자들이 보물을 계속 나르는 동안 한쪽 구석에 가만히 서 있어야 했다. 그녀의 벌은 자신의 어리석음을 느끼는 것이었다. 그녀는 문명에 몸담을 기회를 만났지만, 스스로 그것을 놓치고 말았다.

"작별 인사를 하러 왔습니다." 나는 노트 씨에게 말했다.

"잘 가게나."

"전선으로 갑니다."

"저쪽으로 가면 금방일세." 그는 동쪽을 가리켰다. "걸어가도 될 거리지. 꽃구경을 하면서 걸어가도 한나절이면 당도할 걸세."

"어쩌면 다시 뵐 기회가 없을지도 모르겠습니다."

"그래서?"

나는 어깨를 으쓱했다. "그뿐입니다."

"그렇지. 그뿐이지, 뭐가 더 있겠나."

"어디로 가실 건지 여쭤봐도 되겠습니까?"

"나는 여기 남을 생각이라네. 아내와 딸아이는 쾰른 외곽에 있는 내 동생 집으로 갈 걸세."

"제가 도와드릴 일이라도 있을까요?"

"있지. 레지의 개를 쏴 죽여주게. 상태가 좋지 않아 데려갈 수가 없다네. 나는 개를 좋아하지 않을뿐더러 레지가 훈련시켜놓은 것처럼 보살펴주고 놀아줄 수도 없으니까. 그놈을 쏴 죽여주면 고맙겠군."

"어디 있습니까?"

"아마 음악실에 레지와 함께 있을 걸세. 레지도 알고 있으니, 얌전히 자네 말을 들을 걸세."

"알았습니다."

"제복이 멋지군."

"감사합니다."

"그것이 무엇인지 물어봐도 실례가 되지 않겠나?" 나는 그가 있는 자리에서 한 번도 제복을 갖춰 입은 적이 없었다.

나는 그에게 단검 손잡이의 문양을 보여주며 설명했다. 호두나무에 은을 입힌 그 문양은 오른쪽 발톱으로는 만卍 자를 움켜쥐고 왼쪽 발톱으로는 뱀을 움켜쥔 채 집어삼키려 하는 흰머리 독수리였다. 그 뱀은 국제 유대인 공산주의를 상징했다. 독수리 머리 주변에 새긴 열세 개의 별은 최초의 미국 식민지였던 열세 개 주를 상징했다. 그 문양은 내가 스케치한 것인데, 그림을 썩 잘 그리지 못하는 탓에 미합중국의 오망성을 그만 다윗의 별인 육망성으로 그리고 말았다. 은 세공사는 독수리는 훨씬 멋있게 새긴 반면에 별들은 스케치해놓은 그대로 새겼다.

그 별들이 장인의 호기심을 사로잡았다.

"그것은 프랭클린 루스벨트 내각의 유대인 열세 명을 상징하겠군."

"그것참 재미있는 생각이십니다."

"사람들은 독일인에겐 유머 감각이 없다고 생각하지."

"독일은 세상에서 가장 오해를 많이 받는 나라입니다."

"자네는 우리 독일인을 정말로 이해하는 몇 안 되는 외국인 중 하나야."

"과분한 칭찬이십니다."

"자네에겐 그런 칭찬을 쉽게 할 수가 없었다네. 자네가 내 딸과 결혼했을 때 나는 가슴이 찢어질 듯 아팠지. 사윗감으로 독일 군인을 원했으니까."

"죄송합니다."

"자넨 내 딸을 행복하게 해줬네."

"그랬다면 다행입니다."

"그래서 자네를 더 미워하게 됐지. 전시에는 행복이 들어설 자리가 없어."

"죄송합니다."

"나는 자네를 아주 미워했기 때문에 자네를 깊이 연구했다네. 자네의 방송을 모두 청취했지. 한 번도 빼먹지 않았어."

"미처 몰랐습니다."

"모든 걸 알 수는 없지. 자네 이건 아는가? 조금 전까지만 해도 나는 자네가 간첩이었다는 걸 입증하고 자네가 총살당하는 것을 지켜보는 것보다 더 기쁜 일은 없을 거라고 생각했다네. 혹시 알고 있었나?"

"몰랐습니다."

"하지만 지금은 자네가 간첩이든 아니든 신경쓰지 않는다네. 그 이유를 아는가? 이젠 자네가 간첩이었다고 고백해도 난 괜찮네. 그래도 우리는 지금처럼 차분하게 이야기를 나눌 걸세. 난 자네가 전쟁이 끝나면 간첩들이 가는 곳으로 떠나겠다고 해도 그냥 보내줄 걸세. 자넨 그 이유를 아는가?"

"모르겠습니다."

"자네가 우리 독일에 봉사한 것만큼 적에게 봉사하지는 못했을 거라 생각하기 때문일세. 나는 지금 내가 생각하는 거의 모든 것, 나치당원인 내가 느끼고 행동했던 그 모든 것을 떳떳하게 만들어주는 것들이 거의 전부 히틀러나 괴벨스나 히믈러에게서 온 것이 아니라 바로 자네로부터 온 것임을 깨달았다네." 그는 내 손을 잡았다. "바로 자네 덕분에 독일은 미치지 않았다는 결론을 내릴 수 있었다네."

그는 불현듯 나에게 등을 돌렸다. 그리고 푸른색 화병을 떨어뜨릴 뻔했던, 굴 껍데기 같은 눈을 한 그 여자에게 갔다. 그녀는 명령을 받은 대로 한쪽 구석에서 벌서는 저능아 역할을 하고 있었다.

베르너 노트 씨는 숨어 있는 깨알만한 지능이나마 일깨우려는 듯이 그녀를 몇 번 흔들었다. 그런 다음 참나무를 깎아 만든 흉측하게 생긴 중국제 개 인형을 마치 갓난아기처럼 소중하게 끌어안고 운반하는 다른 여자를 가리켰다.

"저거 보이나?"

노트 씨가 저능아에게 말했다. 그 저능아를 괴롭히려는 의도가 아니었다. 그는 그녀를 멍청한 바보 대신에 보다 영리하고 보다 유용한 인간으로 만들기 위해 노력하는 중이었다.

그는 그녀를 진심으로 도와주기 위해 진지한 목소리로 애원하듯 말했다.

"저거 보이나? 소중한 물건을 다룰 때에는 저렇게 해야 하는 거야."

19. 귀여운 레지 노트

베르너 노트 씨의 텅 빈 집을 가로질러 음악실로 들어서니 어린 레지와 개가 있었다.

당시 열 살이었던 어린 레지는 창가의 흔들의자에 몸을 웅크리고 앉아 폐허가 된 베를린이 아니라 담장 안의 과수원과 나무 끝에 레이스처럼 매달린 눈을 바라보고 있었다.

집안은 썰렁했다. 레지는 외투와 목도리와 두꺼운 털양말에 몸을 파묻고 있었다. 레지 옆에는 작은 옷가방이 놓여 있었다. 밖에 있는 짐마차 행렬이 떠날 준비가 되면 그때 옷가방을 실을 작정이었다.

레지는 벙어리장갑을 벗어 흔들의자의 팔걸이 위에 가지런히 놓아두었다. 무릎 위에 앉은 강아지를 쓰다듬기 위해 장갑을 벗은 것이다. 닥스훈트 종인 강아지는 전시의 빈약한 먹이 때문에 털이 죄다 빠지고 수종으로 몸이 부어 거의 움직이지 못했다.

이 강아지는 습지에서 어기적거리며 돌아다니게끔 진화한 초기의 어떤 양서류처럼 보였다. 레지가 쓰다듬어주는 동안 녀석의 갈색 눈은 맹목적인 환희에 도취되었다. 녀석은 털가죽을 어루만지는 손가락 끝의 감촉을 고스란히 느끼는 게 분명했다.

나는 레지를 잘 알지 못했다. 전쟁 초기에 한번은 레지가 혀 짧은 소리로 나를 미국 간첩이라고 불러 등골이 서늘해진 적이 있었다. 그때 이후로 될 수 있는 대로 레지의 시선을 멀리했다. 음악실에 들어선 순간 나는 레지가 갈수록 나의 헬가를 닮아가는 것을 보고 깜짝 놀랐다.

"레지?"

레지는 나를 쳐다보지 않았다. "알아요. 이제 강아지를 죽여야 하는 거죠?"

"나도 정말 그러고 싶지 않구나."

"형부가 직접 하실 건가요, 아니면 다른 사람을 시킬 건가요?"

"아버지께서 나에게 직접 하라고 하셨단다."

그녀가 나를 보았다. "군복을 입으셨네요?"

"그래."

"단지 강아지를 죽이려고 군복을 입은 거예요?"

"그게 아니라 전선으로 갈 거란다. 작별 인사를 하려고 잠깐 들른 거야."

"어느 쪽 전선이요?"

"소련 쪽."

"죽게 될 거예요."

"그렇다고 하더군. 하지만 안 죽을 수도 있어."

"안 죽은 사람도 이제 곧 죽을 거예요." 레지는 별로 두려워하는 눈치가 아니었다.

"다는 아닐 거야."

"난 죽을 거예요."

"그렇지 않아. 넌 틀림없이 무사할 거야."

"난 죽을 때 고통을 느끼지 않을 거예요. 그저 갑자기 내 존재가 사라지는 거죠." 레지가 강아지를 무릎에서 밀쳐내자 강아지가 커다란 소시지처럼 힘없이 바닥에 떨어졌다.

"데려가세요. 난 강아지를 좋아하지 않았어요. 그냥 불쌍해서 데리고 있었어요."

나는 강아지를 집어들었다.

"죽는 게 훨씬 나을 거예요."

"네 말이 맞아."

"나도 죽는 게 더 나을 거예요."

"그럴 리가 있니."

"비밀을 말해도 돼요?"

"해보렴."

"조금 있으면 모두 죽게 될 테니까 말하는 건데, 난 형부를 사랑해요."

"아주 고마운 말이구나."

"형부를 정말로 사랑한다니까요. 언니가 살아 있을 때 언니와 형부가 집에 오면 항상 언니가 부러웠어요. 언니가 죽은 뒤에는 빨리 커서 형부와 결혼하고, 유명한 배우가 되면 형부가 나를 위해 희곡을 써줄 거라는 희망을 품었죠."

"이것참 영광인걸."

"이젠 아무 의미가 없어요. 다 무의미해요. 이제 강아지를 데려가서 쏘세요."

나는 고개 숙여 인사하고 강아지를 데리고 나왔다. 그리고 과수원으로 가서 강아지를 눈 위에 놓고 작은 권총을 꺼냈다.

세 명이 나를 지켜보고 있었다. 한 명은 음악실 창가에 서 있는 레지였다. 다른 한 명은 폴란드와 소련 여자들을 감시하던 늙은 감시원이었다.

마지막 한 명은 장모 에바 노트였다. 에바 노트는 2층 창가에 서 있었다. 레지의 강아지처럼 에바 노트도 전시의 부실한 음식 탓에 수종으로 온몸이 부어 있었다. 혹독한 시절 탓에 소시지가 되어버린 가엾은 장모는 강아지 처형을 어떤 고상한 의례쯤으로 생각하는 듯 부동자세로 서 있었다.

나는 강아지의 목덜미를 쏘았다. 총성은 비비탄 소리처럼 작고 보잘것없었다.

강아지는 몸부림치지 않고 즉사했다.

늙은 감시원이 다가와서는 작은 권총이 남긴 총상을 전문가처럼 살펴보았다. 그는 장홧발로 개를 뒤집어 눈 속에서 총알을 찾아내더니 내가 무슨 흥미롭고 유익한 일이라도 한 것처럼 고개를 끄덕이며 중얼거렸다. 그런 다음 자신이 보거나 들었던 온갖 총상에 대해, 살아 있는 것들의 생명이 빠져나간 온갖 종류의 구멍에 대해 떠들기 시작했다.

"이놈을 묻으실 건가요?" 그가 말했다.

"그러는 게 좋겠지요."

"파묻지 않으면 누군가 먹을 겁니다."

20. "베를린의 교수형 집행인을 처형한
여자 교수형 집행인들"

나는 최근에, 그러니까 1958년인가 1959년에야 비로소 장인이 어떻게 죽었는지를 알게 되었다. 그가 죽었다는 것은 이미 알고 있었다. 헬가의 소식을 의뢰했던 탐정사무소에서 베르너 노트 씨가 죽었다고 알려주었기 때문이다.

노트 씨의 자세한 사망 경위는 우연히 알게 되었다. 그러니 치빌리지의 어느 이발소에서였다. 소파에 앉아 내 차례를 기다리는 동안 나는 누드 잡지를 뒤적이면서 눈요기를 하고 있었다. 잡지 표지에 소개된 기사 제목은 '베를린의 교수형 집행인을 처형한 여자 교수형 집행인들'이었다. 그것만으론 그 기사의 주인공이 장인이라고 생각할 이유가 전혀 없었다. 교수형은 그의 일이 아니었다. 나는 책장을 넘겨 그 기사를 찾았다.

그리고 목매달린 사람이 누구인지에 대해서는 전혀 생각하지 않은 채 베르너 노트 씨가 사과나무에 매달려 있는 흐릿한 사진을 한동안 들여다보았다. 나는 처형 장소에 서 있는 사람들의 얼굴을 보았다. 대부분 이름도 없고 볼품도 없는 쓰레기 같은 여자들이었다.

　　나는 재미삼아 이 잡지의 표지에 거짓말이 몇 개나 숨어 있는지 세어보았다. 첫째, 교수형을 집행한 사람은 여자들이 아니었다. 그들은 누더기를 걸친 앙상한 남자 세 명이었다. 둘째, 사진 속의 여자들은 아름답지 않았지만 표지에 실린 여자 교수형 집행인들은 매우 아름다웠다. 표지의 여자들은 가슴이 멜론처럼 둥글고 엉덩이가 말의 목사리처럼 탱탱했으며, 몸에 걸친 누더기는 디자이너 스키아파렐리의 나이트가운을 연출한 것이었다. 반면에 사진 속의 여자들은 홑이불에 싸인 메기보다 나을 게 없었다.

　　그런데 교수형에 관한 기사를 막 읽으려던 순간 나는 사과나무 뒤로 산산이 부서진 건물을 알아보고 불안한 기분에 휩싸였다. 처형당한 남자 뒤편으로 부러진 이처럼 삐죽삐죽 보이는 건물은 베르너 노트 씨의 저택이자 나의 헬가가 훌륭한 독일 시민으로 성장한 집, 그리고 내가 레지라는 이름의 열 살짜리 허무주의자에게 작별 인사를 했던 집이었다.

　　나는 기사를 읽었다.

이언 웨스트레이크라는 사람이 쓴 것으로, 아주 잘 쓴 기사였다. 영국인이자 해방된 전쟁 포로였던 웨스트레이크는 소련군에 의해 해방된 직후에 교수형을 목격했다. 사진도 그가 찍은 것이었다.

노트 씨는 자신의 사과나무에 매달렸고, 그를 처형한 사람들은 근처 숙소에 살던 폴란드 및 소련계 노예 노동자들이었다고 기사는 전했다. 웨스트레이크는 나의 장인을 '베를린의 교수형 집행인'이라 부르지 않았다.

그는 여기서 그치지 않고 노트 씨가 무슨 범죄를 저질렀는지 밝혀냈고, 다른 대도시의 여느 경찰국장보다 더 낫거나 못하지 않다는 결론을 내렸다.

"테러와 고문은 독일 경찰의 다른 부서에서 담당한 영역이었다. 베르너 노트가 맡은 영역은 어느 대도시에서나 일상적인 법과 질서로 간주되는 그런 것이었다. 그가 지휘한 경찰력은 주정뱅이, 도둑, 살인범, 강간범, 약탈범, 사기꾼, 매춘부처럼 공공질서를 파괴하는 자들을 엄하게 다스렸고, 도시 교통을 원활히 하기 위해 최선을 다했다.

노트의 주요 범죄는 경범죄 및 범죄 용의자를 광기어린 사법제도에 넘긴 것이었다. 노트는 가장 현대적인 수사 방법을 이용, 죄인과 무고한 사람을 구분하기 위해 최선을 다했다. 그러나 그에게서 죄수를 넘겨받은 자들에겐 그런 구분이 무의미했다. 재판을 받았든 받지 않았든 구류 상태에 있으니 범죄자였다. 죄목에 상관없이 죄수는 누구나 수모를 당하고, 피폐해지고, 죽임을 당했다."

웨스트레이크는 더 나아가 노트 씨를 처형한 노예 노동자들은 그가 중요 인물이라는 것만 알았을 뿐 구체적으로 누구인지는 전혀 몰랐다고 했다.

웨스트레이크의 기사에 따르면, 노트 씨의 집은 소련군의 포격으로 부서졌지만 그는 저택 뒤편에 부서지지 않은 방에서 계속 살았다고 한다. 그 방을 둘러본 웨스트레이크는 침대 하나, 탁자 하나, 촛대 하나를 발견했다. 탁자 위에는 헬가, 레지, 노트 씨의 아내 사진이 담긴 액자가 놓여 있었다.

그리고 책이 한 권 있었는데, 『마르쿠스 아우렐리우스의 명상록』 독일어판이었다.

무엇 때문에 그렇게 한심한 잡지사가 그렇게 훌륭한 기사를 샀는지 이해되지 않았다. 잡지사의 입장에서 볼 때 독자들이 좋아할 만한 내용은 분명 교수형 자체에 대한 묘사였을 것이다.

나의 장인은 고작 4인치 높이의 발판 위에 섰다. 그들은 그의 목에 밧줄을 묶고, 새순이 돋은 사과나무 가지에 걸친 다음 팽팽하게 당겼다. 그리고 장인이 딛고 서 있던 발판을 발로 찼다. 장인은 목이 조여오는 동안 땅 위에서 춤을 출 수도 있었을 것이다.

다행이었을까?

그는 여덟 번 살아났고, 아홉 번 매달렸다.

여덟 번 매달린 뒤에야 그의 마지막 남은 용기와 품위가 바닥났다. 여덟 번 매달린 뒤에야 그는 고문당하는 아이처럼 행동했다. 웨스트레이크는 이렇게 썼다.

"그렇게 행동한 대가로 그는 세상에서 가장 원하는 것을 상으로 얻었다. 바로 죽음이라는 상을. 그는 발기한 채 죽었고, 맨발이었다."

나는 혹시나 그 기사가 계속되는지 보려고 페이지를 넘겼다. 다른 기사들이 있었지만 그 이야기는 아니었다. 그리고 혀를 내민 채 가랑이를 쫙 벌린 예쁜 여자의 전면 사진이 실려 있었다.

그때 이발사의 목소리가 들렸다. 그는 다른 손님의 머리카락이 묻은 보자기를 탁탁 털고 있었다. 이제 내 목에 두를 차례였다.

"다음 손님."

21. 가장 친한 친구

나는 베르너 노트 씨의 집을 마지막으로 방문할 때, 훔친 오토바이를 타고 갔다고 말했다. 이에 대해 설명을 해야겠다.

사실 난 오토바이를 훔치지 않았다. 단지 내 탁구 복식 파트너이자 독일에서 가장 친한 친구인 하인츠 실트크네히트에게서 영구적으로 빌렸을 뿐이다.

우리는 함께 술을 마시며 밤늦게까지 이야기를 나누곤 했는데, 특히 우리 둘 다 아내를 잃은 뒤로는 더욱 그랬다.

전쟁이 끝나갈 무렵 어느 날 밤, 그가 말했다. "난 자네에게 무엇이든 이야기할 수 있다네. 정말로 어떤 일이든지 말이야."

"나도 똑같은 심정이라네."

"내가 가진 건 무엇이든 자네 걸세."

"내가 가진 것도 모두 자네 걸세, 하인츠."

우리의 재산이라곤 참으로 빈약했다. 둘 다 가정이 없었고, 집과 가구는 폭격으로 날아갔다. 나에겐 손목시계, 타자기, 자전거 한 대가 전부였다. 그나마 하인츠는 오래전에 자신의 손목시계와 타자기, 그리고 결혼반지까지 암시장에서 담배와 교환했다. 이 세상에서 그에게 남은 것이라곤 나와의 우정과 몸에 걸친 옷을 제외하고 고작 오토바이 한 대가 전부였다.

그가 말했다. "저 오토바이마저 없다면 나는 그야말로 알거지라네." 그는 엿듣는 사람이 없는지 주위를 살핀 뒤 이렇게 말했다. "아주 끔찍한 비밀이 있는데 말해도 되겠나?"

"내키지 않으면 말하지 말게나."

"아니야. 자네에겐 아무리 끔찍한 이야기라도 할 수 있어. 정말로 한심한 이야기인데 들어보게나."

우리는 잠자리를 제공받은 숙소 근처의 토치카에서 술을 마시며 이야기를 했다. 아주 최근에 베를린 방어를 위해 노예들을 동원해 지은 것이었다. 당시에는 무기도 군인도 배치되지 않았다. 아직은 소련군이 그렇게 가까이 오지 않았던 때니까.

하인츠와 나는 술 한 병과 양초 하나를 사이에 두고 앉았다. 그는 끔찍한 비밀을 털어놓았다. 그는 취해 있었다.

"하워드, 나는 아내보다 오토바이를 더 사랑했네."

"난 자네의 진정한 친구로서, 자네 말은 무엇이든 믿고 싶다네. 하지만 그것만은 못 믿겠어. 그럴 리가 없으니, 그 말은 그만 잊어버리세."

"아냐, 지금은 사람들이 진실을 말하는 아주 드문 순간 중 하나라네. 사람들은 좀처럼 진실을 말하지 않지. 하지만 지금 나는 진실을 말하려 하네. 만일 자네가 나를 진정 친구로 생각한다면, 자네를 친구로 생각하는 내가 진실을 말할 테니, 내 체면을 봐서라도 들어주기 바라네."

"알겠네."

그의 뺨 위로 눈물이 줄줄 흘러내렸다. "난 아내의 보석을 팔았어. 아내가 좋아하는 가구도 팔았고, 한번은 아내의 고기 배급표까지 팔아치웠다네. 그걸 모두 담배로 바꿨지."

"누구에게나 부끄러운 일은 있는 법이야."

"아내를 위해 담배를 끊어야 했지만, 그러질 못했어."

"누구에게나 나쁜 습관은 있는 법일세."

"아파트가 폭격을 당해 아내가 죽고 남은 거라곤 오토바이 한 대뿐이었지. 암시장 상인이 오토바이를 주면 담배 사천 개비를 주겠다고 하더군."

"알고 있네." 내가 말했다. 그는 술이 취할 때마다 똑같은 이야기를 했다.

"나는 즉시 담배를 끊었네. 그 정도로 오토바이를 사랑했어."

"사람에겐 다 소중한 게 있는 법이라네."

"엉뚱한 걸 소중하게 여기지. 그리고 진짜 소중한 걸 너무 늦게 깨닫는다네. 이 세상엔 그럴듯한 이야기가 많지만 내가 진심으로 믿는 걸 말해도 되겠나?"

"말해보게나."

"사람들은 모두 미쳤어. 언제 어디서나 미친 짓을 저지르지. 지각 있게 행동하는 사람이 있다면 축복을 받을 걸세."

하인츠의 아내가 어떤 여자였는지 얘기하자면, 나는 그녀를 자주 봤지만 그녀에 대해선 조금밖에 몰랐다. 그녀는 쉴새없이 지껄이는 엄청난 수다쟁이였는데, 그 때문에 오히려 그녀가 어떤 사람인지 알기가 어려웠다. 그녀의 주제는 항상 똑같았다. 기회를 포착해 성공을 거머쥔 사람, 남편과는 달리 사회적으로 중요하고 부유한 사람 이야기뿐이었다. 그녀는 이렇게 말하곤 했다.

"쿠르트 에렌스는 스물여섯밖에 안 됐는데 SS의 어엿한 대령이고요, 그의 형인 하인리히는 서른네 살이 절대 넘지 않았을 거예요. 그런데 외국인 노동자 만 사천 명을 부리면서 대전차장애물을 세우고 있대요. 하인리히는 대전차장애물 설치에서 현존하는 최고 전문가래요. 난 그 사람과 춤을 추곤 했죠."

그녀가 이렇게 끝도 없이 종알거리는 동안 불쌍한 하인츠는 뒷마당에서 줄곧 담배만 피워댔다. 그녀 덕분에 나 역시 모든 성공담을 귓전으로 흘려버리는 귀머거리가 되었다. 그녀가 멋진 신세계에서 성공했다고 생각하는 사람들은 결국 노예 지배, 파괴, 죽음의 전문가가 되어 그 보상을 누리는 자들이었다. 나는 그 분야에 종사한 사람들을 성공한 자라고 생각지 않는다.

전쟁이 막바지에 이르자 하인츠와 나는 더이상 우리의 토치카에서 술을 마실 수 없었다. 토치카에는 88밀리 포가 설치되고 열다섯이나 열여섯 살가량 되는 소년들이 배치되었다. 하인츠의 죽은 아내에겐 그것도 성공담이었을 것이다. 그렇게 나이 어린 소년들이 성인용 제복을 입고 완전무장한 죽음의 덫을 담당하게 되었으니 말이다.

그래서 하인츠와 나는 우리의 숙소에서 술을 마시고 이야기를 나눴다. 숙소라고 해봐야 폭격당한 공무원들이 짚 매트를 깔고 잠을 청하는 붐비는 구민회관이었다. 우리는 술을 도둑맞지 않으려고 항상 술병을 숨겨놓았다.

"이보게, 하인츠." 어느 날 밤 그에게 말했다. "자네가 얼마나 좋은 친구인지 궁금하군."

그는 기분이 상했다. "왜 그런 말을 하는 거지?"

"자네에게 부탁할 게 있는데, 아주 어려운 부탁이라네. 이런 부탁을 해도 되는지 모르겠어."

"물론 해도 되지!"

"내일 처가에 다녀올까 하는데, 자네 오토바이를 좀 빌려주게나."

그는 망설이지 않고 흔쾌히 대답했다. "가져가게!"

그래서 다음날 아침 나는 오토바이를 가져갔다.

다음날 아침 하인츠는 내 자전거를 타고, 나는 그의 오토바이를 타고 나란히 출발했다.

나는 시동을 걸고 기어를 넣은 다음 검푸른 배기가스를 내뿜으며 나의 둘도 없는 친구와 헤어졌다.

나는 사라졌다. 부릉 부릉, 끼릭 끼릭, 부르르르르르릉!

그리고 하인츠는 자신의 오토바이와 가장 친한 친구를 다시는 보지 못했다.

하인츠는 전범자라고 할 만한 사람은 아니었지만, 나는 하이파 전범 기록 연구소에 그의 소식을 문의했다. 기쁘게도 연구소에서는 하인츠가 현재 울리히 베르테르 폰 슈베펠바트 남작의 크리켓 구장 관리책임자로 일하며 아일랜드에 살고 있다는 소식을 전해왔다. 슈베펠바트는 전후에 아일랜드에서 엄청난 부동산을 매입했다.

연구소에서 알려준 바에 따르면 하인츠는 히틀러의 죽음에 관한 전문가라고 한다. 휘발유를 흠뻑 뒤집어쓴 채 불타고 있는 히틀러의 시체를 그나마 식별할 수 있었을 때 우연히 히틀러의 벙커에 들어갔기 때문이다.

잘 지냈나, 하인츠. 자네가 이 글을 읽을지도 모르니 인사를 남기네.

난 자넬 정말로 좋아했다네. 어느 누구도 그렇게 좋아하기는 어려울 거야.

나를 대신해 블라니 돌*에 키스해주게나.

그런데 히틀러의 벙커엔 뭐하러 들어갔나? 혹시 자네의 오토바이와 가장 친한 친구를 찾으러 들어간 건가?

---

* 아일랜드 코크 지방의 블라니성에 있는 돌. 여기에 키스하면 아첨을 잘하게 된다고 한다.

22. 낡은 트렁크에 담긴 물건

그리니치빌리지에서 나는 그녀에게 내가 아는 헬가의 부모와 여동생 소식을 몇 마디 전한 뒤 말했다.

"여보. 이 다락방은 사랑의 보금자리로는 너무 누추해. 하룻밤 함께 지내기도 불편할 거요. 나가서 택시를 타고 호텔로 갑시다. 그리고 내일 여기 있는 가구들을 몽땅 버리고 전부 새 걸로 삽시다. 그런 다음 새로 살 좋은 장소를 알아봅시다."

"여기서도 충분히 행복한 걸요." 그녀가 말했다.

"내일 우리의 옛 침대처럼 큰 침대를 찾아봅시다. 이탈리안 선셋* 같은 침대 머리판이 달린 가로 3마일, 세로 2마일짜리 침

---

* 붉은빛이 도는 칵테일.

대를 말이오. 생각나오? 그때 그 침대?"

"그럼요."

"오늘밤은 호텔에서 보내고, 내일밤엔 그 침대에서 보냅시다."

"지금 나갈 건가요?"

"당신만 좋다면."

"그전에 내 선물을 보여주고 싶어요."

"선물이라니?"

"당신에게 줄 선물이에요."

"나에겐 당신이 선물이오. 그 이상 무엇을 바라겠소?"

"이것도 맘에 드실 거예요." 그녀는 트렁크 하나를 가져와 잠금쇠를 풀었다. "이걸 보세요." 그녀가 트렁크를 열자, 그 안에 가득 든 원고가 눈에 들어왔다. 그녀의 선물은 내가 쓴 작품들, 고 하워드 W. 캠벨 2세인 내가 한 줄 한 줄 정성스럽게 쓴 작품을 모아놓은 것이었다. 트렁크에는 시와 소설, 희곡, 편지 들과 미발표 원고 하나가 들어 있었다. 활기와 자유와 젊음이 넘치는 시절에 쓴 작품들이었다.

"정말 묘한 기분이 드는걸."

"가져오지 말 걸 그랬나요?"

"글쎄. 이것들은 한때의 나였소." 나는 원고 한 권을 집어들었다. '어느 일부일처주의자 카사노바의 회고록'이라는 제목의 독특한 실험작이었다. "이건 태워버리지 그랬소?"

"차라리 내 오른손을 태우겠어요."

나는 그 원고를 옆으로 밀치고 시 원고 한 묶음을 집어들었다. "이 낯선 젊은이는 인생을 어떻게 노래했을까?" 나는 이렇게 말하고는 독일어로 쓴 시 한 편을 큰 소리로 읽었다.

> Kühl und hell der Sonnenaufgang,
> leis und süss der Glocke Klang.
> Ein Magdlein hold, Krug in der Hand,
> sitzt an des tiefen Brunnens Rand.

대략 다음과 같은 뜻이다.

> 서늘하고 맑은 동틀 녘
> 멀리서 들리는 부드러운 종소리.
> 시원하고 깊은 우물가에
> 물동이를 인 아가씨여.

나는 그 시를 큰 소리로 낭독한 다음 또다른 시를 읽었다. 예나 지금이나 나는 시를 잘 못 쓴다. 이 시들도 인정받기 위해 쓴 건 아니다. 생각해보니 두번째 시는 내가 마지막에서 두번째로 쓴 것이었다. 때는 1937년이었고 'Gedanken über unseren

Abstand vom Zietgeschehen', 즉 '현실에 참여하지 않음에 대한 고찰'이라는 제목이었다. 그 시는 다음과 같다.

Eine mächtige Dampfwalze naht
und schwärtz der Sonne Pfad,
rollt über geduckte Menschen dahin,
will keiner ihr entfliehn.
Mein Lieb und ich schaun starren Blickes
das Rätsel dieses Blutgeschickes.
"Kommt mit herab," die Menschheit schreit,
"Die Walze ist die Geschichte der Zeit!"
Mein Lieb und ich gehn auf die Flucht,
wo keine Dampfwalze uns sucht,
und leben auf den Bergeshöhen,
getrennt vom schwarzen Zeitgeschehen.
Sollen wir bleiben mit den andern zu sterben?
Doch nein, wir zwei wollen nicht verderben!
Nun ist's vorbei!—Wir sehn mit Erbleichen
die Opfer der Walze, verfaulte Leichen.

번역하면 이렇다.

166

나는 거대한 증기 롤러가

태양을 가리는 것을 보았다.

사람들은 달아날 생각을 하지 않고

모두 땅에 드러누웠다. 드러누웠다.

내 사랑과 나, 우리는 놀란 눈으로

그 처참하고 기이한 광경을 지켜보았다.

"누우시오! 누우시오!" 사람들이 외쳤다.

"역사라는 이름의 거대한 기계 앞에!"

내 사랑과 나, 우리는 도망쳤다.

그 기계는 우리를 보지 못했다.

우리는 역사로부터 멀리

어느 산꼭대기로 달아났다.

그곳에 남아 죽는 것이 옳았을지 모르지만

웬일인지 그런 생각은 들지 않았다.

잠시 후 역사가 지나간 곳으로 가보았더니

오, 죽은 자들의 냄새가 진동했다.

"이걸 다 어떻게 손에 넣었소?" 나는 헬가에게 물었다.

"서베를린에 갔을 때 극장이 온전하게 남아 있는지, 내가 아
는 사람이라도 있는지, 혹시 당신 소식을 아는 사람이 있는지

보러 갔어요." 그것이 어느 극장인지는 말할 필요가 없었다. 베를린에서 내 희곡들을 상연하고, 그때마다 헬가가 여러 번 주인공을 맡았던 그 작은 극장이었다.

"전쟁이 거의 끝날 때까지 잘 버티고 있었는데. 아직도 그대로 있소?" 내가 물었다.

"지금도 있어요. 당신에 대해 물었더니 아는 사람이 아무도 없더군요. 당신이 한때 그 극장에서 얼마나 중요한 사람이었는지 설명하자 어떤 사람이 고미다락에 당신 이름이 붙은 트렁크가 있는 걸 기억해냈죠."

나는 손으로 원고들을 쓰다듬으며 말했다. "그 안에 이 원고들이 있었군." 나는 그제야 트렁크가 기억났고, 전쟁이 터질 무렵 트렁크를 잠갔던 순간과, 그 트렁크를 보면서 다시는 되찾지 못할 젊음의 관이라고 생각했던 순간이 떠올랐다.

"이 원고들의 사본을 가지고 있었나요?" 그녀가 물었다.

"아니, 전혀 없었소."

"이젠 글을 안 쓰나요?"

"할말이 하나도 없다오."

"그 많은 것을 보고, 그 많은 일을 겪었잖아요?"

"내가 이렇게 할말이 없게 된 건, 그 모든 것을 보고 그 모든 일을 겪었기 때문이라오. 난 합리적으로 생각하는 능력을 잃었

소. 내가 문명 세계를 향해 횡설수설하면, 문명 세계도 횡설수
설로 대꾸하지."

"다른 시가 있어요. 당신의 마지막 시예요. 아이브로 펜슬로
쓴 거 같은데 트렁크 뚜껑 안쪽에 쓰여 있어요."

"그렇소?"

그녀는 나에게 그 시를 들려주었다.

> Hier liegt Howard Campbells Geist geborgen,
>
> frei von des Körpers quälenden Sorgen.
>
> Sein leerer Leib durchstreift die Welt,
>
> und kargen Lohn dafür erhält.
>
> Triffst du die beiden getrennt allerwärts
>
> verbrenn den Leib, doch schone dies, sein Herz.

다음과 같은 뜻이다.

> 여기 불쾌하고 성가신 육신에서 해방된
>
> 하워드 캠벨의 정신이 누워 있노라.
>
> 그의 텅 빈 육신은 지상을 기웃거리며
>
> 육신의 보잘것없는 가치를 구하노니,
>
> 만일 그의 육신과 정신이 떨어져 있다면

그의 육신을 불태우되, 여기 있는 심장은 남겨두라.

그때 문을 두드리는 소리가 들렸다.

조지 크래프트였다. 나는 그를 맞이했다.

그는 옥수숫대 파이프가 없어졌다며 호들갑을 떨었다. 나는 그가 옥수숫대 파이프를 물지 않은 모습을 처음 보았고, 그가 옥수숫대 파이프로부터 얼마나 큰 위안을 얻는지 처음 알았다. 그는 불안에 사로잡힌 나머지 애처롭게 징징거렸다.

"누가 가져갔거나, 누가 안 보이는 곳에 떨어뜨렸을 거야. 아니, 누가 뭘 하려고 그런 걸 가져갔을까?" 그는 계속 징징거렸다. 그러면서 헬가와 내가 자신의 불안을 이해하고, 파이프가 없어진 것을 그날의 가장 중요한 사건으로 생각해주기를 바랐다.

그는 꽤나 밉살스러웠다.

"누가 그 파이프에 손을 댔을까? 그걸로 뭘 하겠다고?" 그는 지금까지 그 파이프로 아무것도 피운 적이 없었음에도, 마치 금단 증상에 빠진 마약중독자처럼 두 손을 쥐었다 폈다 하고, 수시로 눈을 깜박거리고, 코를 킁킁댔다. 그가 나를 보고 말했다. "누가 뭐하러 파이프를 가져갔을까?"

나는 퉁명스럽게 말했다. "내가 어떻게 알겠어요? 찾으면 즉시 알려드리죠."

"이곳을 한번 둘러봐도 되겠나?"

"그러세요."

그러자 그는 냄비와 프라이팬을 달그락거리며 뒤지고, 벽장문을 쾅쾅 여닫고, 부지깽이로 라디에이터 뒤쪽을 쿡쿡 쑤시며 온 집안을 헤집고 다녔다.

우리 두 사람이 편안한 관계가 되려면 긴 시간이 걸릴 뻔했으나 이 소란 덕택에 부부로 묶이게 되었다.

우리는 바짝 붙어 서서 둘만의 제국이 유린당하는 것을 지켜보았다.

"별로 귀한 것도 아니잖아요?" 내가 말했다.

"나에겐 아주 귀하다네."

"새 파이프를 사는 게 어때요?"

"난 그게 있어야 해. 그것에 익숙해졌거든. 내가 원하는 건 그 파이프뿐이라네." 그는 빵 상자를 열고 안을 들여다봤다.

"어쩌면 구급차를 타고 온 사람들이 가져갔을지도 모릅니다." 내가 말했다.

"그들이 왜 그랬겠나?"

"그게 죽은 사람의 물건인 줄 알았겠죠. 그래서 죽은 사람의 주머니에 넣었을지도 모르지요."

"맞아!" 크래프트는 이렇게 외치고 쏜살같이 밖으로 튀어나갔다.

23. 제643장

앞에서도 얘기했지만 헬가의 트렁크에는 내가 쓴 책이 하나 있었다. 그것은 원고 상태였다. 나는 이 원고를 출판하겠다고 생각한 적이 한 번도 없었다. 내가 보기엔 외설서적으로가 아니면 출판이 불가능한 원고였기 때문이다.

책의 제목은 '어느 일부일처주의자 카사노바의 회고록'으로, 내 아내 헬가의 분신인 수백 명의 여자를 모두 정복한 내용이었다. 그것은 임상적이고, 편집증적이고, 혹자의 말대로 광적인 기록이었다. 또한 전쟁이 일어난 처음 두 해 동안 매일, 다른 모든 측면을 배제하고 오직 우리의 성생활만을 기록한 일기이기도 했다. 여기에는, 심지어 몇 세기에 어느 대륙에서 일어난 일인지를 가리키는 말조차 전혀 없다.

여러 분위기를 가진 한 남자와 여러 분위기를 가진 한 여자가 있다. 도입부에서는 배경이 간략하게 서술된다. 그러나 그다음부터는 때와 장소가 완전히 사라진다.

헬가는 내가 특이한 일기를 쓴다는 걸 알고 있었다. 나는 그 일기를 우리의 성적 쾌감을 유지하는 여러 장치 가운데 하나로 이용했다. 그 책은 실험에 대한 기록인 동시에 기록에 담긴 실험, 즉 한 남자와 한 여자가 성적으로 끊임없이 서로를 매혹시키는 자의식적인 실험이었다.

그리고 그 이상의 의미가 있었다.

비록 이 세상에 만족스러운 것이 전혀 없을지라도 몸과 마음을 다해 서로에게 살아갈 충분한 이유가 되고자 한다는 것이었다.

이 책의 제사題詞가 그 의미를 표현하고 있다.

윌리엄 블레이크가 쓴 「질문과 대답」이라는 시다.

남자가 여자에게 바라는 것은?
충족된 욕망이 비치는 얼굴.
여자가 남자에게 바라는 것은?
충족된 욕망이 비치는 얼굴.

나는 여기에 '회고록'의 마지막 장인 643장을 싣고자 한다. 이

장은 내가 여러 해 동안 혼자 지낸 뒤, 헬가를 다시 만나 뉴욕의 한 호텔에서 그녀와 함께 보낸 그날 밤을 묘사한 것이다.

혹시라도 저속한 구절이 나온다면 심미안과 섬세함을 겸비한 편집자가 과감히 삭제하고 순결한 점 세 개로 대체하기를 바라는 바이다.

어느 일부일처주의자 카사노바의 회고록, 제643장

우리는 십육 년 동안 떨어져 지냈다. 그날 밤 첫번째 욕망은 손가락 끝으로 찾아왔다. 나의 다른 부분들도 · · · 나중에 만족을 느꼈고 · · · 종교의식처럼 철저하게 · · · 임상적으로 완벽하게 만족을 느꼈다. 내 몸의 어느 부분도, 그리고 내 아내의 어느 부분도 시간 때우기 날림 작업 · · · 졸속 공사 때문에 피해를 입었다고 불평하지 못할 것이다. 그러나 그날 밤 최고의 호사를 누린 것은 나의 손가락 끝이었다. · · ·

이것은 나 자신이 한 여자를 만족시키는 일에서 · · · 전희만 하고 그 이상은 아무것도 하지 못하는 · · · 힘없는 늙은이가 되었다는 뜻이 아니다. 그와는 정반대로 나는 · · · 열일곱 살 소년처럼 · · · 자신의 · · · 여자를 사랑할 준비가 · · · 충분히 되어 있었다.

그리고 경이로움에 차 있었다.

나의 손가락에서 경이로움이 살아났다. 침착하고, 영리하고, 사려 깊은··· 이 탐험가들, 이··· 전략가들, 이··· 정찰병들, 이··· 척후병들은··· 지형을 남김없이 답사했다.

그들이 수집한 정보는 모두 훌륭했다.···

그날 밤 나의 아내는··· 황제의 침대에 누운 여자 노예처럼 놀란 벙어리가 되어 알아들을 수 있는 말을 한마디도 하지 못했다. 그러나 그녀는 얼마나 웅변적이었던가. 그녀의 눈, 그녀의 숨소리는 말해야 할 것을 모두 말하고, 표현해야 할 것을 모두 표현했다.···

또한 그녀의··· 몸이 말한 이야기는 얼마나 단순하고, 얼마나 친숙했던가!··· 그것은 바람이 바람에 대해 이야기하는 것 같았고, 장미가 장미에 대해 이야기하는 것 같았다.···

나의 섬세하고, 사려 깊고, 감사에 찬 손가락들이 물러나자 이번에는 더욱 탐욕스러운 것, 기억도 없고 예의도 없고 참을성도 없는 쾌락의 도구들이 몰려왔다. 이것들을 나의 여자 노예는 똑같이 탐욕스럽게 맞이했다.··· 우리에게 가장 사치스러운 요구를 부여한 어머니 자연이라도 더이상 요구하지 못하고··· 게임이 끝났다고 외칠 만큼.····

우리는 서로에게서 떨어졌다.···

우리는 침대에 올라간 이후 처음으로 서로 알아들을 수 있는 말을 했다.

"여보." 그녀가 말했다.

"여보." 내가 말했다.

"돌아오신 걸 환영해요." 그녀가 말했다.

제643장 끝.

이튿날 아침 도시의 하늘은 톡 건드리면 부서질 마법의 돔이 나, 쨍그랑 소리가 날 거대한 유리종처럼 맑고 단단하고 밝았다.

나의 헬가와 나는 호텔에서 거리로 활기차게 걸어나왔다. 나는 헬가를 깍듯이 모셨고, 헬가 역시 존경과 감사로 응답했다. 우린 최고의 밤을 보낸 연인이었다.

내가 입은 옷은 군수물자가 아니었다. 나는 베를린을 탈출한 뒤 자유 미국인 군단의 제복을 벗고 갈아입었던 그 옷을 입고 있었다. 연합군에게 체포될 당시에 입고 있던, 가극단장의 옷처럼 모피 칼라가 달린 낡은 망토와 푸른색 서지 양복이었다. 나는 또한 별나게도 지팡이를 들고 나섰다. 그리고 그 지팡이로 현란한 집총 체조, 찰리 채플린의 단장 돌리기, 하수구 오물을 폴로 공처럼 타격하기 같은 멋진 연기를 펼쳐 보였다.

그러는 동안 헬가의 작은 손은 나의 듬직한 왼팔 위에서 팔꿈치 안쪽과 이두근 사이의 민감한 부위를 끊임없이 에로틱하게 더듬었다.

우리는 베를린에서 쓰던 것과 똑같은 침대를 사러 갔다.

그런데 가게들이 모두 문을 닫았다. 그날은 일요일도 아니었고, 내가 아는 한 어떤 공휴일도 아니었다. 5번가로 들어서자 수많은 성조기가 까마득한 곳까지 펄럭이고 있었다. "원 세상에." 나는 오늘이 무슨 날인지 자못 궁금했다.

"왜 이렇게 해놓은 걸까요?" 헬가가 물었다.

"어젯밤에 전쟁이 일어났나보군."

순간 내 팔을 더듬던 그녀의 손가락들이 경직되었다. "정말이에요?" 그녀는 그럴 수도 있다고 생각했다.

"농담이오. 아마 무슨 공휴일이겠지."

"무슨 공휴일일까요?"

그러나 여전히 생각이 나지 않았다. "이렇게 멋진 나라에 당신을 맞이한 주인으로서 이 위대한 날의 심오한 의미를 설명해줘야겠지만, 아무것도 생각나지 않는군."

"아무것도요?"

"나도 당신처럼 영문을 모르겠소. 나를 캄보디아의 왕자라고 하면 어떨까?"

제복을 입은 흑인 한 명이 아파트 앞마당을 청소하고 있었다. 푸른색 바탕에 금색이 들어간 그 제복은 자유 미국인 군단의 제복과 놀라울 정도로 비슷했고, 심지어 양쪽 바짓가랑이에 있는 옅은 자주색 세로줄까지 똑같았다. 가슴 부근에 있는 호주머니에 아파트 이름이 수놓여 있었다. '숲속의 집'이라는 뜻의 '실번 하우스'였는데, 주변에 나무라고는 붕대를 감고, 보호대를 세우고, 버팀줄을 매놓은 묘목 한 그루뿐이었다.

나는 그 남자에게 오늘이 무슨 날인지 물어보았다.

그가 '재향군인의 날'이라고 대답했다.

"오늘이 며칠인가요?"

"11월 11일입니다."

"11월 11일은 '재향군인의 날'이 아니라 '휴전 기념일'이잖소?"

"외국에 다녀오셨군요? 바뀐 지 한참 됐습니다."

우리는 다시 걷기 시작했다. 내가 말했다. "전에는 휴전 기념일이었지. 이젠 재향군인의 날이 됐다는군."

"기분이 안 좋으세요?" 그녀가 물었다.

"아, 늘 이런 식이야, 너무 속악해. 이날은 1차세계대전에서 전사한 자들을 기리는 날이었어. 하지만 산 자들이 탐욕스러운 손을 가만두지 못하고 죽은 자들의 영광을 빼앗아갔군. 늘 이런 식이야, 너무 속악해. 이 나라에선 진정으로 존엄한 것이 눈에 띄면 그 즉시 폭도들이 찢어발겨 나눠 갖지."

"미국을 증오하는군요, 그렇죠?" 그녀가 물었다.

"미국을 증오하는 건 사랑하는 것만큼이나 어리석은 짓이야. 난 이 나라에 아무런 감정도 느낄 수가 없어. 땅덩어리에는 관심이 없거든. 이건 분명 성격상 큰 결함이지만, 난 어떤 것도 국경을 기준으로 생각하질 못해. 국경이라는 가상의 선은 나에게 엘프나 픽시 요정처럼 비현실적으로 느껴지거든. 난 국경이 인간의 영혼에 정말로 중요한 어떤 것의 끝이나 시작을 표시한다고 믿지 않아. 선과 악, 쾌락과 고통은 마음 내키는 대로 경계를 넘나들지."

"당신, 많이 변했군요."

"두 번의 세계대전이 사람들을 바꿔놓았지. 그렇지 않다면 왜 세계대전이겠소?"

"당신이 너무 많이 변해서 더이상 나를 사랑하지 않을까 두려워요. 혹은 내가 너무 변했든지."

"어젯밤과 같은 밤을 보내고 어떻게 그런 말을 할 수 있소?"

"사실 우린 서로 이야기한 게 없잖아요?"

"무슨 이야기가 필요하겠소? 당신이 무슨 말을 하든 내 사랑은 변하지 않소. 우리 사랑은 너무 깊어서 그 어떤 말도 그곳에 도달하지 못할 거요. 우리의 사랑은 영적인 사랑이오."

그녀가 한숨을 지었다. "그게 사실이라면 얼마나 아름다울까요." 그녀는 두 손을 가까이 모았지만 마주잡지는 않았다. "사랑으로 결합된 우리의 영혼."

"어떤 것이라도 이겨내는 사랑이지."

"지금 당신의 영혼은 내 영혼에 대한 사랑을 느끼나요?"

"분명히 느끼고 있소."

"혹시 그 느낌이 착각은 아닐까요?"

"그럴 리 없소."

"내가 무슨 말을 해도 깨지지 않을까요?"

"물론이지."

그녀가 말했다. "좋아요. 당신에게 말할 게 있어요. 조금 전까진 말하기가 두려웠지만 이젠 두렵지 않아요."

"자. 어서 말해봐요!" 나는 부드럽게 말했다.

"난 헬가가 아니에요. 헬가의 동생 레지예요."

24. 일부다처 카사노바

그녀의 비밀을 들은 뒤 나는 잠시 앉기 위해 레지를 데리고 근처 카페테리아로 들어갔다. 천장은 까마득히 높고, 조명은 무자비하게 눈부시고, 덜걱거리는 소리는 지옥 같았다.

"왜 그런 짓을 한 거지?" 내가 물었다.

"당신을 사랑하기 때문이에요."

"어떻게 나를 사랑할 수가 있지?"

"난 언제나 당신을 사랑했어요. 아주 어렸을 때부터."

나는 두 손으로 머리를 감쌌다. "끔찍한 일이야."

"난, 그냥 아름다운 일이라고 생각했어요."

"이젠 어떻게 하지?"

"그냥 이대로 지내면 안 되나요?"

"오, 맙소사. 도대체 어떻게 해야 할지 모르겠군."

"깨질 수 없다던 그 사랑이 결국 깨진 건가요? 내가 그 말을 해서?"

"모르겠소." 나는 고개를 가로저었다. "내가 무슨 해괴한 죄를 저지른 거지?"

"죄를 지은 건 나예요. 내가 미쳤었나봐요. 서베를린으로 도망쳤을 때, 사람들이 신상 카드를 작성하라고 주면서 물었어요. 내가 누구인지, 뭐하는 사람인지, 누굴 아는지."

"소련이니 드레스덴이니 하면서 늘어놓은 그 장황한 이야기의 연속이로군. 그중에 사실도 있었소?"

"드레스덴의 담배공장, 그건 사실이에요. 베를린으로 도망친 것도 사실이구요. 그것 말고는 대부분 꾸며낸 이야기예요. 담배공장, 그건 정말 사실이에요. 하루에 열 시간씩, 일주일에 육 일을 일하면서 십 년을 보냈어요."

"미안하오."

"미안한 사람은 나예요. 사는 게 힘들다보니 죄책감이 들지도 않네요. 양심의 가책이란 건 밍크코트처럼 내 손에 닿지 않는 곳에 있어요. 담배공장에서 나를 하루하루 지탱해준 건 공상이었어요. 하지만 그런 공상은 해선 안 되는 거였죠."

"왜지?"

"내가 아닌 다른 사람이 되는 공상이었으니까요."

"그건 누구에게도 해롭지 않아."

"해로워요. 자, 당신을 보세요. 또 나를 보세요. 어젯밤 일을 보세요. 나는 헬가 언니가 되는 공상을 했어요. 헬가, 헬가, 헬가. 그게 나였어요. 잘생긴 극작가 남편을 둔 사랑스러운 여배우, 그게 나였죠. 담배공장 노동자인 레지는 연기처럼 사라져버렸어요."

"고르긴 제대로 골랐군."

이제 그녀는 아주 대담해졌다. "그게 나예요. 난 헬가, 헬가라구요. 당신도 그렇게 믿었죠. 그보다 더 좋은 증거가 어디 있겠어요? 당신한테도 난 헬가였죠?"

"신사에게 아주 난처한 질문을 던지는군."

"내가 대답을 들을 자격이 없나요?"

"아니, 그렇다는 대답을 들을 자격이 있소. 그렇다고 대답해야겠지. 하지만 내가 온전한 사람이 아니라는 것도 말해야겠소. 나의 판단력, 감각, 직관은 분명 예전과는 많이 다르거든."

"어쩌면 그 모두가 완전히 정상일 수도 있어요. 어쩌면 당신이 착각한 것이 아닐 수도 있어요."

"헬가에 대해 알고 있는 걸 말해주겠소?"

"죽었잖아요."

"확실한가?"

"아닌가요?"

"난 모르겠소."

"아무 소식도 없었어요. 당신은 무슨 소식을 들었나요?"

"아니."

"살아 있는 사람은 소식을 전해요, 안 그런가요? 특히 당신을 사랑한 헬가처럼 누군가를 사랑한다면 말이죠."

"그럴 수 있지."

"헬가 못지않게 나도 당신을 사랑해요."

"고맙소."

"그래서 당신은 내 소식을 들은 거예요. 우여곡절은 있었지만, 어쨌든 내 소식을 들었잖아요."

"그렇긴 하군."

"서베를린에 도착했을 때, 사람들이 신상 카드를 작성하라고 줬어요. 이름, 직업, 생존해 있는 가족을 적어야 했어요. 난 선택을 했죠. 천애고아인 담배공장 노동자 레지 노트가 될 수도 있었고, 아니면 미국에 있는 잘생기고, 존경스럽고, 똑똑한 극작가의 아내이자 여배우인 헬가 노트가 될 수도 있었어요." 그녀는 몸을 앞으로 기울이며 말했다. "그 순간 누가 되어야 했을까요? 어떻게 생각하세요?"

신이시여, 나를 용서하소서. 나는 다시 레지를 나의 헬가로 받아들였다.

하지만 두번째로 인정받은 순간부터 그녀는 헬가로의 변신이 자신이 말했던 것처럼 완벽하지 않다는 것을 여러모로 보여주기 시작했다. 그녀는 조금씩 마음의 짐을 벗어던지고 헬가의 성격이 아니라 레지의 성격을 드러내면서 나를 거기에 적응시켰다.

이 점진적인 변화로 인해, 우리가 카페테리아를 나온 직후부터 나는 헬가에 대한 기억을 지워가기 시작했다. 그녀가 난데없이 당황스러울 정도로 현실적인 질문을 던졌다.

"머리를 계속 하얗게 염색할까요, 아니면 자연스럽게 자라도록 놔둘까요? 당신은 어느 쪽이 좋으세요?"

"원래 무슨 색이었소?"

"벌꿀색이요."

"사랑스러운 색깔이군. 헬가의 머리도 그랬지."

"내 머린 조금 더 붉은 편이에요."

"보고 싶소."

우리는 5번가를 걸었다. 잠시 후 그녀가 말했다. "나중에 나를 위해 희곡을 써주실래요?"

"내가 다시 글을 쓸 수 있을지 모르겠소."

"헬가는 당신에게 영감을 주지 않았나요?"

"글 자체가 아니라 글 쓰는 방식에 영감을 주었지."

"그러니까 헬가에게 맞춰 글을 썼군요. 그래서 헬가가 그 배역을 맡을 수 있었고요."

"맞소. 난 헬가의 정수가 무대에서 빛을 발할 수 있는 배역을 만들어냈지."

"언젠가 나를 위해서도 그런 배역을 만들어주세요."

"노력해보겠소."

"레지의 정수. 레지 노트."

우리는 5번가에서 재향군인의 날 행진을 보았다. 나는 처음으로 레지 노트의 웃음소리를 들었다. 낮게 살랑거리는 헬가의 웃음과는 전혀 달랐다. 레지의 웃음은 밝고 선율적이었다. 그녀를 웃게 만든 건 여자 군악대장들이었다. 그들은 다리를 하늘 높이 차고, 엉덩이를 실룩거리고, 크롬으로 만든 지팡이를 빙빙 돌리며 행진했다.

"저런 건 생전 처음 봐요. 미국인은 전쟁을 아주 섹시하게 생각하나봐요." 그녀는 계속 웃음을 터뜨렸고, 자기도 혹시나 멋진 군악대장이 될 수 있을까 궁금해하면서 앞가슴을 불쑥 내밀었다.

그녀는 매 순간 더 젊어지고, 더 명랑해지고, 더 호들갑스러워졌다. 조금 전까지만 해도 나이보다 일찍 늙었구나 하는 생각을 불러일으켰던 그녀의 흰머리가 이제는 최신 스타일로 바뀌어, 과산화수소수로 머리를 탈색하고 할리우드로 몰려온 소녀들을 연상시켰다.

행렬을 뒤로하고 돌아선 우리는 어느 가게의 유리창 너머로 금칠한 커다란 침대를 구경했다. 헬가와 내가 쓰던 침대와 아주 비슷했다.

가게 유리창은 그 바그너풍의 침대를 보여주었을 뿐 아니라 레지와 내 모습을 유령처럼 비춰주었고, 우리 뒤로 멀어져가는 퍼레이드 행렬도 희미하게 비춰주었다. 창백한 유령과 현실 속 침대가 불안한 조합을 이루었다. 술집 벽에서 흔히 볼 수 있는 빅토리아풍의 우화 그림 같았다. 멀어져가는 깃발들, 황금색 침대, 남자 유령과 여자 유령이 등장하는 그림이었다.

그 우화가 무엇을 상징했는지는 모르겠다. 하지만 몇 가지 단서는 내놓을 수 있다. 남자 유령은 지독하게 늙고, 수척하고, 초라해 보였다. 여자 유령은 그의 딸이라고 해도 믿을 만큼 젊고, 미끈하고, 쾌활하고, 제멋대로였다.

25. 공산주의에 맞서는 방법

레지와 나는 쥐가 들끓는 다락방으로 돌아오는 길에 어슬렁 거리며 가구를 구경하고 여기저기 들러 술을 마셨다. 한 술집에서 레지는 나를 혼자 두고 화장실에 갔다. 그 술집의 단골손님이 나에게 말을 걸었다.

"공산주의에 맞서는 방법을 아시오?" 그가 물었다.

"아니요."

"그건 바로 도덕적 재무장이오."

"그게 도대체 뭐죠?"

"일종의 운동이오."

"무엇을 어떻게 하자는 운동?"

그는 이렇게 설명했다. "도덕적 재무장 운동은 절대적인 정직, 절대적인 순수, 절대적인 이타심, 절대적인 사랑을 믿는 겁니다."

"잘해보구려." 내가 말했다.

또다른 술집에서 레지와 나는 하룻밤에 여자 일곱을 완전히 만족시켜줄 수 있다고 주장하는 남자를 만났다. 단, 모두 다른 여자여야 한다는 것이었다.

"정말 다르기만 하다면 말이오." 그가 말했다.

원 세상에, 사람들은 어떤 삶을 위해 애를 쓰는지!

원 세상에, 사람들이 살아가는 세상이란 어떤 곳인지!

26. 어빙 뷰캐넌 일병과 그 밖의
몇몇 병사들을 추모하여

레지와 나는 저녁을 먹고 어두워진 뒤에야 집으로 돌아왔다. 애초 계획은 호텔에서 하룻밤을 더 보내는 것이었다. 그러나 레지가 새로 들일 가구를 마음속으로 재배치해보는 소꿉장난을 하고 싶어했기 때문에 그냥 집으로 왔다.

"마침내 나에게도 집이 생겼어요." 그녀가 말했다.

"집을 가정으로 만들려면 오랜 삶이 필요하지." 나는 말하고는 우편함을 보았다. 우편함은 다시 가득차 있었다. 나는 우편물을 그냥 놔두었다.

"누가 저랬을까요?" 레지가 말했다.

"뭘 말이오?"

"저거요." 그녀가 우편함 위에 붙은 내 이름을 가리켰다. 누군가가 파란색 잉크로 내 이름 밑에 나치의 만卍 자를 그려놓았다. 불안했다.

"못 보던 건데. 위층으로 올라가지 않는 게 좋겠소. 누군가 있을지 몰라."

"도대체 무슨 일이죠?"

"레지, 당신은 아주 곤란할 때 나를 찾아왔소. 이곳은 얼마 전까지만 해도 당신과 내가 만족스럽게 지낼 수 있는 작고 아늑한 땅굴이었지."

"땅굴요?"

"은밀하고 안락한 은신처 말이오." 나는 분노에 차서 외쳤다. "맙소사! 그런데 당신이 나를 찾아올 무렵, 나의 굴이 백일하에 드러나고 말았어." 나는 그녀에게 내 오명이 알려지게 된 경위를 이야기했다. "이제 맹수들이 땅굴 냄새를 맡고 몰려들 거요."

"다른 나라로 도망가세요."

"어느 나라로?"

"어느 나라든 당신이 좋아하는 곳으로요. 어디든 갈 돈이 있잖아요."

"내가 좋아하는 나라라……"

바로 그때 머리가 벗어지고 수염이 덥수룩한 뚱뚱한 남자가 쇼핑백을 들고 나타났다. 그는 불한당처럼 거칠고 무뚝뚝하게 사과를 하면서, 레지와 나를 어깨로 밀치고 우편함 앞으로 끼어들었다.

"실례하겠소." 그는 우편함에 붙은 이름들을 마치 초등학교 1학년처럼 손가락으로 하나씩 가리키고 아주 오랫동안 들여다보면서 읽어나갔다.

"캠벨!" 마침내 그가 아주 만족스럽다는 듯 말했다. "하워드 W. 캠벨." 그리고 몸을 돌려 나를 노려보며 말했다. "그를 아시오?"

"모릅니다."

"모른다고?" 그의 두 눈이 적의로 이글거렸다. "꼭 그 사람처럼 생겼는걸." 그는 쇼핑백에서 〈데일리 뉴스〉 한 부를 꺼내더니 안쪽 지면을 펼쳐 레지에게 건네주었다. "보시오. 당신 옆에 있는 사람이 도저히 신사 같지는 않군."

"어디 좀 봅시다." 나는 레지의 느슨한 손아귀에서 신문을 가로챘다. 신문에는 아주 오래전에 나와 오헤어 중위가 오르트루프 수용소의 교수대 앞에서 찍은 사진이 실려 있었다.

사진 아래에는 이스라엘 정부가 십오 년 동안 추적한 끝에 마침내 내 소재를 파악했다는 기사가 있었다. 현재 이스라엘 정부는 재판을 위해 나를 이스라엘로 보내달라고 미국에 요청한 상태였다. 그들은 무슨 혐의로 나를 재판하려 하는가? 육백만 유대인 학살에 가담한 죄였다.

내가 뭐라고 말할 새도 없이 그 남자가 신문지 뒤에서 내 얼굴에 주먹을 날렸다.

나는 뒤로 나가떨어져 쓰레기통에 머리를 박았다.

그 남자가 나를 내려다보면서 말했다. "유대인이 너를 동물원 우리에 처넣거나 어떻게 하겠지만, 그전에 내가 먼저 손을 좀 봐야겠다."

나는 정신을 차리려고 머리를 흔들었다.

"맛이 어때? 따끔하지?"

"그렇소."

"그건 어빙 뷰캐넌 일병의 몫이었다."

"그게 당신이오?"

"뷰캐넌은 죽었다. 나의 가장 절친한 친구였어. 오마하 비치 5마일 안쪽에서 독일놈들이 그의 불알을 따고 전봇대에 목을 매달았지."

그는 한 손으로 레지를 가로막고 나의 옆구리를 발로 찬 다음 말했다. "이건 아헨에서 타이거 전차에 깔려 죽은 앤셀 브루어 몫이다."

그런 다음 또다시 나를 찼다. "이건 에디 매카티 몫이다. 아르덴에서 경기관총에 맞아 두 동강이 났지. 에디는 의사가 되려고 했다."

그는 큰 발을 뒤로 뺐다가 내 머리를 힘껏 찼다. "그리고 이건……" 나는 거기까지밖에 못 들었다. 분명 전쟁중에 죽은 또

다른 누군가의 몫이었으리라. 나는 정신을 잃고 말았다.

나는 그 남자의 마지막 말이 뭐였는지, 그리고 쇼핑백에 담긴 내 선물이 뭐였는지를 레지에게서 들었다.

나는 못 들었지만, 어쨌든 그는 이렇게 말했다. "나는 전쟁을 잊지 못하는 사람이다. 세상 사람들이 모두 전쟁을 잊어도 나는 절대 안 잊는다. 너를 위해 이걸 가져왔다. 다른 사람의 수고를 덜어주라는 뜻에서다."

그리고 그는 사라졌다.

레지는 그 올가미를 쓰레기통에 버렸다. 그런데 다음날 아침에 라즐로 솜버시라는 청소부가 그 올가미를 발견하고는 그것으로 목을 매 자살했다. 그러나 그것은 다른 이야기다.

내 이야기는 다음과 같다.

나는 축축하고 후덥지근한 어느 방의 누더기 같은 침대 겸용 소파에서 의식을 회복했다. 눈을 떠보니 벽에 걸린 흰 곰팡이가 핀 나치 깃발들이 눈에 들어왔다. 그리고 마분지로 만든 가짜 벽난로가 있었는데, 즐거운 크리스마스를 보내기 위한 싸구려 아이디어 상품이었다. 난로 안에는 마분지로 만든 자작나무 땔감과 붉은색 전구, 셀로판지로 만든 꺼지지 않는 불꽃이 있었다.

벽난로 위에는 검은색 비단 띠를 두른 아돌프 히틀러의 석판 인쇄 초상화가 놓여 있었다.

나는 국방색 내의 차림으로, 표범 가죽을 모방한 침대보를 덮고 있었다. 나는 신음소리를 내면서 일어나 앉았다. 머릿속에서 폭죽이 터지는 것 같았다. 그리고 표범 가죽 침대보를 내려다보고 뭐라고 중얼거렸다.

"뭐라고 했어요, 여보?" 레지가 말했다. 그녀는 죽 침대 곁에 앉아 있었는데, 나는 그제야 그녀를 알아보았다.

나는 표범 가죽 침대보를 끌어당기면서 말했다. "이제는 내가 호텐토트족*이 되었다는 말은 하지 말구려."

---

*아프리카 남부 칼라하리 사막 주변에 사는 종족.

27. 주운 사람이 임자

나는 이곳에서 내 자료를 조사하는 활기차고 정열적인 젊은 연구원들로부터 〈뉴욕 타임스〉의 기사를 복사한 사진을 건네받았다. 애초에 나를 위해 준비했던 그 올가미로 목숨을 끊은 청소부 라즐로 솜버시의 최후를 다룬 기사였다.

그러니 그것도 꿈을 꾼 게 아니었다.

솜버시는 내가 두들겨맞은 다음날 밤에 그 올가미를 용도에 맞게 사용했다.

〈뉴욕 타임스〉에 따르면 그는 헝가리에서 '자유 투사'의 일원으로 소련군에 대항해 싸우다가 이 나라로 왔다고 한다. 그는 헝가리 교육부 차관인 자신의 형제 미클로시를 쏴 죽인 근친살해범이었다.

솜버시는 눈을 감기 전에 쪽지를 적어 자기 바짓가랑이에 핀으로 꽂아놓았다. 그러나 쪽지에는 왜 형제를 죽였는지에 대해서는 한마디도 없었다.

쪽지 내용은, 그가 헝가리에서는 존경받는 수의사였는데 미국에서는 개업 허가를 받지 못했다는 불평이었다. 그는 미국의 자유에 대해 할말이 많았다. 그는 미국의 자유가 환상이라고 생각했다.

편집증과 마조히즘이 최후의 발작을 일으킨 듯, 솜버시는 쪽지 마지막 부분에 자신이 암 치료법을 알고 있다는 암시를 남겼다. 암 치료법을 설명하려 할 때마다 미국 의사들이 자기를 비웃었다는 것이다.

솜버시 이야기는 이쯤 해두자.

내가 두들겨맞은 뒤에 다시 깨어났던 그 방은 죽은 오거스트 크랩타우어의 '백인계 후손들의 미국 헌법 철위대'를 위해 꾸며놓은, 치의학 박사 겸 신학 박사인 라이오넬 J. D. 존스 목사의 지하실이었다. 위층 어디쯤에서는 인쇄기가 쉴새없이 돌아가며 〈백인 기독교 민병대〉를 찍어내고 있었다.

부분적으로 방음장치가 된 지하의 다른 어떤 방에서는 사격 연습을 하는 소리가 바보처럼 단조롭게 들려왔다.

구타를 당한 뒤 나는 같은 건물에 사는 젊은 의사로 크랩타우어의 사망을 선고했던 닥터 에이브러햄 엡스타인에게 응급처치를 받았다. 레지는 엡스타인의 아파트에서 존스 박사에게 전화를 걸어 도움과 조언을 구했다.

"왜 하필 존스였소?" 내가 물었다.

"이 나라에서 내가 믿을 수 있는 사람은 그 사람뿐이잖아요. 당신 편이 되어줄 거라고 믿을 수 있는 유일한 사람이죠."

"친구마저 없다면 인생은 뭐가 될까?"

기억에 전혀 없지만, 레지의 말에 의하면 내가 엡스타인의 아파트에서 의식을 되찾았다고 한다. 그래서 존스가 레지와 나를 자신의 리무진에 태우고 병원으로 가서 엑스레이 사진을 찍었다는 것이다. 그런 다음 나를 존스의 지하실로 데려와 침대에 눕혔다고 한다.

"왜 하필 여기로 왔소?" 내가 물었다.

"안전하니까요." 레지가 말했다.

"뭐가 위험해서?"

"유대인요."

그때 존스의 운전사인 '할렘의 흑인 지도자'가 계란, 토스트, 뜨거운 커피가 놓인 쟁반을 들고 들어왔다. 그는 나를 위해 쟁반을 탁자 위에 놓았다.

"머리가 아프시오?"

"그렇소."

"아스피린을 먹으면 괜찮아질 거요."

"충고해줘서 고맙소."

"이 세상에 거의 모든 것이 엉터리지만, 아스피린은 효과가 있지."

나는 의아함과 불신에 휩싸여 레지에게 물었다.

"그 신문에 이스라엘 공화국이 나를 재판하려는 이유가 뭐라고 나와 있었소?"

"존스 박사님 말로는, 미국 정부는 당신을 내주지 않겠지만, 유대인이 사람을 보내 당신을 납치할 거래요. 아돌프 아이히만에게 했던 것처럼 말이에요."

"나 같은 조무래기를……" 나는 중얼거렸다.

"유대인 한두 사람이 선생을 추적하는 것과는 다를 거요." '할렘의 흑인 지도자'가 말했다.

"무슨 말이죠?"

"내 말은, 유대인에겐 이제 국가가 있단 말이오. 그들에겐 유대인 전함이 있고, 유대인 비행기가 있고, 유대인 탱크가 있지. 수소폭탄만 빼고 모든 걸 동원해서 선생을 뒤쫓을 거요."

"도대체 저 사격은 누가 하는 거요?"

"당신의 친구요." 레지가 대답했다.

"존스 박사?"

"조지 크래프트 씨요."

"크래프트? 그가 왜 여기 있지?"

"우리와 함께 갈 거예요."

"어디를 간단 말이오?"

"모두 정해졌어요, 여보. 모두가 동의했어요. 최선의 방법은 우리가 이 나라를 빠져나가는 거예요. 존스 박사님이 계획을 세워놨어요."

"무슨 계획?"

"비행기를 가진 친구가 있대요. 당신이 어느 정도 회복되면 우린 그 비행기를 타고 당신이 누구인지 모르는 아주 좋은 곳으로 갈 거예요. 우리 그곳에서 새로운 삶을 시작해요."

28. 표적

나는 조지 크래프트를 보러 또다른 지하실 방으로 갔다. 그는
긴 복도의 한쪽 끝에 서 있었고, 맞은편 끝에는 모래 부대가 여
러 개 쌓여 있었다. 모래 부대에는 사람 형상을 한 표적이 핀으
로 꽂혀 있었다.

그 표적은 시가를 피우는 유대인을 희화화한 것이었다. 유대
인은 한 손에는 '국제 금융'이라고 쓰인 돈주머니를 들고 다른
한 손에는 소련 깃발을 든 채 깨진 십자가와 벌거벗은 작은 여
자들을 밟고 서 있었다. 그의 양복 주머니에서는 발밑에 밟힌
벌거벗은 여자들과 같은 크기의 작은 아버지, 어머니, 아이들이
자비를 구하며 울부짖고 있었다.

사격장의 이쪽 끝에서는 그림들이 자세히 보이지 않았지만,

그것을 확인하러 표적에 다가갈 필요는 없었다.

1941년경에 내가 그린 표적이었으니까.

그 표적의 사본 수백만 장이 독일에 배포되었다. 그 그림에 대단히 만족했던 나의 상관들은 나에게 햄 10파운드, 가솔린 30갤런, 그리고 우리 부부에게 리젠게비르게에 있는 '작가의 집'을 일주일 동안 이용할 수 있는 휴가와 휴가 비용 전액을 보너스로 주었다.

나는 나치의 도안가로 일한 것이 아니었기 때문에, 이 표적이 과잉 충성의 산물이었음을 인정하지 않을 수 없다. 나는 그것을 나에게 불리한 증거로 제시한다. 내가 그것을 만든 장본인이라는 사실은 하이파 전범 기록 연구소 사람들에게도 흥미로운 뉴스거리다. 그러나 나는 누구보다 충성스러운 나치당원임을 보여주기 위해 그런 괴물을 그렸다는 사실을 밝히고자 한다. 나는 독일이나 존스의 지하실을 제외한 세상 어디에서나 우스꽝스럽게 보이도록 하기 위해 일부러 그림을 과장했고, 내가 실제로 그릴 수 있는 것보다 훨씬 더 서투르게 그렸다.

그렇지만 그 그림은 성공을 거두었다.

나는 그 성공에 몹시 당황했다. 히틀러 소년단과 SS의 신병들은 사격 연습을 할 때마다 거의 항상 그것을 표적으로 이용했다. 심지어 하인리히 히믈러는 내게 그 표적에 대한 감사 편지를 보내기도 했다.

"이 표적 덕분에 내 사격 솜씨가 백 퍼센트 향상되었소. 어느 순수한 아리아인이 그렇게 훌륭한 표적을 보고 빗맞힐 수 있겠소?"

나는 그 표적을 향해 총을 쏘는 크래프트를 지켜보면서 처음으로 그 인기를 실감했다. 아마추어 같은 솜씨 때문에 그림은 마치 공중화장실 벽에 그린 낙서처럼 보였다. 그것은 공중화장실의 고약한 냄새와 희미한 빛, 눅눅한 공간의 울림, 천박한 은밀함을 떠올리게 함으로써, 전투에 몰입한 인간의 정신 상태를 고스란히 되살렸다.

내가 생각했던 것보다 더 좋은 그림이 나온 것이다.

크래프트는 표범 가죽 침대보를 둘러쓴 나를 알아차리지 못하고 또다시 총을 발사했다. 그는 곡사포만큼이나 큰 루거 권총을 사용했다. 그러나 약실과 총구멍이 22구경에 맞춰져 있어서 용두사미를 연상시키는 아주 작은 소리밖에 나지 않았다. 크래프트가 다시 한번 발사하자, 표적의 머리 왼쪽으로 2피트 가량 떨어진 모래 부대에서 모래가 쏟아졌다.

"다음에는 두 눈을 뜨고 쏴보시죠." 내가 말했다.

"오, 이제 일어나 돌아다니는군." 그가 권총을 내려놓으며 말했다.

"네."

"정말 어처구니없는 일을 당했네."

"그렇습니다."

"하지만 오히려 전화위복이 될 수도 있어. 우리 모두 그 일에 대해 신에게 감사해야 할 걸세."

"왜 그렇죠?"

"그 덕분에 다람쥐 쳇바퀴에서 빠져나왔으니까."

"그건 그렇군요."

"자네 부인과 함께 이 나라를 빠져나가 새로운 환경에서 새로운 신분을 갖게 되면, 다시 글을 쓸 수 있을 거야. 예전보다 열 배는 더 잘 쓸 걸세. 생각해보게, 자네 글이 얼마나 성숙해졌을지!"

"지금은 머리가 너무 아픕니다."

"곧 괜찮아질 걸세. 다행히 깨지진 않았어. 그 머리에는 자아와 세계에 대한 뜨겁고 명쾌한 이해가 가득 담겨 있잖나."

"음."

"그리고 나도 그 변화로 인해 더 훌륭한 화가가 될 걸세. 난 한 번도 열대지방에 가본 적이 없거든. 풍부하고 야만적인 색채, 눈에 보일 듯하고 귀에 들릴 듯한 그 열기……"

"열대지방이라니 무슨 말이죠?"

"내가 알기론, 우리는 그쪽으로 갈 예정이라네. 레지도 그쪽으로 가길 원하고."

"당신도 갑니까?"

"왜, 싫은가?"

"내가 자는 동안 많은 일이 있었군요."

"우리가 잘못한 건가? 우리가 자네한테 나쁜 계획을 세운 건가?"

"조지, 왜 당신은 우리와 운명을 같이하려는 거죠? 왜 바퀴벌레가 들끓는 이 지하실까지 따라온 거죠? 당신에겐 적이 없어요. 하지만 우리와 함께 있으면, 나의 모든 적이 곧 당신의 적이 될 겁니다."

그는 한 손을 내 어깨에 얹고 내 눈을 똑바로 쳐다보며 말했다.

"하워드, 아내가 죽은 뒤로 나는 세상의 그 무엇에도 마음을 줄 수 없었다네. 나도 자네처럼 둘만의 제국에서 떨어져나온 보잘것없는 파편이었지. 그런데 난생처음으로 중요한 것을 발견했다네. 그건 진실한 친구였어. 친구, 나는 기꺼이 내 운명을 자네에게 바치고 싶네. 다른 것에는 전혀 흥미가 없다네. 그 무엇도 내 마음을 끌지 못해. 자네가 허락만 한다면, 내 그림과 나는 운명이 자네를 어디로 데려가든 끝까지 따라가고 싶네."

"이것이야말로 진실한 우정이군요."

"나도 그랬으면 하네."

29. 아돌프 아이히만과 나

나는 명상에 잠긴 환자가 되어 그 이상한 지하실에서 이틀을 보냈다.

두들겨맞을 때 옷이 다 망가졌기 때문에 나는 존스의 식솔에게서 다른 옷을 빌려 입었다. 킬리 신부가 번쩍거리는 검은색 바지를, 존스 박사가 은색 셔츠를 빌려주었다. 한때 '은색 셔츠' 라는 직설적인 이름으로 불렸고, 지금은 사라진 미국 파시스트 운동 단체의 제복에 포함된 셔츠였다. 그리고 흑인 지도자는 작은 오렌지색 스포츠 재킷을 주었는데, 그걸 입으니 영락없이 풍각쟁이를 따라다니는 원숭이 꼴이었다.

그리고 레지 노트와 조지 크래프트는 나의 친절한 동무가 되어 나를 간호해주었을 뿐 아니라 나를 위한 꿈과 계획까지 준비해주었다. 가장 큰 꿈은 가능한 한 빨리 미국을 떠나는 것이었다. 나는 좀처럼 끼어들지도 못했지만, 우리의 대화는 에덴동산이라고 짐작할 만한 따뜻한 지역의 이름들을 두루 섭렵하는 특이한 룰렛 게임 같았다. 아카풀코, 미노르카, 로도스 같은 섬은 물론이고 카슈미르 계곡, 잔지바르, 안다만제도까지 나왔다.

외부 세계에서 들어오는 소식을 들으니 미국에 남는 것이 더이상 매력적이지도 않고, 가능하지도 않을 것 같았다. 킬리 신부가 하루에 몇 번씩 밖으로 나가 신문을 사왔고, 신문으로 부족한 부분은 하루종일 지절거리는 라디오가 채워주었다.

이스라엘 공화국은 내가 미국 시민이 아니고 사실상 어느 나라의 국민도 아니라는 풍문을 등에 업고, 나를 인도하라는 요구에 박차를 가했다. 이스라엘의 요구에는 교육적인 의도가 깔려 있었다. 즉, 나 같은 선전요원도 하이드리히, 아이히만, 히틀러 같은 무시무시한 인물에 버금가는 살인자라는 사실을 가르치려는 것이었다.

그건 사실일지 모른다. 나는 일개 방송인으로서 단지 익살꾼에 그치기를 바랐지만, 이 세상은 익살꾼으로 남아 있기엔 너무나 어려운 곳이다. 이 세상에는 웃기를 싫어하고, 생각을 못하고, 함부로 믿고 호통치고 증오하는 사람이 너무나 많기 때문이다. 얼마나 많은 사람들이 나를 믿고 싶어했던가!

사람들이 절대적인 믿음에서 나오는 달콤한 기적에 대해 뭐라고 말하든 간에, 나는 그런 믿음이 대단히 끔찍하고 전적으로 비열할 수 있다고 생각한다.

서독은 미합중국 정부에 내가 서독의 시민이 될 수 있는지를 정중하게 물었다. 나에 관한 기록이 전쟁중에 모두 불타버렸기 때문에 그들에겐 아무런 증거가 없었다. 만일 내가 서독 시민이라면 그들은 기꺼이 나를 이스라엘에 넘겨 재판을 받게 하겠다는 것이었다.

사실상 그것은, 만일 내가 독일인이라면 나 같은 독일인을 대단히 부끄럽게 여길 거라는 말이었다.

소련은 쇠구슬이 젖은 자갈밭에 떨어질 때 날 법한 소리로, 재판은 불필요하다고 말했다. 나 같은 파시스트는 바퀴벌레처럼 한 발에 뭉개버려야 한다는 것이었다.

그러나 정말로 불시에 죽을 수도 있겠다는 느낌을 준 것은 내 이웃들의 분노였다. 신문들은 갈수록 야만적으로 변해 독자들의 편지를 아무 논평도 없이 게재했는데, 그중에는 나를 쇠창살 우리에 가두고 대서양 연안에서 태평양 연안까지 끌고 다니며 만인에게 구경시켜야 한다는 편지, 소형화기 사용법이 자신들만 아는 특별한 기술인 양 나를 처형하는 총살 집행부대에 참가하겠다고 자원하는 용사들의 편지, 자기가 직접 나설 계획은 없지만 미국 사회에는 틀림없이 꼭 해야 할 일이 무엇인지 아는 더 강하고 더 젊은 사람들이 있을 것이라 확신한다는 사람들의 편지 등이었다.

그런데 마지막으로 언급한 애국자들의 그런 확신은 틀린 것이 아니었다. 지구상의 어떤 사회에서고 실험적으로 살인을 해보고 싶어하는 힘센 젊은이가 없었던 적이 있었던가? 더욱이 그런 행위에 아주 무서운 형벌이 따르지 않는다면?

신문과 라디오에 따르면, 격분한 시민들이 내 초라한 다락방에 침입해 창문을 박살내고 가재도구를 깨뜨리거나 실어가는 등 벌써 나에게 할 수 있는 일들을 모조리 했다고 한다. 증오의 표적이 된 다락방은 이제 밤낮으로 경찰의 경호를 받고 있었다.

〈뉴욕 포스트〉는 사설에서, 나를 노리는 적이 너무 많을 뿐 아니라 대부분이 당연히 살해 의도를 품고 있기 때문에 경찰이 나를 제대로 보호해주지는 못할 것이라고 말했다. 그리고 난감한 어조로, 현상황에서는 해병대 1개 대대가 평생 동안 나를 둘러싸고 지키는 수밖에 없다는 말도 했다.

〈뉴욕 데일리 뉴스〉는, 내가 저지른 가장 큰 전쟁범죄는 신사처럼 자살하지 않은 것이라고 넌지시 말했다. 생각해보면 히틀러는 신사였다.

〈뉴욕 데일리 뉴스〉는 여기에 덧붙여, 독일에서 나를 체포했고 최근에 여러 장의 복사지가 담긴 우편물을 나에게 보냈던 버나드 B. 오헤어의 편지를 게재했다.

"이자는 내 몫입니다. 나에겐 이자를 혼자 처리할 자격이 있습니다. 그때 그가 도망칠 걸 알았더라면 그 자리에서 그의 머리통을 날려버렸을 겁니다. 만일 누구라도 나보다 먼저 캠벨을 본다면, 버니 오헤어가 보스턴에서 비행기를 타고 곧장 달려가고 있다고 말해주기 바랍니다."

〈뉴욕 타임스〉는 나 같은 버러지를 용인하고 심지어 보호까지 해주는 것은 진정으로 자유로운 사회에서 어쩔 수 없이 부딪히는 대단히 불쾌한 일이라고 말했다.

레지가 일러준 바에 따르면, 미국 정부는 나를 이스라엘 공화국에 넘기지 않을 거라고 했다. 그럴 수 있는 법적 장치가 없다는 이유였다.

그러나 미국 정부는 나 같은 버러지를 공개적으로 철저히 조사해 내 시민권이 어떤 상태인지를 정확히 파악하고, 왜 내가 지금까지 재판을 받지 않았는지를 정확히 가리겠다고 약속했다.

미국 정부는 내가 국내에 있다는 것 자체에 역겨움과 놀라움을 표시했다.

〈뉴욕 타임스〉는 지금보다 훨씬 젊은 내 사진을 공개했는데, 내가 나치당원으로 국제 방송계의 우상이었을 당시에 찍은 공무용 사진이었다. 그 사진을 언제 찍었는지 어렵사리 짐작해보자면, 아마도 1941년이었을 것이다.

내 사진을 찍었던 사진사 아른트 클로퍼는 나를 맥스필드 패리시*가 그린 콜드크림을 바른 듯한 아기 예수처럼 보이게 하려고 무던히 애를 썼다. 심지어 적당한 지점에 성운 같은 조명을 비춰 내 머리에 후광을 씌우기까지 했다. 클로퍼에게 사진을 찍은 사람은 모두 후광을 두르게 되었는데, 아돌프 아이히만도 그중 한 명이었다.

내가 하이파 연구소에 확인도 해보지 않고 아이히만에 대해 자신 있게 얘기할 수 있는 것은, 그가 클로퍼의 사진관에서 나 바로 전에 사진을 찍었기 때문이다. 독일에서 아이히만을 만난 유일한 때였다. 그리고 여기 이스라엘에서 그를 다시 만났는데, 불과 이 주 전 텔아비브에 잠깐 수감되어 있을 때였다.

그때 다시 만났던 얘기를 해보겠다. 나는 텔아비브에 스물네 시간 동안 감금되었다. 감방으로 가는 길에 아이히만의 감방 앞을 지났는데, 그때 간수들이 나를 멈춰 세웠다. 우리가 대화를 한다면 과연 무슨 이야기를 나눌지 궁금해서였다.

우리가 서로 알아보지 못하자 간수들이 우리를 소개해주었다.

아이히만은 내가 지금 살아온 이야기를 쓰고 있는 것과 똑같이 자신의 이야기를 쓰고 있었다. 육백만 건의 살인을 해명해야 하는 턱이 쑥 들어간 그 늙은 냉혈한이 나를 보고 씽긋 미소를 지었다. 그는 자신의 글, 나, 감옥의 간수, 그 밖의 모든 사람에게 상냥한 관심을 보였다.

---

* 미국의 화가이자 일러스트레이터.

그가 밝게 웃으면서 말했다. "난 누구도 원망하지 않는다네."

"그야 당연하겠죠."

"자네에게 충고 한마디 하겠네."

"고맙게 듣지요."

"편하게 생각하게나." 그는 계속 싱글거리면서 말했다. "그냥 편하게 생각하란 말일세."

"그것 때문에 여기 오게 되었죠."

"인생은 몇 단계로 나뉘지. 각 단계는 서로 아주 다른데, 우리는 각 단계에서 어떤 일에 부딪히게 될지를 알아야 해. 그것이 성공적인 삶의 비밀이라네."

"그런 비밀을 알려주다니 참 친절하시군요."

"난 이제 글을 쓴다네. 내가 글을 쓰리라고는 상상조차 못했는데 말이야."

"개인적인 질문 하나 해도 될까요?"

"물론이지." 그는 아주 친절하게 대답했다. "요즘이 그런 시기라네. 생각하고 대답하는 시기. 무엇이든 물어보게나."

"당신은 유대인 육백만 명을 학살한 책임이 있다고 생각합니까?"

아우슈비츠를 건설했고, 화장터로 이어지는 통로에 컨베이어벨트를 도입했으며, 전 세계에서 '사이클론 비'라는 독가스를 가장 많이 소비했던 자가 대답했다. "천만에."

나는 그의 생각을 몰랐으므로, 나치에게 흔히 쓰는 빈정거림을, 나에게도 해당될 법한 빈정거림을 시도해보았다.

　"당신은 일개 군인이었죠? 그래서 이 세상의 모든 군인처럼 그저 위에서 시키는 대로 명령을 따르기만 한 거죠?"

　그러자 아이히만이 간수 한 명을 향해 화를 내며 이디시어를 속사포처럼 쏟아냈다. 그가 조금만 천천히 말했으면 나도 알아들었겠지만, 그의 말은 너무 빨랐다.

　"뭐라고 합니까?" 나는 간수에게 물어보았다.

　"당신에게 그의 진술서를 보여줬느냐고 묻는군요. 진술서가 완성되기 전에는 아무한테도 보여주지 않기로 약속했거든요."

　"난 그걸 본 적이 없습니다." 나는 아이히만에게 말했다.

　"그렇다면 어떻게 내 변론을 알고 있는가?"

　구천만 남짓 되는 독일 국민이 한목소리로 그런 핑계를 댄 지가 한참 되었는데도, 이 남자는 정말로 자기가 그 진부한 변론을 창안했다고 믿는 모양이었다. 그렇게 그는 발명이라는 인간의 신성한 재능을 하찮게 이해하고 있었다.

　나는 아이히만과 나에 대해 생각하면 할수록, 아이히만은 병원으로 가야 할 사람이고 나는 공정하고 정의로운 사람들이 만든 법에 따라 처벌받아야 할 사람이라는 생각이 든다.

　아이히만의 죄를 가릴 재판의 법정 조언자로서 나는 다음과 같은 견해를 제시하는 바이다. 즉, 아이히만은 선과 악을 구별

하지 못할 뿐 아니라 아이히만의 머릿속에서는 진실과 거짓, 희망과 절망, 미와 추, 친절과 잔인, 희극과 비극이 모두 뒤범벅되어 아무 구분 없이 처리된다.

내 경우는 다르다. 나는 거짓말을 할 때면 항상 그것이 거짓말임을 인식하고, 누군가가 내 거짓말을 믿을 때 그로부터 나올 잔인한 결과를 예상할 수 있으며, 잔인함이 나쁘다는 것을 안다. 나는 신장결석이 소변으로 빠져나올 때 그것을 온몸으로 느끼는 것처럼, 거짓말을 할 때면 그것이 거짓말임을 정확히 인식한다.

만일 내세에 또다른 생이 있다면, 그때는 다음과 같은 말을 들을 수 있는 사람이 되었으면 하는 마음이 간절하다. "그를 용서하라. 그는 자기가 무엇을 하는지 모른다."

그러나 지금 나에겐 해당되지 않는다.

선과 악의 차이를 알기 때문에 돌아오는 이득은 단지, 아이히만 같은 자들이 재미를 느끼지 못할 때 나는 가끔씩 웃을 수 있다는 것뿐이다.

"자넨 아직도 글을 쓰나?" 텔아비브의 감옥에서 아이히만이 물었다.

"마지막 계획의 하나로, 공문서 보관소에 들어갈 중요한 자료를 구상중입니다."

"자넨 전문 작가인가?"

"그렇다고들 합니다."

"그럼 말해주게나. 자넨 좋든 싫든 시간을 정해놓고 글을 쓰는가, 아니면 밤이든 낮이든 영감이 떠오르기를 기다리는가?"

"스케줄에 따라 씁니다." 오래전의 습관을 떠올리며 내가 말했다.

그는 약간의 존경을 표하고는 고개를 끄덕이며 말했다. "그래, 그래. 스케줄이지. 나도 그렇게 생각한다네. 때때로 나는 텅 빈 종이를 멍하니 바라본다네. 하지만 일을 해야겠다고 정해놓은 시간이 끝날 때까지 그냥 앉아서 바라보기만 하지. 술이 도움이 되는가?"

"술은 단지, 대략 반시간 정도만 도움이 되는 것 같습니다." 이것도 젊은 시절의 경험에서 이끌어낸 견해였다.

아이히만이 농담을 하나 했다. "여보게, 그 육백만 말일세."

"네?"

"자네 작품에 필요하다면 몇 명 가져가게. 사실 난 그들이 모두 필요하진 않거든."

나는 그곳에 녹음기가 없었다는 가정 아래, 이 농담을 역사에 남기고자 한다. 이것은 저 관료적인 칭기즈칸의 길이 남을 명언 중 하나였다. 나는 그가 다재다능한 사람이긴 했지만, 특별히 교활한 사람이었다고는 생각지 않는다. 만일 그에게 농담이 아니라 정말로 그렇게 해달라고 요구했다면, 그는 일반적으로 그가 살해했다고 알려진 그 육백만 명 가운데 단 한 명도 나에게 빌려주지 않았을 것이다. 만일 그가 육백만 희생자를 이 사람 저 사람에게 분양해준다면, 결국 아이히만이 아이히만이라고 생각하는 아이히만은 사라져버리기 때문이다.

그때 간수들이 나를 끌고 갔고, 그후에 딱 한 번 그 '세기의 인물'을 만난 것은 불가사의한 루트를 통해 텔아비브에 있는 그의 감옥에서 예루살렘에 있는 나의 감옥으로 날아든 그의 쪽지를 통해서였다. 이곳 운동장에서 나도 모르는 어떤 사람이 내 발밑에 그 쪽지를 떨어뜨리고 사라졌다. 쪽지를 집어들어 펼쳐보니 다음과 같이 적혀 있었다.

"저작권 대리인이라는 게 정말로 필요한가?" 그리고 아이히만의 서명이 있었다.

내 대답은 이랬다. "미국에선 북클럽과 영화제작의 판권 때문에 절대적으로 필요합니다."

30. 돈키호테

크래프트와 레지와 나는 함께 멕시코시티행 비행기를 타기로 했다. 그것이 우리의 계획이었다. 존스 박사가 우리를 위해 교통편뿐만 아니라 멕시코시티에 접대위원회까지 준비해두겠다고 했다.

멕시코시티에서 우리는 자동차로 여러 곳을 탐험하면서 우리의 여생을 보낼 은밀한 마을을 찾기로 했다.

이 계획은 참으로 오랜만에 품어보는 매력적인 몽상이었다. 나는 이 계획이 가능하다고 여겼을 뿐 아니라 이제 다시 글을 쓸 수 있겠다고 확신했다.

나는 조심스럽게 레지에게 그렇게 말했다.

그녀는 기쁨의 눈물을 흘렸다. 정말로 기뻤을까? 그건 알 수 없다. 나는 단지 그녀의 눈물이 축축하고 짭짤했다는 것만을 말할 수 있다.

"이렇게 아름답고 꿈같은 기적을 이루는 데 내가 힘이 되었나요?"

"전부 당신 덕분이오." 그녀를 꼭 안으며 내가 말했다.

"아니에요. 난 별로 한 게 없어요. 아니, 조금…… 조금은 도움이 됐지요. 하느님, 감사합니다. 정말로 큰 기적은 당신의 타고난 재능이에요."

"정말로 큰 기적은, 죽은 사람을 부활시킨 당신의 힘이오."

"사랑의 힘이죠. 그 힘은 나도 부활시켰어요. 나도 전에는 죽은 사람이나 마찬가지였으니까요."

"그걸 글로 써볼까? 멕시코의 어느 마을, 태평양의 한 자락에서 그걸 가장 먼저 써야겠지?"

"그럼요, 여보, 그렇고말고요. 당신이 글을 쓰는 동안 내가 정성껏 보살펴드릴게요. 그런데 나와 함께 보낼 시간이 있을까요?"

"오후와 저녁과 밤은 당신을 위한 시간이 될 거요."

"이름은 정했나요?"

"이름이라니?"

"당신의 새 이름. 멕시코의 어느 마을에서 훌륭한 작품을 발표하는 신비로운 신예작가의 이름 말이에요. 나는 미세스 뭐가 될까요?"

"미세스가 아니라 세뇨라지."

"세뇨라 뭐가 좋을까요? 세뇨르 앤 세뇨라 누구?"

"당신이 정해봐요."

"너무 중요한 일이라 지금 당장 결정하지 못하겠어요."

바로 그때 크래프트가 들어왔다.

레지가 크래프트에게 내 필명을 뭘로 하면 좋겠냐고 물었다.

"돈키호테가 어떨까? 그러면 그대는 둘시네아 델 토보소가 되고, 나는 내 그림에 산초 판사라고 서명하는 거야."

이번에는 존스 박사와 킬리 신부가 들어왔다. 존스 박사가 말했다. "비행기는 내일 아침에 뜰 거요. 여행할 정도로 건강이 회복되었소?"

"이젠 괜찮습니다." 내가 말했다.

"멕시코에 도착하면 아른트 클로퍼라는 사람이 당신을 기다리고 있을 거요. 이름을 잘 기억해두시오."

"혹시 사진사 아닌가요?"

"아는 사람이오?"

"베를린에서 그에게 공무용 사진을 찍었습니다."

"지금은 멕시코에서 가장 큰 양조공장을 운영하고 있지요."

"맙소사, 그의 사진관이 500파운드 폭탄에 맞았다는 소식을 마지막으로 들었는데."

"능력 있는 사람은 오뚝이처럼 일어서는 법이라오. 그건 그렇고, 킬리 신부와 내가 선생에게 부탁할 게 하나 있소."

"뭡니까?"

"오늘밤 일주일에 한 번 열리는 '백인계 후손들의 미국 헌법 철위대' 집회가 있소. 킬리 신부와 난 오거스트 크랩타우어 씨를 위해 추모 예배를 거행할 생각이오."

"그렇군요."

"킬리 신부와 나는 가슴이 미어져 조사弔詞를 끝까지 못 읽을 것 같소. 우리 둘 다 감정적으로 너무나 큰 시련에 빠질 것이오. 그래서 말인데, 만약에 선생이, 아주 유명한 연설가이고 최고의 말솜씨를 가진 선생이 몇 마디 해준다면 크나큰 영광으로 여기겠소."

나는 도저히 거절할 수가 없었다. "과분한 말씀입니다. 조사라고요?"

"킬리 신부가 전체적인 주제를 생각해놓았으니, 도움이 된다면 참고하기 바라오."

"전체적인 주제라, 분명 큰 도움이 될 겁니다. 그게 뭡니까?"

그러자 킬리 신부가 목청을 가다듬고 말했다.

"그러니까, 주제는 이렇습니다. '그의 진리는 멈추지 않는다.'"

31. "그의 진리는 멈추지 않는다"

'백인계 후손들의 미국 헌법 철위대'는 존스 박사의 지하 난방실에 모여, 줄지어 펼쳐놓은 접이식 의자에 나란히 앉아 있었다. 대원은 모두 스무 명이었고, 나이는 열여섯에서 스무 살까지였다. 그들은 모두 금발에 키가 6피트 이상이었다.

모두 양복과 흰색 셔츠에 넥타이를 맨 말끔한 정장 차림이었다. 그들이 철위대라는 것을 보여주는 표식은 양복 오른쪽 깃의 단춧구멍에 꽂힌 작은 금색 리본뿐이었다.

일반적으로 오른쪽 깃에는 단춧구멍이 없기 때문에, 만일 존스 박사가 지적해주지 않았다면 나는 그 작고 특이한 단춧구멍을 알아차리지 못했을 것이다.

"저렇게 하면 리본이 없어도 서로를 알아볼 수 있지요. 저들은 대원이 늘어나는 것을 알 수 있지만 다른 사람들은 전혀 눈치채지 못해요."

"대원들은 모두 상의를 양복점에 가져가 오른쪽 깃에 단춧구멍을 내달라고 우기겠군요?" 내가 물었다.

"어머니들이 해줍니다." 킬리 신부가 말했다.

킬리, 존스, 레지, 그리고 나는 철위대원들을 마주보고 벽난로를 뒤로한 채, 바닥보다 조금 높은 단상에 나란히 앉았다. 레지도 단상에 앉은 것은, 그녀가 철의 장막 뒤에서 직접 경험한 공산주의에 관해 소년들에게 간단히 설명해주겠다고 동의했기 때문이다.

"재단사는 대부분 유대인이오. 우리의 정체가 드러날 수도 있지." 존스 박사가 말했다.

"게다가……" 킬리 신부가 말을 이었다. "어머니들이 참여하는 것도 좋은 일 아니겠소."

그때 존스의 운전사인 '할렘의 흑인 지도자'가 단상 위로 올라와 우리 뒤에 커다란 무명천 현수막을 걸었다. 그는 현수막의 쇠고리를 증기 파이프에 묶으려고 애썼다.

현수막에는 이렇게 적혀 있었다.

"교육을 많이 받으라. 모든 일에서 최고가 되라. 청결하고 강한 신체를 유지하라. 자신의 견해를 남에게 말하지 말라."

"이 동네 아이들인가요?" 내가 존스에게 물었다.

"아, 아니요. 여덟 명만 뉴욕에서 왔고, 아홉 명은 뉴저지, 쌍둥이 두 명은 픽스킬, 그리고 한 명은 멀리 필라델피아에서 왔소."

"그 아이는 필라델피아에서 매주 옵니까?"

"또 어디에서 오거스트 크랩타우어의 가르침을 들을 수 있겠소?"

"대원들은 어떻게 모집합니까?"

"내 신문을 통해서요. 하지만 실은 제 발로 찾아오지. 걱정 많고 양심적인 부모들이 매일같이 〈백인 기독교 민병대〉에 편지를 보내 미국의 순수한 혈통을 지킬 수 있는 청소년 운동이 없느냐고 묻는다오. 내가 본 가장 가슴 아픈 편지는 뉴저지의 버나즈빌에서 어떤 여자가 보낸 것이었소. 그녀는 아들을 미국 보이스카우트Boy Scouts of America에 보냈는데, BSA의 진짜 이름이 '미국의 흑인과 유대인Boogies and Semites of America'이라는 사실을 미처 몰랐지. 그 아이는 최고참 보이스카우트인 이글스카우트가 되었고, 얼마 후 군대에 들어가 일본으로 가더니 결국 일본인 아내를 데리고 귀국했다오."

킬리 신부가 말했다. "오거스트 크랩타우어는 그 편지를 읽고 울었지요. 그때 그는 심신이 많이 지친 상태였지만 다시 청소년을 모아 일을 시작해야 한다는 걸 깨달았답니다."

킬리 신부는 좌중에게 정숙할 것을 명하고 기도를 시작했다. 그의 기도는 악한 세력 앞에서 용기를 잃지 말게 해달라는 평범한 내용이었다.

그런데 내가 전에는 어디에서도 들어본 적이 없고 심지어 독일에서도 들어본 적이 없는, 결코 평범하지 않은 소리가 울려퍼졌다. 흑인 지도자가 방 뒤쪽에 놓인 큰북 앞에 서 있었다. 큰북은 무언가로 덮여 있었는데, 그건 공교롭게도 내가 실내복처럼 둘렀던 가짜 표범 가죽 침대보였다. 킬리 신부의 기도가 한 문장 끝날 때마다 흑인 지도자는 침대보를 덮은 큰북을 한 번씩 쳤다.

철의 장막 뒤에서 인생의 공포를 경험한 레지의 연설은 짧고 지루했으며, 존스가 원했던 교육적 관점에서도 아주 불만족스러웠다.

"열성적인 공산당원은 대부분 유대인이나 동양계 아닙니까?" 그가 레지에게 물었다.

"네?"

"너무 뻔한 질문이라 말할 필요도 없겠군요." 그는 그녀의 말을 퉁명스럽게 가로막았다.

그때 조지 크래프트는 어디 있었을까? 그는 청중석의 맨 마지막 줄, 큰북 옆에 앉아 있었다.

존스는 다음으로 나를, 소개가 필요 없는 사람이라고 소개했다. 그리고 나에게 깜짝 놀랄 만한 일이 준비되어 있으니 아직 연설을 시작해선 안 된다고 말했다.

그건 정말로 깜짝 놀랄 만한 일이었다.

존스가 말하는 동안 흑인 지도자는 큰북 앞에서 물러나 전등 스위치 옆에 달린 조광기로 전등을 점차 어둡게 조절했다.

점점 짙어지는 어둠 속에서 존스는 2차세계대전 당시 미국의 지적, 도덕적 풍토가 어떠했는지를 이야기했다. 그리고 애국적이고 생각이 깊은 백인들이 훌륭한 이상 때문에 어떻게 박해받았는지, 미국의 거의 모든 애국자가 어떻게 연방교도소 지하 감옥에서 썩게 됐는지를 이야기했다.

"미국인은 어디에서도 진리를 만날 수 없었습니다." 그가 말했다.

이제 방안은 칠흑같이 어두웠다.

"거의 어디에서도!" 어둠 속에서 존스 박사가 말했다. "그러나 다행스럽게도 단파 라디오를 가지고 있었다면, 그에겐 진실의 원천이 꼭 하나 있는 것이었습니다."

그때 어둠 속에서, 단파 라디오의 거칠고 우아한 잡음이, 프랑스어 한 조각과 독일어 한 조각, 그리고 브람스 1번 교향곡 한 조각이 마치 장난감 피리로 연주하듯 흘러나왔고, 이어서 크고 분명한 목소리가 들려왔다.

안녕하십니까. 저는 자유 베를린에 남은 자유 미국인 체류자 하워드 W. 캠벨 2세입니다. 지금 자유 베를린에서 전해드리고 있습니다. 먼저 내 동포 여러분에게 환영 인사를 드리고자 합니다. 오늘밤 생비트 앞에 진지를 구축한 106사단의 백인 기독교인 동포 여러분, 안녕하십니까. 전투 경험이 없는 이 사단에 자식을 둔 부모님들께, 이 지역은 현재 조용하다는 말씀을 드립니다. 442연대와 444연대가 일렬로 전선에 배치되었고, 423연대가 그 뒤를 지키고 있습니다.

〈리더스 다이제스트〉 최신호를 보면, '참호 안에는 무신론자가 없다'는 제목의 훌륭한 글이 실려 있습니다. 오늘은 이 주제를 조금 확대해서 말씀드리고 싶습니다. 이 전쟁은 유대인이 일으켰고 유대인만이 승리할 수 있는 전쟁이지만, 참호에는 유대인이 단 한 명도 없다는 것입니다. 이것은 106연대 소총병에게서 확인할 수 있습니다. 유대인은 보급부대에서 물품을 세거나, 경리부대에서 돈을 세거나, 파리의 암시장에서 담배와 나일론 양말을 파느라 너무 바빠서, 전선에서 100마일 떨어진 곳에조차 오지 않습니다.

고국에 계신 동포 여러분, 전선에 배치된 젊은이의 부모 친지 여러분. 여러분이 알고 있는 모든 유대인을 생각해보십시오. 그들에 대해 골똘히 생각해보십시오.

자, 이제 여러분에게 묻겠습니다. 이 전쟁이 그들을 부유하게 만듭니까, 가난하게 만듭니까? 그들이 여러분보다 더 잘먹습니까, 못 먹습니까? 그들에게 여러분보다 휘발유가 더

많습니까, 적습니까?

저는 이 모든 질문의 답이 무엇인지 이미 알고, 여러분도 마찬가지일 것입니다. 눈을 크게 뜨고 일 분만 골똘히 생각한다면 말입니다.

다시 한번 여러분께 묻겠습니다.

여러분은 한때 자유민의 수도였던 워싱턴으로부터 전보를 받은 유대인 가족을 단 하나라도 아십니까? "전쟁부 장관은 유감스럽게도 귀댁의 아드님이……"라고 시작하는 전보를 워싱턴으로부터 받은 유대인 가족을 단 하나라도 아십니까?

기타 등등.

지하실의 어둠 속에서 자유 미국인 하워드 W. 캠벨 2세의 방송이 십오 분 동안 흘러나왔다. 나는 나의 추악한 행위를 '기타 등등'으로 가볍게 넘기지 않겠다.

하이파 전범 기록 연구소는 하워드 W. 캠벨 2세의 방송 테이프를 처음부터 끝까지 모두 소장하고 있다. 만일 어떤 사람이 그 방송 테이프를 뒤져 내 입에서 나온 최악의 방송들을 가려낸 다음 이 책에 부록으로 붙인다고 해도 나는 할말이 없다.

그것들이 내 입에서 나왔다는 사실을 나는 부인하지 않는다. 다만 내가 할 수 있는 말은, 난 그걸 믿지 않았다는 것, 내가 얼마나 무식하고, 얼마나 파괴적이고, 얼마나 추잡하고 우스운 말들을 하고 있는지 아주 잘 알고 있었다는 것뿐이다.

어둠 속에 앉아 내가 했던 말을 들으면서도 나는 충격에 빠지지 않았다. 그때 식은땀을 흘렸다거나 그와 비슷한 어떤 반응을 보였다고 말한다면 내 변호에 도움이 될지도 모르겠다. 그러나 나는 항상 내가 한 일을 알고 있었다. 또한 항상 내가 한 일을 잊지 않고 살아갈 수 있다. 어떻게 그럴 수 있을까? 현대인이 널리 향유하는 아주 단순한 혜택, 정신분열증 덕분이다.

그런데 그 어둠 속에서 보고할 가치가 있는 기이한 사건이 일어났다. 누군가가 내 주머니에, 내가 충분히 눈치챌 수 있도록 일부러 투박하게 쪽지 하나를 쑤셔넣은 것이다.

불이 다시 켜졌을 때 주위를 둘러보았지만, 누가 그 쪽지를 줬는지 도대체 알 수가 없었다.

나는 오거스트 크랩타우어의 조사로, 뜻하지 않게 내가 굳게 믿는 바를 이야기했다. 즉 크랩타우어 씨의 진리는 이 세상에 머리보다 가슴의 소리에 귀를 기울이는 사람이 존재하는 한 인류와 영원히 함께할 것이라고.

조사가 끝나자 청중들의 박수갈채와 흑인 지도자의 큰북 소리가 쏟아졌다.

나는 화장실로 가서 쪽지를 읽었다. 작은 용수철 노트에서 찢어낸 줄 쳐진 종이 위에 이런 글이 적혀 있었다.

"석탄 창고 문이 열려 있소. 즉시 나오시오. 길 건너 빈 가게에서 기다리고 있겠소. 목숨이 위급하오. 쪽지는 삼키시오."

끝에는 나의 푸른 요정 대모, 프랭크 위르타넨 대령의 서명이
적혀 있었다.

32. 로젠펠트

여기 예루살렘에서 내 변호를 맡은 변호사 앨빈 도브로비츠 씨는, 만일 내가 프랭크 위르타넨 대령이라는 사람과 함께 있는 걸 본 목격자를 한 명이라도 확보할 수 있다면 재판에서 분명히 이길 거라고 말했다.

나는 위르타넨을 세 번 만났다. 전쟁 전에 한 번, 전쟁 직후에 한 번, 그리고 마지막으로 치의학 박사 겸 신학 박사인 라이오넬 J. D. 존스 목사의 저택 맞은편 빈 가게 뒤편에서 한 번. 누군가가 함께 있는 우리를 본 것은 맨 처음 공원 벤치에서 만났을 때뿐이었다. 그리고 누군가 우리를 봤다고 해도 공원의 다람쥐와 새가 기억하는 것 이상으로 우릴 제대로 기억하진 못할 것이다.

그를 두번째 만난 것은 독일 비스바덴에 있는, 얼마 전까지 독일군 공병단 사관학교로 쓰이던 건물 식당에서였다. 식당 벽에는 구불구불 난 아름다운 시골길을 달리는 전차 그림이 커다랗게 그려져 있었다. 벽화 안에서 하늘은 맑고 태양은 눈부시게 빛났다. 이 목가적인 장면은 이제 곧 부서질 운명에 처해 있었다.

벽화의 전경前景에 자리잡은 잡목 숲에는 철모를 쓴 공병소대가 유쾌한 로빈 후드 무리처럼 숨어 있었는데, 이 무리가 벌이려는 못된 장난은 길목에 묻어둔 지뢰와 대전차포, 경기관총으로 곧 벌어질 흥겨운 오락을 실행하는 것이었다.

그들은 아주 행복한 모습이었다.

내가 어떻게 비스바덴에 가게 되었을까?

나는 버나드 B. 오헤어 중위에게 체포된 지 사흘 만인 4월 15일에 오르트루프 근처에 있는 제3육군 포로수용소에서 다른 곳으로 끌려갔다. 이름도 모르는 어떤 중위가 나를 지프차에 태워 비스바덴으로 호송했다. 우리는 별로 이야기를 나누지 않았다. 나는 그에게 관심이 없었고, 그는 차를 타고 가는 동안 줄곧 나와 전혀 상관 없는 어떤 일로 부글부글 속을 끓이고 있었다. 누군가로부터 무시를 당하거나, 모욕을 당하거나, 사기를 당하거나, 비방을 당하거나, 괴로운 오해를 받은 것일까? 알 수 없다.

어쨌든 그가 목격자로서 큰 도움이 되긴 어려울 것 같다. 그는 지루하기만 한 명령을 수행하는 중이었다. 그는 길을 물어 부대에 도착했고, 또 길을 물어 식당에 도착했다. 그리고 식당

앞에서 나를 내려주더니 들어가서 기다리라고 말했다. 그런 다음 나를 혼자 남겨둔 채 차를 몰고 떠나버렸다.

나는 마음만 먹으면 쉽게 시골 들판 속으로 사라져버릴 수도 있었지만, 문을 열고 식당으로 들어갔다.

그 휑뎅그렁한 건물 안에는 나의 푸른 요정 대모가 벽화 아래 놓인 식탁 위에 혼자 앉아 있었다.

위르타넨은 미국 군복 차림으로, 지퍼가 달린 상의와 국방색 바지, 목 부분이 개방된 셔츠를 입고 전투화를 신었다. 그러나 무기는 없었고, 계급장이나 부대 표지도 전혀 없었다.

그는 다리가 짧았다. 내가 다가가는 동안 식탁 위에 앉아 다리를 흔들고 있었는데, 두 발이 바닥에서 한참이나 떨어져 있었다. 당시 나이는 그를 마지막으로 봤을 때보다 칠 년 더 늙은, 적게 잡아 쉰다섯 정도인 게 분명했다. 그는 머리가 벗어졌고, 그동안 살이 찐 것 같았다.

프랭크 위르타넨 대령은 승전의 기쁨과 미군 전투복에서 비롯된, 나이든 수많은 군인들의 얼굴에 피어올랐던 그 건방지고 아기처럼 발그레한 표정을 짓고 있었다.

그는 나를 보고 환하게 웃으면서 내 손을 다정하게 잡더니 악수를 했다. "캠벨 씨, 당신은 이번 전쟁을 어떻게 생각하시오?"

"끼어들지 않는 게 백배 나을 뻔했지요."

"축하하오. 아무튼 살아남지 않았소? 당신도 알겠지만, 많은 사람이 죽었소."

"그래요. 내 아내도 죽었죠."

"유감이오." 그가 말했다. "그녀가 실종되었다는 걸 당신과 똑같은 날에 알았소."

"어떻게요?"

"당신에게서 들었소. 그날 밤 당신의 방송을 듣고 알게 되었지."

내가 나도 모르는 사이에 나의 헬가가 실종되었다고 암호로 방송했다는 이 사실은, 그때까지 내가 겪어온 그 어떤 일보다 더 나를 괴롭게 만들었다. 그것은 지금까지도 나를 괴롭힌다. 왜일까? 이유는 모르겠다.

그것은, 내 몇 개의 자아들이 스스로 생각해도 참을 수 없을 만큼 심하게 분열되었다는 것을 보여주는 듯하다.

헬가가 죽었다고 생각할 수밖에 없었던 내 삶의 가장 중요한 순간에, 나는 괴로움에 빠진 하나의 영혼으로서 온전히 그녀의 죽음을 애도하고자 했다. 그러나 아니었다. 나의 한 부분은 세상 사람들에게 그 비극을 암호로 알려줬다. 나의 나머지 부분은 내가 그것을 알리고 있다는 사실조차 몰랐다.

"그것이 그렇게 긴요한 군사 정보였습니까? 내가 목숨을 걸고 독일 밖으로 전해야 할 만큼?"

"물론이오. 그 정보를 듣자마자 우린 즉시 행동을 개시했소."

위르타넨이 대답했다.

"행동이요? 무슨 행동?" 나는 어리둥절했다.

"당신을 대체할 요원을 찾는 것. 우린 다음날 해가 뜨기 전에 당신이 자살할지 모른다고 생각했소."

"그랬어야 했어요."

"그러지 않아서 정말 다행이오."

"그러지 않아서 정말 유감입니다. 나처럼 연극계에 오래 종사한 사람이라면 주인공이 죽어야 할 적당한 때를 잘 알 거라고 생각하겠지요. 만약 그 사람이 주인공이라면 말입니다." 나는 손가락을 가볍게 꺾었다. "헬가와 나의 연극 〈둘만의 제국〉은 엉망이 돼버렸습니다. 내가 중대한 자살 장면에서 큐 사인을 놓쳐버렸기 때문이죠."

"난 자살을 찬양하지 않소." 위르타넨이 말했다.

"난 형식을 찬양합니다. 시작과 중간과 끝이 있는 것을, 그리고 가능하다면 교훈까지 있는 것을 찬양합니다."

"그녀가 아직 살아 있을 가능성도 있잖소." 위르타넨이 말했다.

"그런 가능성은 군더더기이고, 적절하지도 않습니다. 연극은 이미 끝났으니까요."

"그런데 교훈이라고 했소?"

"사람들이 자살을 기대했을 때 내가 자살을 했다면, 아마 당신도 어떤 교훈이 생각났을 겁니다."

"글쎄, 생각을 좀 해봐야겠는걸."

"천천히 생각해보세요."

"난 형식이니 교훈이니 하는 것엔 익숙지가 않소. 만일 당신이 죽었다면 나는 이렇게 말했을 거요. '빌어먹을, 이젠 어떻게 하지?' 교훈이라고? 죽은 사람에게서 일일이 교훈을 이끌어내는 것은 고사하고, 그들을 땅에 묻는 것만 해도 엄청난 일이오. 죽은 사람 가운데 절반은 심지어 이름도 없지. 난 아마 당신이 훌륭한 군인이었다고 생각했을 거요."

"내가요?"

"내 꿈속의 아이들이라 할 수 있는 모든 요원 가운데 전쟁이 끝날 때까지 믿을 수 있었고, 또 살아남은 요원은 당신뿐이오. 어젯밤에 나는 좀 병적인 계산을 해보았소. 그랬더니 캠벨 씨, 당신은 무능하지도 않고 죽지도 않았다는 점에서 마흔두 명 가운데 한 명 있을까 말까 한 사람이라는 계산이 나왔소."

"나한테 정보를 준 사람들은 어떻게 됐습니까?"

"죽었소. 모두 죽었지. 다들 여자였소. 일곱 명이었는데, 잡히기 전까지는 오로지 당신에게 정보를 전하는 것만이 삶의 전부였던 사람들이지. 생각해보시오, 캠벨 씨, 당신은 일곱 명의 여자에게 끊임없이 만족을 주었소. 그들은 결국 그에 대한 보답으로 당신의 만족을 위해 죽었지. 붙잡힌 뒤에는 단 한 명도 당신을 배신하지 않았소. 그 점도 생각해보시오."

"그런 것까지 생각하고 싶지는 않습니다. 물론 교사이자 철학자로서의 당신의 수준을 끌어내리려는 건 아닙니다. 다만 이렇게 행복한 재회를 하기 전에도 생각할 일이 많았거든요. 자, 이제 나는 어떻게 되는 거죠?"

"당신은 이미 사라졌소. 3군에서 증발한 거요. 그리고 이곳에는 당신이 왔었다는 기록도 남지 않을 거요." 위르타넨이 양손을 펼쳐 보이며 말했다. "자, 이제 어디로 가서, 어떤 사람이 되고 싶소?"

"나를 영웅으로 맞아줄 만한 곳은 어디에도 없겠죠."

"거의 없을 거요."

"혹시 내 부모님 소식을 아십니까?"

"유감이지만, 넉 달 전에 돌아가셨소."

"두 분 다요?"

"부친께서 먼저 돌아가시고, 스물네 시간 후에 모친이 그 뒤를 따르셨소. 두 분 다 심장 때문이었소."

나는 고개를 가로저으며 잠시 울었다. "아무도 우리 부모님에게 내가 어떤 일을 하고 있는지 말해주지 않았겠죠?"

"베를린의 심장부에 있는 우리 무선국은 두 노인을 위로할 정도로 한가하지 않았소. 사소한 일에는 신경을 쓰지 못했지."

"사소한 일이라고요?"

"당신에겐 중요했겠지만, 나에겐 아니었소."

"내가 한 일을 아는 사람이 몇 명이나 됩니까?"

"좋은 일 말이오, 나쁜 일 말이오?"

"좋은 일요."

"세 명."

"그게 답니까?"

"세 명이면 많은 거요. 실은 너무 많지. 내가 있고, 도노번 장군이 있고, 또 한 명이 있소."

"온 세상에 내 실체를 아는 사람이 세 명뿐이군…… 나머지는 모두……" 나는 어깨를 으쓱했다.

"그것도 당신의 실체였소." 그가 불쑥 말했다.

"그건 내가 아니었습니다." 나는 그의 예리한 지적에 깜짝 놀라 말했다.

"그게 누구였든, 그는 지구상에서 가장 사악한 개자식 중 한 명이었지."

위르타넨은 진심으로 분개했다. 나는 아연실색했다.

"그 일로 나를 욕하다니 지금 제정신인가요? 그러지 않으면 내가 어떻게 살아남을 수 있었겠어요?"

"그건 당신 문제였지. 당신처럼 그 문제를 완벽하게 해결한 사람은 거의 없었소."

"내가 나치였다고 생각합니까?"

"물론 그렇소. 믿을 만한 역사가라면 당신을 나치가 아닌 무엇으로 분류하겠소? 당신에게 질문을 하나 하겠소."

"물어보세요."

"만일 독일이 이겨서 세계를 정복했다고 칩시다." 그는 잠시 말을 끊고 머리를 곧추세웠다. "더이상 말하지 않아도 당신은 이미 알 거요. 내 질문이 무엇인지."

"내가 어떻게 살았을까? 내가 어떤 생각을 했을까? 내가 무엇을 했을까?"

"바로 그렇소. 당신처럼 상상력이 뛰어난 사람이라면 틀림없이 그 경우를 생각해봤을 것이오."

"내 상상력은 이제 예전 같지 않습니다. 첩보원이 되었을 때 가장 먼저 깨달은 사실이, 더이상 상상을 할 여유가 없다는 것이었죠."

"그래서 내 질문에 답할 수 없다는 거요?"

"지금이 나에게 상상력이 남아 있는지 확인해볼 절호의 기회 같군요. 잠시만 기다려주십시오."

"차분히 생각해보시오."

나는 그가 설명한 상황 속에 나 자신을 투사해보았다. 남아 있는 상상력을 총동원한 결과 아주 씁쓸하고 냉소적인 대답이 나왔다. "나는 틀림없이 나치 계급장을 단 에드거 게스트*가 되어, 전 세계 일간지에 떠들어댈 낙관주의적인 칼럼을 쓰고 있겠죠. 그리고 나이가 들어 인생의 늘그막에 다다르면 내가 쓴 글이 진실이고, 모든 것이 가장 순조롭게 흘러왔다고 믿게 될 겁니다."

나는 어깨를 으쓱하며 말을 이었다.

"내가 누군가를 암살했을까요? 그건 아닐 겁니다. 내가 폭탄 테러를 조직했을까요? 이건 좀 가능성이 있군요. 하지만 요즘 폭탄 테러가 많이 일어난다는 말을 듣긴 했어도, 그것이 결코 문제 해결의 방법은 아니라고 느꼈습니다. 단 하나, 내가 다시는 희곡을 쓰지 못했을 거라는 점은 자신 있게 말할 수 있습니다. 예전과 같은 그런 능력은 사라져버렸으니까요."

나는 나의 푸른 요정 대모에게 계속 말했다.

"내가 진리나 정의, 혹은 당신이 믿는 어떤 것을 위해 폭력적인 행위를 저질렀다면, 그건 내가 사람을 죽일 정도로 미쳐버렸기 때문일 겁니다. 그건 가능한 일이죠. 당신이 가정한 그런 상황이라면, 나는 갑자기 이성을 잃고 어느 평범한 날에 무시무시한 폭탄을 들고 평화로운 거리로 나갔을지도 모릅니다. 하지만 내가 사람을 죽여서 이 세상이 좋은 쪽으로 바뀐다는 보장은 없을 겁니다. 그건 순전히 운에 달린 문제니까요. 이제 충분히 답이 되었습니까?"

---

* 영국 태생의 대중 시인.

"그렇소, 고맙소."

나는 피곤했다. "나를 나치로 규정하십시요. 마음대로 분류하세요. 만일 사람들의 도덕성을 일깨우는 데 필요할 것 같으면 나를 교수형에 처하시고요. 내 삶은 대단한 보물도 아니고, 나에겐 전후 계획 같은 것도 없습니다."

"나는 단지 우리가 당신에게 해줄 수 있는 일이 얼마나 적은지를 이해시키고 싶었을 따름이오. 당신은 충분히 이해할 것이라 생각하오." 그가 말했다.

"얼마나 되지요?" 내가 물었다.

"가짜 신분증과 몇 가지 조치, 새 삶을 시작할 수 있는 곳까지 데려다주는 것과 약간의 현금. 많은 액수는 아닐 거요."

"현금이라? 내가 한 일의 현금 가격은 어떻게 계산했습니까?"

"관습에 따라 했소. 최소한 남북전쟁 때부터 시작된 관습이지."

"어떤 관습이죠?"

"사병의 봉급 기준으로 책정하는 것이오. 우리 쪽 전문가의 말로는, 당신은 우리가 공원에서 만났을 때부터 현재까지의 봉급을 받을 자격이 있다고 하더군."

"그것참 후한 계산이군요."

"이 일에서 계산은 그다지 중요하지 않소. 정말 훌륭한 요원은 돈에 전혀 관심이 없지. 우리가 당신에게 여단장 수준의 봉급을 지급한다고 해서 무슨 차이가 있겠소?"

"없지요."

"한 푼도 지급하지 않는다면?"

"그것도 마찬가지입니다."

"중요한 건 돈이 아니오. 애국심도 아니고."

"그럼 뭡니까?"

"사람들은 누구나 스스로에 대한 질문에 답을 해야 하지. 일반적으로 첩보기관은 첩보원들 각자에게 거부할 수 없는 일에 미친듯이 몰두할 수 있는 기회를 제공한다오."

"재미있는 말이군요." 나는 공허하게 말했다.

그는 손바닥을 치며 무거운 분위기를 깨뜨렸다. "자, 이제 어디로 갈 생각이오?"

"타히티?" 내가 말했다.

"아무튼 떠날 생각이라면, 뉴욕이 어떻겠소? 그곳이라면 아무 문제 없이 종적을 감출 수 있을 거요. 취직할 생각이라면 일자리도 많고."

"좋습니다. 뉴욕으로 하죠."

"이제 여권 사진을 찍읍시다. 세 시간 후에 여기서 비행기가 뜰 거요."

우리는 여기저기서 회오리바람이 몰아치는 황량한 연병장을 가로질렀다. 내 눈에 그 회오리바람은 이 학교에서 교육을 받고 전쟁에 나가 죽은 뒤 다시 돌아와, 군대라는 격식을 깨고 제멋대로 빙글빙글 돌면서 춤을 추는 유령처럼 보였다.

"아까 내가 당신의 암호 방송을 아는 사람이 단 세 명이라고 말했는데." 위르타넨이 말했다.

"그래서요?"

"세번째 사람이 누구인지 안 물어봤잖소."

"내가 아는 사람입니까?"

"그렇소. 유감이지만 이젠 고인이 됐지. 당신이 방송하면서 매일같이 공격했던 사람이오."

"누구죠?"

"프랭클린 델라노 로젠펠트*요. 그는 매일 밤 당신의 방송을 들으면서 배꼽을 쥐었소."

* 루스벨트를 유대인으로 몰기 위해 날조한 이름.

33. 공산주의, 머리를 쳐들다

내가 나의 푸른 요정 대모를 세번째이자 모든 조짐으로 볼 때 마지막으로 만난 것은, 앞에서 얘기했듯이 레지와 조지 크래프트와 내가 숨어 있던 존스의 집 맞은편 빈 가게에서였다.

막상 어두운 장소로 들어가려니 망설여졌다. 당연히 미국 재향군인회의 기수나 이스라엘 낙하산부대 1개 소대 정도가 나를 잡기 위해 건물 안에 숨어 있을 것만 같은 생각이 들었다.

나는 권총 한 자루를 지니고 있었다. 철위대의 22구경 루거 권총이었다. 나는 권총을 주머니에 넣지 않고 여차하면 쏠 수 있게 탄약을 장전하고 공이를 젖힌 뒤 손에 들었다. 그러고는 몸을 숨기고 가게 앞쪽을 살폈다. 앞쪽은 어두웠다. 나는 쓰레기통을 방패삼아 조금씩 달려 가게 뒤쪽으로 접근했다.

누구라도 나, 하워드 W. 캠벨 2세를 덮치려 한다면 재봉틀에 박힌 것처럼 온몸이 벌집이 될 판이었다. 그리고 그렇게 지형지물을 이용해 조금씩 돌진하다보니 나라에 상관없이 보병이 좋아졌다는 말을 해야겠다.

아무래도 인간은 타고난 보병인 모양이다.

가게 안에는 불이 켜져 있었다. 창문을 통해 들여다보니 안쪽의 정경은 아주 평화로웠다. 이번에도 나의 푸른 요정 대모인 프랭크 위르타넨 대령이 식탁 위에 앉아 나를 기다리고 있었다.

이제 그는 폭삭 늙었고, 머리도 부처님처럼 완전히 벗어졌다.

나는 안으로 들어갔다.

"지금쯤이면 은퇴했을 거라고 생각했는데요." 내가 말했다.

"팔 년 전에 은퇴했소. 은퇴한 뒤 메인주의 호숫가에 도끼와 자귀를 가지고 내 손으로 직접 집을 지었지. 그런데 전문가로 다시 소환되었소."

"무슨 전문가죠?"

"당신에 대한 전문가."

"왜 갑자기 나를 주목하는 겁니까?"

"그걸 알아내는 것이 내 임무요."

"이스라엘이 나를 노리는 건 이상할 게 없죠."

"그렇소. 하지만 소련인이 왜 당신에게 혈안이 되어 있는지, 그건 참 신기한 일이오."

"소련인? 누구 말입니까?"

"그 여자, 레지 노트. 그리고 조지 크래프트라는 그 늙은 화가. 그들은 소련 스파이요. 우리는 자칭 조지 크래프트라고 하는 그자를 1941년부터 감시했소. 그리고 레지 노트라는 여자가 뭘 하려는지 보기 위해 그녀의 입국을 쉽게 허가해주었소."

34. 모든 것이 물거품이 되다

나는 비참한 심정으로 나무상자에 주저앉았다.

"당신의 몇 마디 말이 나를 절망으로 몰아넣고 마는군요. 한 순간에 아무것도 가진 것 없는 비렁뱅이로 몰락해버렸어요! 친구, 희망, 사랑하는 여인…… 이 모든 게 물거품이 되었다구요."

"그는 여전히 당신 친구요." 위르타넨이 말했다.

"그게 무슨 뜻이죠?"

위르타넨은 미소를 지었다.

"그는 당신을 좋아하오. 그는 한 번에 여러 가지를 할 수 있지, 아주 진심으로. 그건 하늘이 내려준 재능이오."

"나를 어떻게 할 계획이었을까요?"

"그는 당신을 다른 나라로 데리고 나가, 국제분쟁을 일으키지 않고 조용히 납치하려 했소. 당신이 누구이고 어디에 사는지 존 스에게 귀띔해주고, 오헤어와 몇몇 애국자에게도 알려줘 그들을 흥분하게 만든 장본인이 바로 조지 크래프트요. 이 모든 게 당신을 이 나라에서 뜨게 하려는 계획의 일부였소."

"멕시코…… 그가 나에게 심어준 꿈이죠."

"나도 알고 있소. 멕시코에 비행기가 준비되어 있지. 당신은 그곳에 도착하면 이 분 이상 그 땅을 딛고 있지 못할 거요. 즉시 제트기에 실려 모스크바로 날아갈 테니까. 항공료까지 이미 지불되었소."

"존스 박사도 한패거린가요?"

"아니요. 그는 진심으로 당신을 위하고 있소. 당신이 믿을 수 있는 몇 안 되는 사람 중 하나지."

"왜 나를 모스크바로 데려가려는 걸까요? 소련인이 내게 원하는 게 뭘까요? 2차세계대전이 남긴 곰팡내 나는 늙은 잉여물자인 나에게?"

"그들은 당신 같은 대표적인 파시스트 전쟁범죄자가 우리 나라에 숨어 있다는 사실을 전 세계에 드러내고 싶어하는 것이오. 또한 나치 정권이 출범할 당시에 미국과 나치가 꾸민 모든 음모를 당신이 고백하길 바라고 있소."

"왜 내가 그런 걸 고백해야 하죠? 그들은 나를 어떻게 위협하려는 속셈일까요?"

"그건 간단하고, 분명하지."

"고문인가요?"

"그건 아닐 거요. 그냥 죽이는 것이오."

"난 죽는 게 두렵지 않습니다."

"아, 당신을 죽이진 않을 거요."

"그렇다면 누구를?"

"당신이 사랑하는 여자, 그리고 당신을 사랑하는 여자. 당신이 협조하지 않으면 귀여운 레지 노트를 죽일 것이오."

35. 사십 루블을 추가하면

"그녀의 임무는 나를 사랑에 빠뜨리는 것이었군요?" 내가 물었다.

"그렇소."

"임무를 성공적으로 수행했군. 하긴 어려운 일도 아니었지." 나는 슬프게 말했다.

"이런 소식을 전하게 되어 유감이오."

"덕분에 몇 가지 수수께끼가 풀렸습니다. 그걸 바란 건 아니었지만. 그녀가 트렁크에 뭘 넣어 갖고 온 줄 아십니까?"

"당신의 작품들?"

"당신도 아는군요. 그들이 그런 것에까지 신경을 쓰다니, 그녀에게 그런 소품까지 들려 보내다니 기가 막힙니다! 그 원고가 있는 곳을 어떻게 알았을까요?"

"당신의 원고는 베를린에 없었소. 모스크바에 잘 보관되어 있었지."

"어떻게 그곳까지 갔을까요?"

"스테판 보돕스코프의 재판에 쓰일 주된 증거였기 때문이오."

"누구요?"

"스테판 보돕스코프 상등병은 베를린에 가장 먼저 진입한 소련군의 통역병이었지. 그가 어느 극장 다락방에서 트렁크에 담긴 당신의 작품을 찾아냈소. 그리고 그걸 전리품으로 챙겼소."

"전리품이라."

"결국 그것은 놀랄 정도로 값진 전리품이 되었지. 보돕스코프는 독일어에 유창했소. 그래서 트렁크에 담긴 작품들을 남김없이 훑어보고는 손쉬운 성공이 트렁크에 가득 담겨 굴러들어왔다는 걸 깨달았소. 그는 먼저 조심스럽게 당신의 시 몇 편을 소련어로 옮겨 어느 문학지에 보냈소. 그런데 그것이 출판되고 호평을 받은 거요. 보돕스코프는 다음으로 희곡을 번역했소."

"어느 거죠?" 내가 물었다.

"〈술잔〉이었소. 보돕스코프는 그걸 소련어로 번역했고, 크렘린 궁전 창문에서 방탄용 모래 부대가 다 치워지기도 전에 흑해에 별장을 샀소."

"무대에 올랐나요?"

"무대에 오른 정도가 아니라 소련 전역에서 아마추어 극단과 전문 극단이 끊임없이 공연하고 있소. 〈술잔〉은 현대 소련 연극계의 〈찰리의 숙모〉*라 할 만하오. 캠벨 씨, 당신은 당신이 생각했던 것보다 훨씬 더 큰 삶을 살고 있소."

"나의 진리는 멈추지 않았군." 내가 중얼거렸다.

"뭐라고 했소?"

"난 〈술잔〉의 줄거리조차 기억나지 않습니다."

그러자 위르타넨이 설명해주었다.

"눈부시게 순결한 젊은 처녀가 성배를 지키고 있소. 그녀는 자기만큼 순결한 단 한 명의 기사에게만 그 성배를 내줄 수 있지. 그런 기사가 그녀를 찾아오면 순결함으로 성배를 얻는 것이오. 성배를 얻으면 처녀는 기사를 사랑하게 되고, 기사 역시 그녀를 사랑하게 되오. 내가 저자인 당신에게 이걸 다 얘기해줘야겠소? 나머지도?"

"마치, 정말로 보돕스코프가 쓴 것만 같습니다. 난생처음 듣는 이야기 같아요."

위르타넨이 줄거리를 계속 설명했다.

"기사와 처녀는 서로에게 불순한 욕망을 품기 시작하고, 그리하여 무심결에 성배를 향유할 자격을 잃게 되지. 처녀는 기사

---

* 영국 극작가 브랜던 토머스의 유명한 희곡.

에게, 자격을 잃어버리기 전에 성배를 갖고 떠나라고 재촉하오. 그러나 기사는 처녀가 성배를 계속 지킬 수 있게 성배를 남겨두고 떠나겠다고 맹세한다오. 이튿날 아침 두 사람은 지옥의 불길에 떨어질 것이라 확신하고, 지옥의 불길도 두렵지 않을 크나큰 기쁨을 서로에게 주기로 약속하지요. 그러자 성배가 그들 앞에 나타나 하늘도 그들의 지고지순한 사랑에 감동했음을 보여준다오. 그런 다음 성배는 영원히 사라지고 두 사람은 행복하게 살았다는 거요."

"맙소사, 내가 정말로 그걸 썼군요."

"스탈린도 이 작품을 열광적으로 좋아했다오."

"다른 희곡들은 어떻게 됐죠?"

"모두 상연됐고, 모두 호평을 받았소."

"하지만 〈술잔〉이 보돕스코프의 최고 히트작이었군요?"

"최고 히트작은 소설이었소."

"보돕스코프가 소설을 썼습니까?"

"당신이 쓴 것이오."

"난 소설을 쓴 적이 없는데요."

"『어느 일부일처주의자 카사노바의 회고록』을 쓰지 않았소?"

"그건 출판이 불가능한 책입니다!"

"부다페스트의 출판사에서 그 소릴 들으면 깜짝 놀랄 거요. 그 출판사에서 대략 오십만 부를 찍어낸 걸로 알고 있소."

"공산당에서 그런 책이 공공연하게 출판되도록 내버려뒀단 말입니까?"

"『카사노바의 회고록』은 소련 역사에 특이한 기록을 남기고 있소. 소련에서 그런 책은 공식적으로 출판되기가 거의 불가능하다오. 하지만 그 외설서적은 아주 매력적일 뿐 아니라 이상하게 도덕적인 구석이 있는데다, 남자와 여자를 빼고 모든 물자가 부족해 고통받는 국민에게 안성맞춤인 책이라 부다페스트의 인쇄소들은 은밀한 장려를 받으면서 그 책을 찍어내기 시작했고, 지금까지도 인쇄를 중단하라는 명령 따윈 없었소."

위르타넨이 살짝 윙크를 하고 말을 이었다.

"소련 국민이 은밀하고, 유쾌하고, 무해한 범죄를 저질러도 위험에 처하지 않을 수 있는 경우가 몇 가지 있는데, 그중 하나가 『카사노바의 회고록』 한 권을 몰래 가지고 들어오는 것이오. 그리고 누구 때문에 그렇게 몰래 가지고 오겠소? 그 야한 책을 과연 누구에게 보여주겠소? 바로 삶에 찌든 늙은 마누라일 것이오. 오랫동안 그 책은 소련어판으로만 나왔소. 하지만 지금은 헝가리어, 루마니아어, 라트비아어, 에스토니아어로 나왔고, 무엇보다 놀라운 것은 독일어로 다시 나왔다는 거요."

"보돕스코프가 작가로 인정받고 있습니까?" 내가 물었다.

"그 책에는 저자, 출판사, 삽화가 이름이 없소. 하지만 다들 보돕스코프가 썼다고 알고 있소."

"삽화가라니요?" 나는 헬가와 내가 벌거벗고 뛰어다니는 장면이 눈앞에 어른거려 몹시 괴로웠다.

"사십 루블을 더 내면 총천연색 도판 열네 장이 들어간 책을 살 수 있소."

36. 비명소리만 빼고 모든 것을

"삽화만 없어도 좋았을 것을!" 나는 화가 나서 위르타넨에게 소리쳤다.

"무슨 차이가 있소?"

"그건 심각한 훼손 행위입니다! 그림은 틀림없이 내 글을 불구로 만들 겁니다. 애초에 내 글은 그림을 떠올리기 위해 쓴 게 아니니까요! 그림이 들어가면 그건 다른 작품이 됩니다!"

그는 어깨를 으쓱했다. "안됐지만 당신 손에서 완전히 벗어난 일이오. 소련에 전쟁을 선포한다면 모를까."

나는 주춤하고 눈을 감았다. "시카고 도살장에서 돼지를 잡을 때 뭐라고 하는지 아십니까?"

"모르겠소."

"비명소리만 빼고 모든 것을 이용한다고 떠들어대죠."

"그래서?"

"지금 내 심정이 꼭 그렇습니다. 부위별로 나뉜 돼지 같아요. 각 부위를 어떻게 쓸지 잘 아는 전문가들이 있었군요. 맙소사, 하다못해 내 비명소리까지 이용당하다니! 진실을 말하고 싶어 하는 나는 완벽한 거짓말쟁이로 변했어요! 아내를 사랑하는 나는 포르노 작가로 변했어요! 예술을 하는 나는 세상에 둘도 없는 추한 인간으로 변했어요! 나의 가장 소중한 기억마저도 이제는 고양이밥, 접착제, 소시지로 바뀌어버렸어요!"

"어떤 기억을 말하는 거요?" 위르타넨이 물었다.

"헬가, 나의 헬가에 대한 기억이오." 나는 눈물을 흘렸다. "레지가 소련의 이익을 위해 그것을 죽이고 말았어요. 나는 그녀 때문에 헬가에 대한 기억을 배신했어요. 이젠 결코 예전 같지 않을 겁니다."

나는 다시 눈을 뜨고 조용히 말했다. "결국, 돼지와 나는 우리를 쓸모 있게 이용한 사람들이 우리를 존경할 거라고 생각해야만 하겠지요. 최소한 한 가지는 기쁩니다."

"그게 무엇이오?"

"보돕스코프 말입니다. 누군가가 내 작품을 가지고 예술가처럼 살았다는 것이 기쁩니다. 그가 체포되어 재판을 받았다고 했죠?"

"그리고 총살당했소."

"표절한 죄로요?"

"독창성 때문이었소. 표절은 그저 어리석은 경범죄에 불과하지. 이미 쓰인 것을 베껴쓴다고 해서 무슨 해가 되겠소? 하지만 진정한 독창성은 종종 잔인하고 특이한 형벌을 내린 뒤 온정의 일격으로 끝장내야 하는 중범죄로 취급된다오."

"이해할 수 없는 일이군요."

"보돕스코프가 썼다고 주장하는 많은 글들이 사실은 당신 작품이라는 것을 당신의 친구 크래프트-포타포프가 알아내고 말았소. 그리고 그 사실을 모스크바에 보고했지. 경찰이 보돕스코프의 별장을 급습해서 당신의 작품이 든 마법의 트렁크를 마구간 다락방 짚더미에서 찾아냈다오."

"그래서요?"

"보돕스코프는 트렁크에 담긴 당신의 작품을 모두 발표한 다음 그 트렁크에 자기 자신의 마법을 채워넣기 시작했소. 기존의 보돕스코프와는 완전히 다른 문체로 적군을 풍자한 이천 쪽가량의 글이 발견됐지. 보돕스코프답지 않은 그 행위 때문에 총살을 당한 거요. 이제 지나간 이야기는 그만합시다. 앞으로 일어날 일에 대해 내가 하는 말을 잘 들으시오." 그가 시계를 보면서 말했다. "약 반시간 후면 존스의 집은 습격당할 것이오. 지금 그 집은 완전히 포위됐소. 온통 아수라장이 될 테니 다시 돌아가지 않는 게 좋을 것이오."

"그럼 어디로 가야 합니까?"

"당신의 아파트로는 가지 마시오. 애국자들이 난장판으로 만들어놓았으니까. 그들에게 붙잡히면 당신도 무사하지 못할 거요."

"레지는 어떻게 되죠?"

"그냥 추방될 거요. 범죄를 저지르지 않았으니."

"크래프트는?"

"감옥에서 푹 썩을 거요. 그에겐 오히려 잘된 일이지. 소련으로 돌아가는 것보단 나을 거요. 치의학 박사 겸 신학 박사인 라이오넬 J. D. 존스 목사는 총기 불법 소지죄와 우리가 입증할 수 있는 모든 범죄를 물어 다시 감옥에 갇힐 거요. 킬리 신부는 어떻게 할 계획이 없으니 아마 빈민가로 다시 돌아갈 것이고, 흑인 지도자도 여기저기 떠돌며 살겠지."

"철위대원들은?"

"'백인계 후손들의 미국 헌법 철위대'는 우리 나라에서 사병 조직, 살인, 폭력, 폭동, 반역, 폭력적인 정부 전복이 얼마나 심각한 불법인지를 단단히 교육받을 것이오. 그런 다음 집으로 돌려보내고 가능하다면 부모들에게도 그 교육 내용을 알릴 것이오."

그는 다시 시계를 보았다. "이제 떠나는 게 좋겠소. 이 근방에서 멀찍이 벗어나시오."

"그런데 존스의 집에 있던 당신의 첩보원이 누군지 물어봐도 될까요? 이곳으로 오라는 쪽지를 내 주머니에 넣어준 사람이 누구였죠?"

"묻는 것은 자유지만, 내가 대답하지 않으리라는 건 잘 알겠지?"

"그 정도까지 나를 믿지는 못하는군요?"

"당신처럼 훌륭한 스파이를 어떻게 믿겠소? 안 그렇소?"

37. 저 오래된 황금률

나는 위르타넨과 헤어졌다.

그리고 몇 걸음 걷지 않아 내가 가고 싶은 곳은 나의 연인과 가장 친한 친구가 있는 존스의 지하실이라는 사실을 깨달았다.

그들의 정체를 알았지만 나에게 남은 것이라곤 그들뿐이라는 사실은 변하지 않았다.

나는 왔던 길을 되돌아가 석탄창고 문을 통해 존스의 지하실로 들어갔다.

돌아와보니 레지와 킬리 신부와 흑인 지도자가 카드 게임을 하고 있었다.

내가 없는 사이 아무도 나를 찾지 않았다.

'백인계 후손들의 미국 헌법 철위대'는 난방실에서 깃발에 대한 예우를 교육받고 있었다. 철위대원 한 명이 교육을 진행했다.

존스는 글을 쓰기 위해 위층으로 올라가고 없었다.

소련의 거물 스파이 크래프트는 베르너 폰 브라운*의 사진이 표지를 장식한 〈라이프〉를 읽고 있었다. 그는 잡지를 쫙 펼쳐 양면에 실린 파충류 시대의 늪지 전경을 들여다보고 있었다.

켜져 있는 작은 라디오에서 노래 한 곡을 소개했다. 노래 제목이 귀에 쏙 들어왔다. 내가 그 제목을 기억하는 것은 이른바 완전 기억 능력에 의한 기적이 결코 아니다. 노래 제목이 그 순간에—사실 거의 모든 순간에—딱 들어맞았을 뿐이다. 〈저 오래된 황금률〉이라는 제목이었다.

하이파 전범 기록 연구소는 내 요청에 따라 그 노래의 가사를 알아냈다. 가사는 다음과 같다.

오, 베이비, 베이비, 베이비,
당신은 왜 이리도 나를 슬프게 하나요?
내 곁에 머물고 싶다 하면서도
당신은 그저 다른 곳만 보고 있어요.
난 너무 혼란스러워요.
난 즐겁지 않아요.

---

* 2차세계대전 때 독일의 로켓 개발과 냉전 시대 미국의 우주 개발에 핵심적인 역할을 한 독일계 미국인.

당신 앞에서 난 바보가 되었어요.

당신은 미소를 띠며 거짓말을 하고

나를 울려요.

저 오래된 황금률을 왜 모르시나요?

"무슨 게임이에요?" 내가 카드 게임을 하는 사람들에게 물었다.

"올드 메이드요." 킬리 신부가 대답했다. 신부는 게임에 푹 빠져, 게임에 이길 생각으로 '올드 메이드'인 스페이드 퀸을 한 손에 꼭 쥐고 있었다.

만일 그 순간에 내가 온몸이 근질거리고 눈이 깜박이고 비현실적인 느낌에 사로잡혀 정신이 몽롱해졌다면, 내가 보다 인간적인 사람, 다시 말해 보다 인정이 많은 사람으로 여겨졌을지도 모르겠다.

그러나 미안하게도, 그렇지 않았다.

나는 나 자신에게 지독한 결점이 하나 있음을 고백한다. 내가 보거나 듣거나 만지거나 맛보거나 냄새 맡은 것은 무엇이든 나에겐 명백한 현실이다. 나는 내 감각에 아주 쉽게 놀아나는 노리개라서 어떤 것도 비현실적으로 다가오지 않는다. 이 철통같은 고지식함은 아주 끈질겨서 심지어 내가 머리를 세게 부딪히거나, 술에 취하거나, 감각을 고려하지 않아도 되는 이상야릇한 모험에 빠지거나, 코카인에 취해 있을 때에도 거의 흔들리지 않는다.

그때 존스의 지하실에서 크래프트가 나에게 〈라이프〉의 표지에 실린 브라운의 사진을 보여주며 그 사람을 아느냐고 물었다.

"브라운이요? 우주 시대의 토머스 제퍼슨 아닌가요? 브라운 남작은 함부르크에서 발터 도른베르거 장군의 생일파티 때 내 아내와 춤을 춘 적이 있죠."

"잘 추던가?" 크래프트가 물었다.

"미키마우스가 추는 것 같더군요. 나치 거물급들은 마지못해 춤을 출 때면 항상 그렇게 췄습니다."

"그가 자네를 알아볼 것 같은가?"

"그럴 겁니다. 한 달 전쯤 5번가에서 우연히 마주쳤는데 내 이름을 부르더군요. 내 초라한 행색을 보고 큰 충격을 받았는지, 자기가 광고업계 사람을 많이 아는데 그쪽으로 내 일자리를 알아봐줄 수 있다고 했어요."

"자넨 그 분야에 재능이 있지."

"광고주의 메시지를 방해할 어떤 이념 같은 건 분명 없지요."

올드 메이드 게임은 킬리 신부의 패배로 끝났지만, 그 애처로운 노총각은 여전히 스페이드 퀸을 손에 꼭 쥐고 있었다.

킬리는 마치 과거에는 항상 게임에 이겼으며 자기 앞에 여전히 부유한 미래가 놓여 있다는 듯 이렇게 말했다. "하긴, 모든 게임을 다 이길 순 없지."

킬리 신부와 흑인 지도자는 몇 걸음마다 숨을 돌리고 스물까지 세면서 위층으로 올라갔다.

지하실에는 레지와 크래프트-포타포프와 나, 세 명만 남았다.

레지가 나에게 다가와 내 허리에 팔을 두르고 내 뺨에 그녀의 뺨을 갖다댔다. "여보, 생각해보세요."

"무엇을?"

"내일이면 우린 멕시코에 있을 거예요."

"음."

"당신 걱정스러워 보여요."

"내가?"

"뭔가에 사로잡혀 있는 것 같아요."

"당신한테도 내가 뭔가에 사로잡혀 있는 것처럼 보입니까?" 나는 크래프트에게 물었다. 그는 다시 늪지 사진을 뚫어지게 들여다보고 있었다.

"아닐세." 그가 말했다.

"이게 원래 평소 내 모습이오." 내가 말했다.

크래프트가 늪지 위를 나는 익룡 한 마리를 가리키며 말했다. "이런 게 날 수 있다고 누가 상상이나 하겠는가?"

"나같이 늙어빠진 얼간이가 저런 미인의 마음을 얻고, 그것도 모자라 당신같이 재능 많고 의리 있는 사람을 친구로 둘 거라고 누가 상상이나 하겠어요?"

"당신을 사랑하는 건 조금도 어렵지 않아요. 난 항상 당신을 사랑했으니까요." 레지가 말했다.

"잠시 생각을 해봤는데……"

"무슨 생각이요?" 레지가 물었다.

"어쩌면 우리가 가고 싶은 곳은 멕시코가 아닐지도 몰라."

"우린 언제든 다른 곳으로 갈 수 있소." 크래프트가 말했다.

"어쩌면, 멕시코시티 공항에 도착해서 즉시 제트기로 갈아탈 수도 있겠지." 내가 말했다.

크래프트가 잡지를 내려놓고 말했다. "어디로 가려고?"

"글쎄요. 아주 빨리 어딘가로 가겠죠. 여행을 한다는 생각만 해도 가슴이 떨리는군요. 아주 오랫동안 한곳에 틀어박혀 있었더니."

"음." 크래프트가 말했다.

"모스크바는 어떨까요?" 내가 말했다.

"뭐라고?" 크래프트의 두 눈이 휘둥그레졌다.

"모스크바요. 갑자기 모스크바를 구경하고 싶어 좀이 쑤시는군요."

"그것참 희한한 생각이로군." 크래프트가 말했다.

"마음에 안 들어요?"

"나는…… 좀 생각을 해봐야겠는걸."

레지가 나에게서 떨어지려 하자 나는 그녀를 꽉 붙잡고 말했다. "당신도 생각해봐요."

"원하신다면 생각해보죠." 그녀가 힘없이 말했다.

나는 그녀를 자극하기 위해 가볍게 잡고 흔들었다. "생각할수록 마음이 끌린단 말이야. 만일 우리가 멕시코시티에서 비행기를 갈아탄다면, 그곳에서 딱 이 분만 머물러도 충분할 것 같아."

크래프트가 섬세하게 손가락 운동을 하면서 일어섰다. "지금 농담하는 건가?"

"농담이라니? 당신 같은 오랜 친구가 내 말이 농담인지 아닌지를 구분하지 못한다는 거요?"

"그래, 농담이겠지. 모스크바 같은 곳에 자네 관심을 끌 만한 게 뭐가 있겠나?"

"오랜 친구가 한 명 있는데 그를 찾아볼까 합니다."

"모스크바에 친구가 있는 줄은 미처 몰랐군."

"모스크바에 있는지는 모르겠고, 그냥 소련 어딘가에 있을 거요. 수소문해봐야죠."

"그 사람이 누군가?"

"스테판 보돕스코프라는 작가요."

"아." 크래프트는 의자에 털썩 주저앉아 다시 잡지를 집어들었다.

"그를 아시겠죠?" 내가 물었다.

"아니."

"그렇다면 이오나 포타포프 대령은 아시겠죠?"

레지가 몸을 비틀어 내게서 벗어나더니 가장 먼 벽으로 가서 등을 기대고 섰다.

내가 그녀에게 물었다. "포타포프를 알겠지?"

"아니요."

나는 크래프트에게 물었다. "당신은?"

"아니, 모르네. 자네가 얘기해주게나."

"그는 소련 스파이입니다. 나를 멕시코시티로 데려간 다음 납치해서 모스크바로 데려가 재판을 받게 하려고 하죠."

"안 돼요!" 레지가 말했다.

"입 닥치고 있어!" 크래프트는 잡지를 한쪽으로 던지고 자리에서 일어났다. 그리고 주머니에서 작은 권총을 꺼내려 했지만, 내가 먼저 루거 권총을 빼들었다.

나는 그를 겨냥하고는 권총을 바닥에 던지라고 말했다.

"이게 무슨 꼴인가?" 그는 아무 잘못이 없는 구경꾼인 양 영문을 모르겠다는 표정으로 말했다. "카우보이와 인디언 놀이라도 하자는 건가?"

"하워드……" 레지가 말했다.

"한마디도 하지 마." 크래프트가 그녀의 말을 막았다.

"여보……" 레지가 울면서 말했다. "난 멕시코에 가는 꿈이 정말로 이루어지는 줄 알았어요! 우리 모두 정말 도망치는 줄 알았어요!" 그녀는 두 팔을 벌리고 가냘프게 말했다. "내일이면……"

그리고 다시 한번 속삭였다. "내일이면……"

그런 다음 그녀는 마치 크래프트를 할퀼 것처럼 그에게 다가갔다. 그러나 그녀의 손에는 힘이 하나도 없었다. 크래프트를 잡은 손아귀는 너무도 약했다.

"우리 모두 새로 태어나는 줄 알았어요." 그녀는 절망에 빠져 크래프트에게 말했다. "당신도 같은 생각인 줄 알았어요. 당신도 그걸 원하지 않았나요? 우리에게 다가올 새로운 삶에 대해 그렇게 달콤하게 이야기해놓고, 실제로는 그걸 원하지 않았단 말인가요?"

크래프트는 대답하지 않았다.

레지가 나를 보고 말했다. "그래요, 난 소련 첩보원이에요. 저 사람도 그렇고요. 저 사람이 이오나 포타포프 대령이에요. 그리고 우리 임무는 당신을 모스크바에 데려가는 거였죠. 하지만 나는 임무를 수행하지 않을 생각이었어요. 당신을 사랑하기 때문에, 그리고 당신이 내게 준 사랑이 내가 받아본 유일한 사랑이었고 앞으로도 다시없을 사랑이기 때문이에요. 내가 임무를 수행하지 않을 거라고 말했죠? 그렇죠?" 그녀가 크래프트에게 말했다.

"그렇게 말했소." 크래프트가 나에게 말했다.

"그리고 저 사람도 동의했어요. 그래서 그가 멕시코로 가는 계획을 생각해낸 거예요. 거기에 도착하면 우리 모두 함정을 피해 도망치자고, 그리고 행복하게 살자고 말이에요."

"어떻게 알아냈소?" 크래프트가 나에게 물었다.

"미국 첩보원들이 이 계획을 처음부터 감시하고 있었소. 지금 이곳은 완전히 포위되었소. 당신들은 독 안에 든 쥐요."

38. 아, 인생의 달콤한 신비여

습격에 대하여,

레지 노트에 대하여,

그녀의 죽음에 대하여,

그녀가 치의학 박사 겸 신학 박사인 라이오넬 J. D. 존스 목사의 지하실에서 내 팔에 안겨 죽은 일에 대하여 이야기하겠다.

그건 전혀 예상치 못한 일이었다.

레지는 삶을 너무나 사랑하고 삶에 잘 어울리는 여자였기 때문에 나는 그녀가 죽음을 택하리라고는 털끝만큼도 생각지 못했다.

나는 그렇게 젊고 예쁘고 영리한 여자라면, 운명과 정치가 그녀를 어디로 내몰든 인생을 즐기며 살 거라고 생각하는 세속적인 남자였거나 상상력이 무딘 남자였다. 그래서 나는 그녀에게 추방 이상의 일은 없을 거라고 말했던 것이다.

"추방 이상의 일은 없을 거라고요?" 그녀가 말했다.

"그렇소. 아마 항공 요금도 공짜일걸."

"내가 떠나도 슬프지 않으세요?"

"물론 슬프오. 하지만 나로서는 당신을 붙잡을 방도가 전혀 없어. 이제 곧 사람들이 들이닥쳐 당신을 체포할 거요. 내가 그들과 싸울 거라고 생각하지는 말아요."

"그들과 싸우지 않을 건가요?" 그녀가 말했다.

"물론이지. 내가 그들을 어떻게 이기겠소?"

"그게 중요한가요?"

"당신 말은, 왜 사랑을 위해 죽지 않느냐는 거요? 하워드 W. 캠벨 2세의 희곡에 등장하는 기사처럼?"

"맞아요, 바로 그거예요."

나는 웃었다. "레지, 여보…… 당신은 앞날이 창창하오."

"난 충분히 살았어요. 당신과 보낸 달콤한 몇 시간이 나에겐 전부예요."

"내가 젊었을 때 썼을 법한 줄거리로군."

"실제로 당신이 젊었을 때 썼던 줄거리예요."

"멍청한 젊은이였지."

"난 그 젊은이를 숭배해요."

"당신은 도대체 언제부터 그를 사랑하게 되었소? 아이 때부터?" 내가 물었다.

"아이 때부터, 그리고 여자가 된 뒤에도. 사람들이 나에게 당신이 쓴 작품을 모두 주면서 그걸 자세히 읽어보라고 하더군요. 그때 난 여자로서 당신을 사랑하게 됐어요."

"미안하지만, 난 당신의 문학적 취향을 칭찬할 수가 없소."

"당신은 이제 사랑이 인생의 유일한 목적이라는 걸 믿지 않는군요?"

"그렇소."

"그렇다면 무엇을 위해 살아야 하는지, 행여 그런 게 있다면 도대체 무엇인지 말해주세요." 그녀는 간절히 애원했다. "사랑이 아니어도 좋아요. 뭐라도 있다면 말해주세요!" 그녀는 누추한 방 안에 널려 있는 물건들을 일일이 가리키며, 이 세상은 고물상에 불과하다는 나의 생각을 절묘하게 연출해냈다. "저 의자를 위해 살겠어요. 저 그림을 위해, 저 난방 파이프를 위해, 저 소파를 위해, 저 벽의 갈라진 틈을 위해 살겠어요! 그것들을 위해 살라고 말해주세요. 그러면 그렇게 하겠어요!"

그녀의 힘없는 두 손이 이번에는 나를 붙잡았다. 그녀는 눈을 감고 슬피 울었다. "사랑이 아니어도 좋아요." 그녀가 속삭였다. "무엇을 위해 살아야 하는지 말해줘요."

"레지." 나는 부드럽게 말했다.

"말해줘요!" 그녀의 손에 힘이 되살아나 내 옷에 약한 폭력을 가했다.

"난 늙은 남자요." 나는 무기력하게 말했다. 그건 겁쟁이의 거짓말이었다. 난 늙은 남자가 아니었으니까.

"그래요, 늙은 남자님. 무엇을 위해 살아야 하는지 말해줘요. 당신이 무엇을 위해 사는지 말해줘요. 그러면 나도 그것을 위해 살겠어요. 여기서든, 여기서 구만리 떨어진 곳에서든! 왜 당신이 계속 살기를 원하는지 말해줘요. 그러면 나도 계속 살 거예요!"

바로 그때 특공대가 몰려왔다.

법과 질서의 수호자들이 모든 문으로 쏟아져들어와 총을 휘두르고, 호루라기를 불고, 애초부터 훤했던 방안에 플래시를 눈부시게 비췄다. 우르르 몰려온 그들은 지하실에 있던 멜로드라마의 악한 주인공들을 향해 고래고래 소리를 질렀다. 마치 크리스마스트리를 에워싼 아이들처럼.

젊고, 볼이 발그레하고, 어깨에 힘을 준 열두 명의 특공대가 레지와 크래프트—포타포프와 나를 에워싸고 내 손에서 루거 권총을 뺏은 다음, 다른 무기가 있는지 확인하려고 우리를 봉제인형처럼 다뤘다.

또다른 특공대원이 라이오넬 J. D. 존스 박사와 흑인 지도자와 킬리 신부를 앞세우고 계단을 내려왔다.

존스 박사가 계단을 내려오다 멈춰 서더니 자신을 핍박하는 자들에게 대항하기 시작했다. 그는 위엄 있게 말했다. "나는 당신들이 해야 할 일을 대신하고 있었을 뿐이오."

"우리가 해야 할 일이란 게 대체 뭐요?" 한 연방 수사관이 물었다. 그가 특공대를 지휘하는 대장인 게 분명했다.

"공화국을 지키는 일이지. 왜 우릴 못살게 구는 거요? 우리가 하는 일은 모두 이 나라를 더 강하게 만들기 위한 것이오! 우리와 힘을 합쳐서 이 나라를 좀먹는 자들을 잡으러 갑시다!" 존스가 대답했다.

"그게 누구요?" 연방 수사관이 물었다.

"내가 그걸 꼭 말해야 하나? 국가를 위해 일하는 당신들이 아직도 그걸 모른단 말이오? 유대인! 가톨릭교도! 깜둥이! 동양인! 유니테리언교도! 외국에서 태어나 민주주의를 이해하지 못하고, 사회주의자, 공산주의자, 무정부주의자, 그리스도의 적, 유대인의 손에 놀아나는 자들이지!"

"하나 알려드릴까?" 연방 수사관이 차갑고 당당하게 말했다. "난 유대인이오."

"그것 봐요! 내가 방금 말한 게 사실이잖소!" 존스가 말했다.

"뭐가 말이오?" 연방 수사관이 물었다.

존스는 절대로 물러서지 않는 논리학자처럼 미소를 지으며 말했다. "유대인이 모든 곳에 침투해 있잖소!"

"당신은 가톨릭교도와 흑인을 들먹였지만, 여기 당신의 두 친구 가운데 한 명은 가톨릭교도이고 한 명은 흑인이군요."

"그게 뭐 그리 이상하오?"

"그들은 증오하지 않소?"

"천만에. 우린 기본적으로 똑같은 걸 믿고 있소."

"뭘 믿는단 말이오?"

"이 나라는 한때 명예롭고 자랑스러운 나라였지만, 지금은 악한 자들의 수중에 들어가 있소." 존스가 이렇게 말하며 고개를 끄덕이자, 킬리 신부와 흑인 지도자도 함께 고개를 끄덕였다. "이 나라가 올바른 길로 들어서려면 먼저 몇몇 놈들의 목이 떨어져야 하오."

지금까지 나는 전체주의적인 사고방식을 이보다 더 탁월하게 보여주는 연설을 들어본 적이 없다. 비유하자면 그것은 톱니를 아무렇게나 갈아버린 기계 같았다. 톱니가 고르지 못한 사고기계는 일정한 규칙에 따라 돌아가든 규칙에서 벗어난 리비도에 따라 돌아가든, 지옥의 뻐꾸기시계처럼 변덕스럽고 시끄럽고 화려하지만 의미 없이 빙빙 돌기 마련이다.

우두머리 연방 수사관은 존스의 사고기계에 톱니바퀴가 전혀 없다는 잘못된 결론을 내렸다. "완전히 미친 사람이로군."

존스는 완전히 미치지 않았다. 전형적인 전체주의적 사고에서 당황스러운 점은, 사고기계를 돌리는 어느 톱니바퀴든 그 원주 위에는 제멋대로 갈려버린 톱니 말고도 갈리지 않고 멀쩡하게 남아 제대로 작동하는 톱니도 있다는 것이다.

그래서 지옥의 뻐꾸기시계는 팔 분 삼십삼 초 동안 시간이 완벽하게 맞고, 십사 분 앞으로 건너뛰고, 다시 육 초 동안 완벽하게 맞고, 이 초 앞으로 건너뛰고, 두 시간 일 초 동안 완벽하게 맞고, 다시 일 년 앞으로 건너뛴다.

물론 갈려 없어진 톱니들은 단순하고 명백한 진리, 열 살짜리 아이라면 대부분 쉽게 이해하고 받아들일 수 있는 진리이다.

톱니바퀴의 톱니를 일부러 갈아버린다는 것은 불 보듯 뻔한 정보를 일부러 무시한다는 뜻이다.

바로 그런 이유에서 존스, 킬리 신부, 크랩타우어 부회장, 흑인 지도자로 이루어진 말도 안 되는 가족이 비교적 조화롭게 존재할 수 있었던 것이다.

그것은 또한 나의 장인이 하나의 마음으로 여자 노예에겐 냉담하고 푸른색 화병에는 지극정성을 쏟을 수 있었던 이유이기도 하다.

그것은 또한 아우슈비츠의 지휘관 루돌프 헤스가 확성기를 통해 위대한 음악과 시체 운반원 소집 명령을 번갈아 내보낼 수 있었던 이유이기도 하다.

그것은 또한 나치 독일이 문명과 광견병 사이의 중요한 차이를 이해하지 못한 이유이기도 하다.

그리고 그것은 내가 우리 시대에 보았던 미치광이 군대, 미치광이 국민을 설명할 수 있는 가장 그럴듯한 나의 이론이기도 하다. 어쨌든 내가 이렇게 기계론적인 설명을 시도하는 데는 아버지의 영향이 크지 않을까 싶다. 어쩌다 한 번쯤이지만 곰곰이 생각해보면, 결국 나는 엔지니어의 아들인 것이다.

나를 칭찬해줄 사람은 나 말고 아무도 없기 때문에, 나는 나 자신을 칭찬하고자 한다. 나는 내 사고기계에서 단 하나의 톱니도 갈아 없앤 적이 없다. 빠진 톱니가 몇 개 있긴 하지만, 그건 맹세코 태어날 때부터 없던 것이니까 갈고 자시고 할 것도 없다. 또 어떤 톱니는 제멋대로 돌아가는 역사의 변속기에 물려 떨어져나가기도 했다.

하지만 나는 내 사고기계의 톱니를 일부러 망가뜨린 적은 없다. 단 한 번도 스스로에게 "나는 이 사실을 외면해도 된다"고 말한 적이 없다.

하워드 W. 캠벨 2세는 자기 자신을 찬양하노라! 이 친구에겐 아직 생명이 있다!

그리고, 생명이 있는 곳에는……

삶이 있다.

39. 레지 노트의 퇴장

"단 하나 유감스러운 것은." 지하실 계단에서 존스 박사가 우두머리 수사관에게 말했다. "조국을 위해 바칠 목숨이 하나밖에 없다는 것이오."

"걱정 마시오. 유감스러운 일이 더 있는지 우리가 파헤쳐볼 테니." 우두머리가 말했다.

이때 난방실에서 쫓겨나온 '백인계 후손들의 미국 헌법 철위대'가 우르르 몰려들었다. 그중 몇 명은 히스테리를 일으켰다. 부모에게서 여러 해 동안 주입받은 편집증이 갑자기 폭발한 것이다. 박해가 시작되었다!

한 젊은이가 성조기를 매놓은 막대기를 움켜잡았다. 그가 성조기를 좌우로 흔들어대는 통에 막대기 끝에 매달린 독수리가 머리 위 파이프에 쾅쾅 부딪혔다.

"이건 너희의 국기다!" 그가 외쳤다.

"우리도 알고 있다." 우두머리 수사관이 말했다. "저놈한테서 저걸 빼앗아!"

"오늘은 역사에 남을 것이다!" 존스가 말했다.

"모든 날이 다 역사에 남지." 우두머리가 말했다. "자, 조지 크래프트란 사람이 누구요?"

크래프트가 손을 들었다. 그는 꽤나 즐거운 모양이었다.

"당신도 저게 당신의 국기라고 생각하시오?" 우두머리가 비꼬아 말했다.

"자세히 봐야 알 것 같군." 크래프트가 대꾸했다.

"오랫동안 쌓아온 탁월한 경력에 종지부를 찍게 되었는데 소감이 어떠신지?"

"영원한 건 없지. 난 오래전부터 그렇게 생각했소."

"아마 사람들이 당신의 일생을 영화로 찍자고 할 거요."

크래프트는 미소를 지었다. "그렇다면 판권료를 두둑이 받아내야겠군."

"당신 역할을 제대로 할 배우는 한 명밖에 없을 거요. 하지만 그를 데려오기가 쉽진 않을 텐데."

"그래요? 그게 누구요?"

"찰리 채플린이오. 그가 아니면 누가 1941년부터 1948년까지 줄곧 술독에 빠져 살았던 스파이를 연기할 수 있겠소? 어느 누가 미국 첩보원한테 속아 그들로 첩보 조직을 만든 소련 스파이를 연기할 수 있겠소?"

크래프트의 얼굴에서 품위 있는 표정이 사라지고 즉시 창백하고 주름진 노인의 표정이 드러났다. "거짓말 마시오!" 그가 말했다.

"나를 못 믿겠다면, 당신 상관들에게 물어보시오."

"그들도 알고 있소?"

"그들도 결국 알게 됐지. 당신은 고국에 돌아가면 뒤통수에 총알이 박힐 거요."

"왜 내 목숨을 구해주는 거요?"

"동정심 때문이라고 해둡시다."

크래프트는 스파이로서 자신의 상황은 끝났다고 생각했다. 그리고 그 순간 정신분열증이 절묘하게 그를 구원했다. "사실 이 일은 내게 전혀 중요하지 않소." 그가 이렇게 말하는 순간 그의 품위가 되살아났다.

"왜 그렇소?"

"난 화가니까. 그게 내 본모습이오."

"감옥에 들어갈 때 물감 상자를 꼭 챙겨가시오." 우두머리는 이제 레지에게로 관심을 돌렸다. "물론 당신이 레지 노트겠지?"

"그래요." 그녀가 말했다.

"이 나라에 잠시 머무는 동안 즐거웠소?"

"무슨 말이 듣고 싶은 거죠?"

"무슨 말이든 하시오. 맘에 안 드는 게 있다면 해당 기관에 전달해주겠소. 우리는 유럽 관광객을 늘리기 위해 노력하고 있으니까."

"농담을 하시는 것 같은데, 농담으로 대답하지 못해서 유감이군요. 난 지금 농담할 기분이 아니에요." 레지가 차가운 표정으로 말했다.

"듣고 보니 나까지 슬퍼지는군." 우두머리가 농담조로 말했다.

"당신은 슬프지 않아요. 지금 슬픈 사람은 나밖에 없어요. 슬프게도 난 삶의 목적을 잃어버렸어요. 나에겐 한 남자를 위한 사랑밖에 없어요. 하지만 그 남자는 나를 사랑하지 않아요. 그는 너무나 지쳐서 더이상 사랑을 하지 못해요. 그에게 남은 건 호기심과 두 눈뿐이에요. 나는 지금 어떠한 농담도 할 수 없지만, 흥미로운 걸 보여줄 순 있어요."

레지는 손가락 하나를 입술에 가볍게 갖다대는 듯했다. 그러나 사실 작은 청산가리 캡슐을 입안에 넣은 것이었다.

"이제 사랑을 위해 죽는 여자를 보여드리죠."

이 말이 끝나자마자 레지 노트는 내 품에 쓰러져 숨을 거두었다.

40. 다시 한번 자유의 몸이 되어

나는 집안에 있던 다른 사람들과 함께 체포되었다. 그리고 한 시간 내에 풀려났다. 아마도 나의 푸른 요정 대모가 중재한 덕분이었으리라. 내가 그렇게 잠깐 붙잡혀 있던 장소는 엠파이어 스테이트 빌딩 안의 아무 표시가 없는 어느 사무실이었다.

한 요원이 나를 엘리베이터에 태워 거리로 데리고 나와, 삶의 흐름 속에 되돌려놓았다. 나는 대략 오십 보쯤 걷다가 걸음을 멈췄다.

나는 그 자리에 얼어붙었다.

내가 그 자리에 얼어붙은 것은 죄의식 때문이 아니었다. 나는 절대로 죄의식을 느끼지 않게끔 나 자신을 훈련해왔다.

내가 그 자리에 얼어붙은 것은 지독한 상실감 때문도 아니었다. 나는 그 무엇에도 연연해하지 않도록 나 자신을 훈련해왔다.

내가 그 자리에 얼어붙은 것은 죽음이 진저리나게 두려워서도 아니었다. 나는 죽음을 친구처럼 생각하도록 나 자신을 훈련해왔다.

내가 그 자리에 얼어붙은 것은 불의에 대한 비통한 분노 때문도 아니었다. 나는 인간이라면 공정한 보상과 처벌을 얻으려 하기보다는 시궁창 속에서 다이아몬드 왕관을 찾는 편이 낫다고 생각하게끔 나 자신을 훈련해왔다.

내가 그 자리에 얼어붙은 것은 이 세상에 나를 사랑하는 사람이 아무도 없다는 생각 때문도 아니었다. 나는 사랑이 없어도 잘 지내게끔 나 자신을 훈련해왔다.

내가 그 자리에 얼어붙은 것은 신이 잔인하다는 생각 때문도 아니었다. 나는 신에게 아무것도 기대하지 않도록 나 자신을 훈련해왔다.

나를 얼어붙게 만든 것은 내가 어느 방향으로든 발걸음을 옮길 이유가 전혀 없다는 사실이었다. 내가 그토록 오랫동안 절망적이고 무의미한 세월을 헤치며 나아갈 수 있었던 것은 호기심 때문이었다.

이젠 그 호기심마저도 꺼져버렸다.

내가 그 자리에 얼마나 오래 서 있었는지는 나도 알 수가 없다. 내가 다시 움직이려면, 누군가가 움직일 이유를 던져주어야 했다.

누군가가 그렇게 해주었다.

경찰관 한 명이 나를 한참 동안 지켜보더니, 가까이 다가와 말했다. "괜찮으세요?"

"네."

"여기에 오랫동안 서 계시더군요."

"압니다."

"누구를 기다리십니까?"

"아니요."

"이제 그만 가보시는 게 좋을 것 같습니다만."

"그러지요."

그리고 나는 걸음을 옮겼다.

41. 화학물질

나는 엠파이어스테이트 빌딩에서 중심가 쪽으로 걸어갔다. 나는 그리니치빌리지에 있는 나의 옛집까지, 레지와 나와 크래프트의 옛집까지 내내 걸었다.

걷는 동안 줄곧 담배를 피워댔고, 그러다보니 어느덧 나 자신이 반딧불이처럼 여겨졌다.

나는 수많은 동료 반딧불이와 마주쳤다. 때로는 내가 먼저 유쾌한 빨간색 신호를 보냈고, 때로는 동료들이 먼저 보냈다. 나는 도심의 요란한 소음과 북극광 같은 불빛에서 점점 멀어졌다.

늦은 시간이었다. 나는 건물 속에 층층이 갇힌 동료 반딧불이들의 신호를 포착하기 시작했다.

어디선가 사이렌 울리는 소리가, 그리고 세금을 받고 살아가는 대곡꾼*이 통곡하는 소리가 들렸다.

마침내 나의 아파트, 나의 집에 도착해보니 모든 창문이 어두웠고 2층 창문 하나에만 불이 들어와 있었다. 젊은 의사 에이브러햄 엡스타인의 집이었다.

그 역시 반딧불이었다.

그가 빛을 냈고, 나도 빛으로 화답했다.

어디선가 오토바이 시동 소리가 잇따라 터지는 폭죽 소리처럼 들려왔다.

검은 고양이 한 마리가 아파트 정문과 나 사이로 지나가면서 "랠프?" 하고 말했다.

아파트 현관 역시 깜깜했다. 스위치를 눌러도 천장의 전등은 켜질 줄 몰랐다. 성냥을 그었더니 완전히 망가진 우편함이 보였다.

흔들리는 성냥 불빛과 형체를 집어삼킨 어둠 속에서, 제멋대로 비틀어진 채 입을 딱 벌린 우편함의 문들은 어딘가 불타는 도시의 어느 감옥 감방의 문들을 연상시켰다.

성냥 불빛이 순찰중인 경관의 주의를 끌었다. 젊고 외로워 보이는 경관이었다.

"여기서 뭘 하고 계십니까?" 그가 물었다.

---

* 돈을 받고 대신 울어주는 사람.

"난 여기 삽니다. 여기가 내 집이에요."

"신분증을 보여주시겠습니까?"

나는 신분증을 보여주고 다락방이 내 집이라고 말했다.

"이 모든 소란이 선생 때문이었군요." 그는 나를 꾸짖으려는 게 아니라 단지 호기심에 이렇게 말했다.

"그렇다고 할 수 있소."

"이렇게 돌아오시다니 놀랍습니다."

"다시 떠날 거요."

"떠나시라고 한 말은 아닙니다. 다만 돌아와서 놀란 것뿐입니다."

"이제 위로 올라가봐도 되겠소?"

"그럼요. 아무도 선생을 막을 수는 없습니다."

"고맙소."

"나한테 고마워할 필요는 없습니다. 여긴 자유국가이고, 모든 사람은 똑같이 보호를 받으니까요." 그는 유쾌하게 말했다. 그는 나에게 국민윤리를 가르치고 있었다.

"국가란 모름지기 그렇게 운영해야 하지요."

"나를 놀리시는 건지 아닌지는 모르겠지만, 어쨌든 맞는 말입니다."

"맹세코 젊은이를 놀리는 게 아니오." 이 간단한 맹세에 그는 만족스러워했다.

"우리 아버진 이오지마에서 전사하셨습니다."

"참 안됐군요."

"양쪽 모두 좋은 사람들이 많이 죽었을 겁니다."

"그렇겠지요."

"어때요? 또 한번 일어날 것 같습니까?"

"뭐가 말이오?"

"전쟁 말입니다."

"그럴 것 같소."

"나 역시 그렇게 생각합니다. 전쟁은 지옥 아닌가요?"

"정확한 표현이군요."

"개개인이 뭘 할 수 있을까요?"

"개인들은 작은 일을 하지요. 당신도 그렇고."

그는 무겁게 한숨을 쉬었다. "그게 하나로 합쳐지는 거죠. 그런데 사람들은 그걸 몰라요." 그는 고개를 가로저었다. "사람들이 어떻게 해야 할까요?"

"법을 지켜야죠."

"그런데 법을 지키려는 사람은 절반밖에 안 돼요. 내가 보는 것, 그리고 사람들이 나에게 하는 말을 생각하면 가끔씩 아주 실망하게 됩니다."

"누구나 그럴 때가 있는 법이라오."

"이게 어느 정도는 화학작용 때문인 것 같아요."

"뭐가 말이오?"

"맥없이 울적해지는 거요. 과학자가 밝혀내지 않았나요? 화학물질이 큰 영향을 미친다고."

"아주 흥미롭군요."

"사람에게 몇 가지 화학물질을 주입하면 미쳐버린대요. 요즘엔 그런 것도 연구하더라고요. 어쩌면 이 모든 게 화학물질 때문인지 몰라요."

"충분히 그럴 수 있지요."

"사람들이 이때는 이렇게 행동하고 저때는 저렇게 행동하는 건 나라마다 먹는 화학물질이 달라서일 겁니다."

"그런 생각은 미처 못해봤소."

"그렇지 않으면 사람들이 왜 그렇게 심하게 바뀌겠어요? 우리 형은 일본에 다녀왔는데, 일본인이야말로 지금까지 만나본 사람 가운데 가장 친절하다고 하더군요. 그런데 우리 아버지를 죽인 것도 일본인이에요! 잘 생각해보세요."

"알겠소."

"이게 다 화학물질 때문이에요. 틀림없어요."

"무슨 말인지 알겠소."

"조금만 더 생각해보세요."

"그러겠소."

"나는 항상 화학물질에 대해 생각해요. 가끔은 학교로 돌아가서 지금까지 화학물질에 대해 밝혀진 모든 것을 조사해보고 싶다는 생각이 들기도 합니다."

"그러는 게 좋을 것 같소."

"아마도 화학물질에 대해 더 많이 알아내게 되면, 경찰관, 전쟁, 정신병원, 이혼, 주정뱅이, 비행 청소년, 타락한 여자 같은 것들은 사라질 겁니다."

"그러면 얼마나 좋겠소."

"충분히 그럴 수 있습니다."

"나도 그 말을 믿고 싶군요."

"요즘 돌아가는 걸로 봐서는 불가능한 게 없어요. 돈을 마련하고 똑똑한 사람들을 모으고 일을 시작한다면 말이죠. 단기 속성 계획으로 밀어붙이는 겁니다."

"거기엔 나도 찬성이오."

"한 달에 한 번씩 반쯤 미치는 어떤 여자들을 보세요. 어떤 화학물질이 몸에서 빠져나오면 어쩔 수 없이 그렇게 행동하게 된답니다. 때때로 여자가 아기를 낳은 뒤에 특정한 화학물질이 빠져나오면, 그 여자는 자기가 낳은 아기를 죽이게 됩니다. 바로 지난주에 여기서 네 집 아래에 있는 집에서 그런 일이 일어났죠."

"무서운 일이군요. 처음 듣는 얘기요."

"여자가 할 수 있는 일 가운데 자연을 거스르는 가장 큰 일이

자기가 낳은 아기를 죽이는 건데, 그런 짓을 한 거죠. 혈액 속의 어떤 화학물질 때문에 그런 행동을 한 겁니다. 그래서는 안 된다는 것을 알고, 그렇게 하고 싶지도 않았지만 어쩔 수가 없었던 거죠."

"음."

"사람들은 세상이 어떻게 돌아가는지 모르겠다고 말하지만, 바로 여기에 중요한 단서가 있잖아요."

42. 비둘기도, 신의 약속도 없이

나는 쥐가 들끓는 다락방을 향해 참나무와 회반죽으로 된 계단통을 올라갔다.

예전 같으면 계단통에 갇힌 공기는 석탄재와 요리 냄새와 배관의 습기가 뒤섞여 음울한 기분을 자아냈을 텐데, 지금 공기는 차고 상쾌했다. 내 다락방 창문들이 죄다 부서져, 따뜻한 기체가 마치 굴뚝을 타고 빠져나가듯 계단통과 창문을 타고 모두 빠져나갔기 때문이다.

공기는 깨끗했다.

퀴퀴하고 낡은 건물이 활짝 열리고 오염된 공기가 싹둑 잘려나가 깨끗하고 상쾌한 느낌을 받은 게 그때가 처음은 아니었다. 베를린에서 그런 기분을 충분히 느껴보았다. 헬가와 나는 두 번이나 폭격을 당해 집에서 내쫓겼는데, 두 번 다 집으로 올라가는 계단은 남아 있었다.

한번은 계단을 올라갔더니, 마술처럼 지붕과 창문만 날아가고 나머지는 고스란히 남아 있었다. 또 한번은 계단을 오르다 차갑고 희박한 공기를 만났는데, 그곳은 우리집이 있던 곳에서 두 층이나 아래였다.

계단 끝에서 탁 트인 하늘을 만난 그 두 번의 순간이 나에겐 모두 더없이 멋진 경험이었다.

그러나 그 기분은 오래가지 않았다. 여느 가족처럼, 당연히, 우리도 우리의 둥지를 사랑했고, 우리의 둥지가 필요했으니까. 그럼에도 어쨌든 그 일 분 동안 헬가와 나는 아라라트산 정상에 도착한 노아와 그의 아내가 된 듯한 기분을 느꼈다.

그보다 더 멋진 기분은 없었다.

그때 공습 사이렌이 다시 울렸고, 헬가와 나는 우리가 비둘기도 신의 약속도 없는 평범한 사람이라는 것을, 홍수가 끝나기는커녕 시작되지도 않았다는 것을 깨달았다.

한번은 헬가와 같이 하늘과 맞닿은 부서진 계단 끝에서 내려와 지하 깊은 곳에 있는 방공호로 들어간 적이 있는데, 그때가 기억난다. 방공호 위에서는 거대한 폭탄이 사방으로 걸어다녔다. 끊임없이 걸어다니는 폭탄은 절대로 그곳을 떠나지 않을 것 같았다.

방공호는 열차처럼 길고 좁았고, 사람들로 가득했다.

헬가와 내 맞은편 벤치에 한 남자와 여자, 그리고 세 아이가 앉아 있었다. 그런데 그 여자가 갑자기 천장을 향해, 천장 위 폭탄과 비행기와 하늘과 전지전능한 하느님을 향해 말하기 시작했다.

그녀는 나지막이 이야기를 시작했는데, 방공호 안에 있는 누군가에게 하는 말은 아니었다.

"그래요. 우린 여기 있습니다. 바로 여기 있어요. 거기 위에 있는 당신의 소리가 다 들립니다. 당신이 얼마나 노했는지 다 듣고 있어요." 그녀의 목소리가 갑자기 커졌다.

"오, 하느님. 그렇게 노하셨나요!" 그녀가 외쳤다.

그녀의 남편 — 한쪽 눈에 헝겊으로 안대를 하고 양복 깃에 나치 교원조합 배지를 단 초췌한 민간인 — 이 그녀에게 경고조로 한마디했다.

그녀는 남편의 말을 듣지 않았다.

그녀는 천장과 그 위에 있는 모든 것을 향해 말했다.

"우리가 어떻게 하길 바라시나요? 우리에게 원하는 것이 있다면 말씀만 해주세요. 무엇이든 하겠습니다!"

가까운 곳에서 폭탄이 터지자 천장에서 수성페인트가 눈송이처럼 부스스 떨어졌다. 여자가 벌떡 일어나 비명을 질렀고, 그 소리에 남편도 깜짝 놀라 일어섰다.

그녀가 큰 소리로 외쳤다. "항복이에요! 항복할게요!" 그녀의 얼굴에 커다란 안도감과 행복감이 번졌다. "이제 그만해도 됩니다." 그녀는 웃었다. "우린 포기했습니다! 이젠 끝났어요!" 그녀는 기쁜 소식을 들려주기 위해 아이들에게 돌아섰다.

그 순간 그녀는 남편의 주먹을 맞고 쓰러졌다.

그 애꾸눈 교사는 아내를 벤치에 앉히고 벽에 기대주었다. 그런 다음 그곳에서 가장 지위가 높은 사람으로 보이는 해군 중장에게로 다가가 조심스럽게 말했다.

"제 아내가…… 히스테리를 일으켜서…… 원래 여자들이 히스테리를…… 본심은 그게 아닌데…… 제 아내는 그래도 황금 부모 훈장을 받았습니다."

해군 중장은 당황하거나 불쾌해하지 않고, 자신에게 주어진 역할을 잘 아는 듯 점잖고 품위 있게 그 남자를 용서했다.

"괜찮소. 이해할 수 있는 일이오. 염려하지 마시오."

교사는 나약함을 용서해줄 줄 아는 체제에 경이를 느꼈다. 그는 자리로 돌아가기 전에 "하일 히틀러" 하고 경례를 했다.

중장이 답례했다. "하일 히틀러."

교사는 아내를 깨우기 시작했다. 아내에게 그녀가 용서를 받았고 모두가 이해했다는 희소식을 들려줄 참이었다.

그러는 동안 머리 위에선 폭탄이 쉴새없이 걸어다녔고, 교사의 세 아이는 눈 하나 깜짝하지 않았다.

아이들은 앞으로도 영원히 그럴 것 같았다.

나 역시 그럴 것 같았다.

앞으로 영원히.

43. 성 조지와 용

쥐가 들끓는 내 다락방 문은 문설주에서 뜯겨져 완전히 사라지고 없었다. 그 자리에 아파트 관리인이 내 소형 천막을 대고 지그재그로 판자를 박아놓았다. 성냥불 빛으로 비춰보니, 관리인이 난방기에 칠하는 금색 도료로 판자 위에 써놓은 글씨가 보였다.

'완전히 비었음.'

그럼에도 누군가가 천막 아래쪽 한구석을 뜯어, 쥐가 들끓는 내 다락방에 인디언의 천막에서 볼 수 있는 작은 삼각형 접이식 문을 만들어놓았다.

나는 그 문으로 기어들어갔다.

다락방의 전등 스위치도 묵묵부답이었다. 방안을 밝히는 것이라고는 깨진 창문으로 들어오는 불빛이 전부였다. 유리가 깨진 자리는 종이, 헝겊 조각, 옷, 침구 등을 둘둘 말아 막아놓았다. 그 뭉치들 주변으로 밤바람이 윙윙거렸다. 창문으로 푸르스름한 빛이 새어들어왔다.

나는 스토브 옆으로 다가가 뒤창 밖을 내다보았다. 몇 개의 뒷마당이 모여 이루어진 작은 사유지 공원, 그 작은 에덴동산의 매혹적인 풍경이 한눈에 내려다보였다. 지금은 아무도 놀고 있지 않았다.

나의 바람과는 달리, 아무도 "올리 올리 옥스 인 프리"를 외치지 않았다.

그때 다락방의 어둠 속에서 뭔가 부스럭거리는 소리가 들렸다. 나는 쥐가 움직이는 것이라 생각했다.

그러나 착각이었다.

그것은 오래전에 나를 체포했던 사람, 버나드 B. 오헤어가 내는 소리였다. 그것은 나를 노리는 복수의 신, 나를 증오하고 추적하는 일을 가장 고귀하게 여기는 사람이 내는 기척이었다. 나는 그가 낸 소리를 쥐가 낸 소리로 묘사했지만, 그를 비방하려고 그런 것은 아니다. 나를 겨냥한 그의 행동이 다락방의 벽 틈을 휘젓고 돌아다니는 쥐처럼 성가시고 엉뚱하긴 했지만, 나는 오헤어를 쥐라고 생각하진 않는다. 사실 나는 오헤어를 잘 몰랐고, 또 알고 싶지도 않았다. 그가 독일에서 나를 체포했다는 사

312

실이 나에겐 털끝만큼도 중요하지 않았다. 그는 나를 벌할 복수의 신이 아니었다. 내 운명은 오헤어가 나를 잡아 가두기 오래전에 이미 끝났다. 나에게 오헤어는 전쟁 막바지에 바람에 날리는 쓰레기를 주운 또 한 명의 청소부에 지나지 않았다.

그는 우리 관계를 나보다 훨씬 흥미로운 눈으로 보고 있었다. 술이 조금이라도 들어가면 자기가 성 조지이고 내가 용이라고 생각했다.*

내가 다락방 어둠 속에서 처음 보았을 때 그는 아연 도금을 한 물통을 뒤집어놓고 그 위에 앉아 있었다. 미국 재향군인회 군복을 입고, 손에 위스키병을 들고서. 오랫동안 술을 마시고 담배를 피우면서 나를 기다린 게 분명했다. 그는 취해 있었지만, 그의 군복은 흐트러짐이 전혀 없었다. 넥타이도 바르게 매여 있었고, 모자도 정확한 각도를 유지하고 있었다. 군복은 그에게 중요했고, 그 순간만은 나에게도 중요한 의미가 있었다.

"내가 누군지 아는가?" 그가 물었다.

"그렇소."

"내가 좀 늙긴 했지만 옛날하고 많이 달라지진 않았을 거다."

"그렇군요." 나는 이 글의 앞부분에서 그를 깡마른 젊은 늑대로 묘사했다. 그러나 다락방에서 다시 보았을 때 그는 창백하고

---

* 성 조지는 영국의 수호성인으로, 흉포한 용을 죽이고 공주와 마을을 구한 전설의 영웅이다.

뚱뚱하고 눈에 핏발이 선, 건강하지 않은 모습이었다. 그가 늑대보다는 코요테에 가까워졌다고 나는 생각했다. 전후에 그는 순탄치 않은 세월을 보냈다.

"내가 올 줄 알았나?" 그가 말했다.

"당신이 그러겠다고 말했잖소." 나는 정중하고 조심스러울 수밖에 없었다. 내 짐작이 맞다면 그는 나를 해치러 온 것이 분명했으니까. 그가 군복을 아주 말쑥하게 차려입었다는 사실과 나보다 체격이 작고 훨씬 더 가볍다는 사실로 미루어볼 때, 그는 어딘가에 무기를 지녔을 것이고, 그것은 십중팔구 권총일 터였다.

그때 그가 물통에서 떨어졌는데, 비틀거리며 일어나는 모습이 어지간히 취해 있었다. 일어서면서 그는 물통을 발로 찼다.

그가 씩 웃으며 말했다. "나 때문에 악몽을 꿨나, 캠벨?"

"자주 꿨소." 물론 이것은 거짓말이었다.

"내가 혼자 와서 놀랐나? 보스턴에서 많은 동지가 함께 오고 싶어했지. 그리고 오늘 오후 뉴욕에 도착해 어느 술집에 들어가 처음 보는 사람들한테 네놈 얘길 했더니, 그들도 함께 오고 싶어하더군."

"음."

"그런데 내가 뭐라고 한 줄 알아?"

"뭐라고 했소?"

"이렇게 말했지. '미안하오, 친구들. 이건 캠벨과 나, 둘만의 파티요. 우리 둘이 일대일로 붙어야 할 문제요'라고."

"음."

"그리고 또 이렇게 말했지. '이건 오래전에 시작된 해묵은 갈등이오. 하워드 캠벨과 내가 이제 와서 다시 만나는 것은 하늘의 뜻이오'라고. 네놈도 그렇게 느끼나?"

"어떻게 말이오?" 내가 되물었다.

"우리가 바로 여기 이 방에서 만난 것, 아무도 물러설 수 없는 외나무다리에서 만난 것이 하늘의 뜻이라고."

"그럴 수도 있겠군요."

"인생이 완전히 무의미하다는 생각이 드는 순간에 갑자기 새로운 목표가 눈앞에 나타나곤 하지."

"무슨 말인지 알 것 같소."

그는 크게 휘청거리다 다시 몸을 가누었다. "내가 무슨 일을 하고 사는지 알아?"

"모르겠소."

"커스터드 아이스크림 트럭 배차원."

"뭐라고요?"

"수많은 트럭이 공장, 해수욕장, 야구장으로, 그러니까 사람이 모이는 곳이면 어디로든 달려가지." 오헤어는 잠시 나를 까맣게 잊고, 자신이 하고 있는 트럭 배차 업무를 우울한 심정으로 돌이켜보았다. "트럭 위에는 커스터드 아이스크림 기계가 있지." 그가 중얼거렸다. "향은 초콜릿과 바닐라 두 가지야." 지금 그의 기분은 가엾은 레지가 드레스덴의 담배공장에서 겪었던 따분하고 무의미한 노동을 설명할 때의 기분과 완전히 똑같았다.

"전쟁이 끝났을 때만 해도, 십오 년 뒤에는 아이스크림 트럭 배차원보다는 훨씬 나은 일을 할 거라고 생각했어." 오헤어가 말했다.

"누구나 실망하면서 사는 것 아니겠소." 내가 말했다.

그는 동료애를 겨냥한 나의 작은 노력에 아무런 반응도 보이지 않았다. 그의 관심은 오로지 자신에게만 쏠려 있었다.

"난 의사가 되고 싶었지. 변호사가 되고 싶었고, 작가, 건축가, 기술자, 신문기자가 되고 싶었어. 세상에 무엇이든 못할 게 없었지. 그런데 결혼을 하고 말았어. 아내는 그때부터 아이를 낳기 시작했지. 나는 친구와 함께 빌어먹을 기저귀 배달업을 시작했는데, 그놈이 돈을 몽땅 챙겨 달아났고, 아내는 계속 애를 낳았어. 기저귀 배달업 다음에는 블라인드 사업을 했고, 블라인드 사업이 망한 후에 커스터드 아이스크림 일을 시작했지. 그러는 동안에도 아내는 계속 애를 낳고, 망할 놈의 차는 수시로 고장이 나고, 수금원들은 매일같이 찾아오고, 벽 틈에서는 흰개미가 봄가을마다 몰려나왔어."

"안됐군요." 내가 말했다.

"그래서 난 이렇게 물었지. 이게 무슨 의미가 있는가? 나한테 어울리는 일은 무엇인가? 나는 무엇을 위해 살아야 하는가?"

"좋은 질문이군요." 나는 부드럽게 말하면서, 묵직한 부젓가락 한 쌍이 놓인 곳으로 다가갔다.

"그때 어떤 사람이 신문을 보내줬는데, 네놈이 아직도 살아 있다는 기사가 실려 있더군." 이 말을 하면서 오헤어는 그 기사를 봤을 때 느꼈던 잔인한 흥분을 되살렸다. "바로 그때 깨달았지. 왜 내가 살아 있는지, 나에게 맡겨진 중요한 일이 무엇인지 말이야."

그는 두 눈을 똑바로 뜨고 나를 향해 한 걸음 내디뎠다. "자, 내가 왔다. 캠벨. 과거로부터 달려왔다!"

"안녕하시오?" 내가 말했다.

"네가 나에게 어떤 존재인지 아느냐, 캠벨?"

"모르오."

"넌 순수 악이야. 절대적으로 순수한 악."

"고맙소."

"맞아. 이건 일종의 칭찬이야. 아무리 악한 사람이라도 대개는 좋은 면을 갖고 있지. 악한 면과 선한 면을 두루 갖고 있어. 하지만 네놈은, 순종이야. 설령 네 안에 좋은 면이 있다 해도 네놈은 악마라고 하기에 충분해!"

"어쩌면 난 악마일지도 모르오." 내가 말했다.

"내 생각이 바로 그거야."

"그래서 나를 어떻게 할 생각이오?" 내가 물었다.

"널 찢어 죽이겠다." 그는 발끝에 체중을 싣고 몸을 앞뒤로 건들거리고 어깨를 돌리면서 근육을 풀었다. "네놈이 살아 있다는 소릴 듣고 내가 할 일이 무엇인지 알았지. 이렇게 끝내는 수밖에, 다른 방법이 없었다."

"난 이유를 모르겠소."

"그렇다면 내가 이유를 말해주지. 맹세코, 내가 이유를 알려주겠다. 난 지금 이 자리에서 너를 찢어 죽이기 위해 태어났다." 그는 나를 겁쟁이라고 불렀다. 나를 나치라고 불렀다. 그리고 나에게 영어로 된 가장 모욕적인 복합어로 욕을 퍼부었다.

그래서 나는 부젓가락으로 그의 오른팔을 부러뜨렸다.

그것이 내가 지금까지 살아오면서 휘두른 단 한 번의 폭력이었다. 나는 오헤어와 일대일로 맞붙어 그를 이겼다. 그를 이기기는 쉬웠다. 오헤어는 독주와, 선이 악을 물리친다는 환상에 취한 나머지 내가 저항할 거라고는 생각도 못했으니까.

오헤어는 자신이 얻어맞았다는 사실과 원래 용이 성 조지와 격투를 벌였다는 사실을 깨닫고는 크게 놀란 것 같았다.

"그래, 그런 식으로 나오겠다 이거지." 그가 말했다.

그러나 복합 골절에서 오는 고통이 신경계에 퍼지자 그의 눈에서 눈물이 흘러내렸다.

"당장 나가. 안 나가면 나머지 팔과 머리도 부숴버릴 테다."
나는 부젓가락 끝을 그의 오른쪽 관자놀이에 대고 말했다. "가
기 전에 총이나 칼이나 무기 같은 게 있으면 내놔."

그는 고개를 가로저었다. 고통이 너무 심해 말을 할 수 없었
던 것이다.

"무기가 없다고?" 내가 말했다.

그가 다시 한번 고개를 가로저으며 말했다. "정정당당하게 싸
우려고 했다. 정정당당하게."

나는 그의 주머니를 톡톡 쳐 무기가 정말 없는지 확인했다.
성 조지는 맨손으로 용을 찢어 죽일 참이었다!

"이 멍청하고 한심한 주정뱅이, 외팔이 개자식아!" 나는 문틀
에 붙은 천막을 찢고 지그재그로 대놓은 판자를 발로 차버렸다.
그리고 문밖 층계참으로 오헤어를 떠밀었다.

난간에 부딪혀 걸음을 멈춘 오헤어는 나선형의 계단통 아래
로, 떨어지면 즉사할 수밖에 없는 아득한 바닥을 내려다보았다.

"난 너의 운명도 아니고, 악마도 아니다!" 내가 말했다. "네
모습을 봐! 맨손으로 악을 물리치려고 왔지만, 지금은 버스
옆구리에 치인 사람 꼴로 비참하게 돌아가고 있다! 이건 자업자
득이다! 그리고 순수한 악을 물리치겠다고 전쟁을 일삼는 사람
은 누구나 그런 꼴이 된다. 싸움을 벌일 이유는 많다. 하지만 적
을 무조건 증오하고, 전지전능한 하느님도 자기와 함께 적을 증

오한다고 상상할 이유는 어디에도 없다. 악이 어디 있는 줄 아는가? 그건 적을 무조건 증오하고, 신을 자기편으로 끌어들여 신과 함께 적을 증오하고 싶어하는 모든 사람의 마음속에 있다. 그 때문에 사람들은 온갖 추악함에 이끌리는 것이다. 남을 처형하고, 비방하고, 즐겁게 웃으면서 전쟁을 벌이는 것도 백치 같은 그런 마음 때문이다."

오헤어가 구토를 했다. 그것이 내 말 때문이었는지, 수치심 때문이었는지, 폭음 때문이었는지, 외적 충격 때문이었는지 알 수는 없지만, 아무튼 그는 토했다. 뱃속에 든 것을 4층 아래 계단 밑으로 쏟아냈다.

"그거 깨끗이 치워." 내가 말했다.

그는 증오가 가시지 않은 눈으로 나를 똑바로 쳐다봤다. "망할 놈, 널 반드시 죽이고 말겠다."

"마음대로 해. 하지만 나를 죽인다고 해서 네 운명이, 파산, 커스터드 아이스크림, 아귀 같은 자식, 흰개미, 무일푼 신세가 바뀌진 않을 거다. 그렇게 하느님의 병사가 되고 싶다면, 차라리 구세군을 찾아가라."

오헤어는 사라졌다.

44. "캄―부"

아침에 눈을 뜨고 자기가 왜 감방에 들어왔는지 의아해하는 것은 죄수들이 흔히 하는 경험이다. 그런 경우에 나는 스스로에게 다른 사람의 구토물을 지나치거나 건너뛰지 못했기 때문에 감방에 들어왔다는 이론을 내놓는다. 바로 버나드 B. 오헤어가 맨 아래 로비 바닥에 쏟아낸 그 구토물을.

나는 오헤어가 떠난 직후에 다락방에서 나왔다. 다락방에는 내 발길을 붙잡는 것이 아무것도 없었다. 그래도 아주 우연히 기념품 하나는 건질 수 있었다. 다락방을 막 나서려는 차에 작은 물건이 발에 걸려 문지방에서 층계참으로 데구루루 굴렀다. 나는 그것을 집어들었다. 내가 빗자루 손잡이를 깎아 만든 체스 말 중 병졸이었다.

나는 병졸을 주머니에 넣었다. 지금도 나는 그것을 갖고 있다. 그 병졸을 주머니에 집어넣을 쯤에, 오헤어가 남기고 간 오물의 악취가 코를 찔렀다.

계단을 내려가는 동안 악취는 점점 더 심해졌다. 급기야 어린 시절을 아우슈비츠에서 보낸 젊은 의사 에이브러헴 엡스타인의 문 앞에서, 악취가 내 발길을 멈춰 세웠다.

나도 모르는 사이에 나는 닥터 엡스타인의 문을 두드리고 있었다.

의사는 목욕 가운과 파자마 차림으로 문을 열었다. 두 발은 맨발이었다. 그는 나를 보고 깜짝 놀랐다.

"무슨 일이시죠?" 그가 물었다.

"잠깐 들어가도 되겠소?"

"의학적인 문제인가요?" 문틈 사이로 쇠사슬이 보였다.

"아니오. 개인적이고 정치적인 문제요."

"나중에 오시는 게 어떨까요?"

"지금이 좋을 것 같소."

"대체 무엇 때문에 이러시는 거죠?"

"이스라엘에 가서 재판을 받고 싶소."

"뭐라고요?"

"내가 저지른 반인류적인 범죄에 대해 재판을 받고 싶소. 기꺼이 가겠소."

"왜 나를 찾아오셨죠?"

"당신이 누군가, 나를 신고할 만한 사람을 알 것 같아서요."

"나는 이스라엘을 대표하는 사람이 아닙니다. 난 미국인이에요. 내일이면 당신이 만나고 싶어하는 이스라엘 사람을 얼마든지 만날 수 있을 겁니다."

"나는 아우슈비츠 출신한테 자수하고 싶소."

이 말을 듣고 그는 화를 냈다. "그렇다면 하루종일 아우슈비츠를 생각하는 사람을 찾아가시오! 오로지 그 생각만 하는 사람이 수두룩하니까요. 나는 절대로 그 생각을 하지 않습니다!"

그는 문을 쾅 닫았다.

나는 마음속으로 그려볼 수 있었던 목적 하나가 좌절되자 또다시 그 자리에 얼어붙었다. 내일 아침이면 이스라엘 사람을 만날 수 있을 거라는 엡스타인의 말은 틀림없는 사실이었다.

하지만 지새야 할 밤이 남았고, 나는 갈 데가 없었다.

엡스타인은 집안에서 그의 어머니와 얘기를 나누었다. 독일어로.

문 너머로 그들의 대화가 아주 조금씩 들려왔다. 엡스타인은 어머니에게 방금 일어난 일을 설명했다.

그때 나의 귀에 들어온, 나의 뇌리를 강하게 자극한 단어가 있었다. 바로 그들의 입에서 나온 나의 성姓, 내 성의 발음이었다.

그들은 "캄-부"라고 여러 번 말했다. 그건 캠벨이란 뜻이었다.

그것은 내 안에 숨어 있는 희석되지 않은 악이었고, 수백만 명에게 영향을 준 악이었으며, 선한 사람들이 속히 죽어 땅속에 묻히기를 바라 마지않는 역겨운 존재였다.

"캄-부."

엡스타인의 어머니는 '캄-부'라는 존재와 그 존재가 지금 계획하고 있는 일에 너무나 흥분해서 문으로 다가왔다. 확신하건대, 그녀는 캄-부를 두 눈으로 직접 보리라고 기대하지는 않았을 것이다. 단지 캄-부가 방금까지 있던 자리에 들어찬 공기에서 증오와 경이감을 느끼려 했을 것이다.

그녀는 문을 열었고, 그녀의 아들은 바로 뒤에서 그녀를 말렸다.

그녀는 자신의 눈으로 캄-부를, 온몸이 굳은 채 서 있는 캄-부를 직접 보자 정신이 아득해졌다.

엡스타인이 그녀를 옆으로 밀치고, 나를 한 대 칠 것처럼 밖으로 튀어나왔다.

"여기서 뭐하고 있어요? 빨리 꺼지시오!"

내가 움직이지도 않고, 대꾸하지도 않고, 눈도 깜짝하지 않고, 숨조차 쉬지 않는 것처럼 보이자 그는 이것이 결국 의학적인 문제라고 생각하기 시작했다.

"오, 맙소사!" 그가 비통하게 외쳤다.

말 잘 듣는 로봇처럼 나는 그의 손에 이끌려 안으로 들어갔다. 그는 나를 데리고 주방으로 가서 흰색 식탁 앞에 앉혔다.

"내 말이 들리나요?" 그가 물었다.

"네."

"내가 누군지 아시겠어요? 여기가 어딘지?"

"네."

"전에도 이런 적이 있었나요?"

"아니요."

"선생에겐 정신과 의사가 필요합니다. 난 정신과 의사가 아니에요."

"나한테 필요한 게 무엇인지 이미 말했잖소. 전화를 걸어요. 정신과 의사 말고, 나를 재판에 넘길 만한 사람에게 전화를 걸어요."

엡스타인과 그의 노모는 나를 어떻게 할지를 놓고 주거니 받거니 말다툼을 벌였다. 그의 어머니는 내 병세를 즉시 이해했다. 병에 걸린 것은 내 몸이 아니라 마음이라는 것을.

그녀가 아들에게 독일어로 말했다. "네가 이런 눈을 처음 보는 것은 아니란다. 다른 사람이 어디로 가라고 말해주지 않으면 아무데도 못 가는 사람, 다음에 무엇을 하라고 말해주기를 애타게 바라는 사람, 무엇을 하라고 말해주면 무엇이든 하는 사람, 넌 그런 사람을 아우슈비츠에서 수천 명이나 봤어."

"기억이 안 나요." 엡스타인이 퉁명스럽게 대꾸했다.

"알겠다. 그렇다면 내가 기억하마. 난 기억이 난다. 언제라도 기억할 수 있지. 그리고 기억이 나니까 말인데, 저 사람이 요구하는 걸 들어주거라. 전화를 해."

"누구한테 전화하죠? 난 시온주의자가 아니에요. 하다못해 반反시온주의자도 아니라고요. 그런 건 생각해본 적도 없어요. 난 의사예요. 아직도 복수를 하겠다고 벼르는 사람은 아무도 몰라요. 난 그저 그런 사람들을 경멸할 뿐이에요. 이제 그만 나가주세요. 당신은 사람을 잘못 찾아왔어요."

"전화를 해라." 그의 어머니가 말했다.

"어머닌 아직도 복수를 원하세요?"

"그렇다."

그가 얼굴을 바짝 들이대며 나에게 물었다. "당신, 정말로 처벌을 받고 싶어요?"

"난 재판을 받고 싶소." 내가 대답했다.

"그건 모두 연극이에요." 그는 우리 둘 모두에게 화가 나서 큰 소리로 외쳤다. "아무것도 입증하지 못한다니까요."

"전화를 해라." 그의 어머니가 말했다.

엡스타인은 두 손을 들었다. "좋아요! 좋아요! 샘한테 전화를 하죠. 샘한테 위대한 시온주의자가 될 기회가 왔다고 말하죠. 그는 항상 위대한 시온주의자 영웅이 되고 싶어했으니까요."

샘의 성이 무엇인지는 밝혀내지 못했다. 닥터 엡스타인이 1층으로 내려가 전화를 거는 동안, 나는 엡스타인의 노모와 함께 주방에 남아 있었다.

엡스타인의 어머니는 식탁에 팔을 기댄 채 나를 마주보고 앉아, 슬픈 호기심과 만족감을 느끼며 내 얼굴을 뜯어보았다.

"전구를 죄다 떼어갔다우." 그녀가 독일어로 말했다.

"뭐라고요?"

"선생의 아파트에 침입한 사람들 말이우. 복도에 있는 전구를 모두 떼어갔다우."

"음."

"독일에서도 그랬지."

"뭐라고요?"

"SS나 게슈타포가 들이닥쳐 누군가를 잡아갈 때면 늘 그런 일이 일어났지."

"왜 그랬을까요?"

"아무 상관도 없는 사람들이 애국적인 행동을 한답시고 그 건물에 들어오지요. 그러면서 항상 그런 짓들을 했다우. 누군가가 항상 전구를 떼어갔지." 그녀는 고개를 가로저었다. "그런 이상한 짓을 하는 사람이 항상 있다우."

닥터 엡스타인이 손에 묻은 먼지를 툭툭 털면서 주방으로 돌아왔다. "됐어요. 영웅 세 명이 곧 올 겁니다. 재단사하고 시계공하고 소아과 의사예요. 모두 이스라엘의 낙하산병 역할을 기쁘게 할 겁니다."

"고맙소." 내가 말했다.

약 이십 분 뒤에 세 명이 나를 잡으러 왔다. 그들은 무기를 갖고 있지 않았고, 이스라엘이나 어느 나라의 첩보원 자격 같은 것도 없이 그저 맨몸으로 왔다. 그들이 가진 자격이라고는, 거의 아무에게나 자수를 하겠다고 고집하는 나의 악명과 오명으로부터 부여된 것이 전부였다.

스스로 체포당하고 얻은 것은 그날 밤을 쉴 수 있는, 재단사의 아파트 방에 놓인 침대였다. 이튿날 아침 그 세 명은 나의 허락하에 나를 이스라엘 공무원에게 넘겼다.

그 세 명이 나를 잡으러 닥터 엡스타인의 아파트에 왔을 때, 그들은 현관문을 세게 두드렸다.

그 소리를 듣자마자 나는 커다란 안도감을 느꼈다. 행복했다.

"정말 괜찮아요?" 세 사람을 들여보내기 전에 엡스타인이 물었다.

"괜찮소, 의사 양반. 고맙소."

"아직도 가길 원하세요?"

"그렇소."

"저 사람은 꼭 가야 한다." 그의 어머니가 말했다. 그런 다음 식탁 맞은편에서 내 쪽으로 몸을 기울였다. 그녀는 노래하듯 낮은 소리로 뭔가를 독일어로 읊조렸는데, 그 소리가 내 귀에는 행복한 유년의 기억 속에서 흘러나온 동요의 한 구절처럼 들렸다.

그녀가 읊조린 것은, 다름 아니라 그녀가 여러 해 동안 아우슈비츠의 확성기를 통해 하루에도 몇 번씩 귀가 닳도록 들었던 소집 명령이었다.

"라이헨트레거 추 바헤."

이 얼마나 아름다운 언어인가.

번역하면?

"시체 운반원은 경비실로 오라"는 뜻이다.

이것이 그 노파가 나에게 읊조린 말이었다.

45. 토끼와 거북

이렇게 해서 나는 이스라엘에 오게 되었다. 감방 문은 굳게 잠겨 있고 나를 지키는 간수들은 권총을 차고 있지만, 나는 자유의지로 이곳에 왔다.

내 이야기는 끝났으며, 당분간은 더 할 이야기가 없을 듯하다. 내일이면 재판이 시작되기 때문이다. 역사라는 토끼가 예술이라는 거북을 또 한번 추월했다. 앞으로는 글을 쓸 시간이 없을 것이다. 나는 또다시 모험에 나서야 한다.

불리한 증인은 너무나 많고, 유리한 증인은 전무하다.

검찰측에서는 내가 한 방송 가운데 가장 끔찍한 방송 테이프를 틀어서, 가장 무자비한 검찰측 증인은 바로 나 자신이라는 점을 부각시키며 재판을 시작할 것이라 한다.

버나드 B. 오헤어는 자비를 들여 이곳까지 와서는, 쓸데없는 이야기를 미친듯이 늘어놓아 검사를 괴롭히고 있다.

나의 둘도 없는 옛친구이자 복식 파트너였고, 나에게 오토바이를 갈취당한 하인츠 실트크네히트도 이곳에 와 있다. 내 변호사의 말에 따르면, 하인츠는 나에 대해 악감정이 가득할 뿐 아니라, 놀랍게도 재판정에서 믿을 만한 증언을 할 것이라고 한다. 대중연예선전부에서 내 옆자리에 앉아 일을 했던 하인츠가 도대체 어떻게 신빙성 있는 증언을 할 수 있을까?

놀라운 사실이 있다. 하인츠는 유대인으로 전쟁중에는 나치에 저항하는 지하운동에 참여했고, 전쟁이 끝난 뒤에도 지금까지 이스라엘 첩보원으로 활약하는 중이다.

그런데 그는 그 사실을 증명할 수 있다.

하인츠는 얼마나 운이 좋은가!

치의학 박사 겸 신학 박사인 라이오넬 J. D. 존스 박사와, 일명 조지 크래프트인 이오나 포타포프는 현재 미국 연방교도소에 갇혀 있어 내 재판에 올 수가 없다. 그러나 두 사람 다 서면으로 진술서를 보냈다.

존스 박사와 크래프트–포타포프의 진술서는 아무리 좋게 봐도 별 도움이 되지 않는다.

존스 박사는 내가 성스러운 나치 운동에 기여한 성인이고 순교자라고 엄숙히 선언했다. 또한 내 치아가 히틀러의 사진을 제

외하고 지금까지 본 것 중에 가장 완벽한 아리아인의 치아라고
말했다.

크래프트-포타포프는, 소련 정보부에서는 내가 미국 첩보원
이었다는 증거를 단 하나도 찾아내지 못했다고 엄숙히 선언했
다. 또한 내가 열렬한 나치당원이긴 했지만 그와 동시에 정치적
으로 바보 천치였고, 현실과 몽상을 구분하지 못하는 예술가였
기 때문에 내 행동에 책임을 묻는 것은 부당하다는 견해를 제출
했다.

닥터 엡스타인의 아파트에서 나를 체포한 세 명, 즉 재단사,
시계공, 소아과 의사 역시 재판에 참석하기 위해 이곳에 와 있
지만, 그들은 버나드 B. 오헤어보다 훨씬 더 무익한 유람여행을
하고 있는 셈이다.

하워드 W. 캠벨 2세여, 이것이 네가 걸어온 삶이다!

내 이스라엘 변호사 앨빈 도브로비츠 씨는 지푸라기라도 잡
는 심정으로, 뉴욕에서 나의 결백이 드러날 만한 증거를 찾기를
바라며 내 우편물을 보내주고 있다.

이게 웬일인가!

오늘 세 통의 편지가 왔다.

이제 그 편지들을 열어 거기에 담긴 내용을 하나씩 보고하
겠다.

희망은 인간의 가슴에서 끊임없이 샘솟는다고 사람들은 말한

다. 어쨌든 도브로비츠의 가슴에서는 희망이 끊임없이 샘솟았다. 바로 그 이유 때문에 그의 수임료가 그렇게 비쌀 것이다.

도브로비츠는 내가 석방되기 위해서는 프랭크 위르타넨이라는 사람이 실제로 존재했고, 위르타넨이 나를 미국 첩보원으로 포섭했다는 증거가 하나만 있으면 된다고 말한다.

이제 오늘 도착한 편지들을 뜯어보자.

첫번째 편지는 내가 저질렀다고 말해지는 그 모든 악행을 아는지 모르는지, 아주 상냥하게 '친애하는 친구분께'라는 말로 시작한다. 이 편지는 나를 교사로 알고 보낸 것이다. 앞의 어느 장에서 나는, 어떻게 해서 내 이름이 교사 명단에 오르게 되었는지, 어떻게 내가 아동교육을 담당하는 사람에게나 필요한 광고 우편물의 수신자가 되었는지 설명한 바 있다.

나는 지금 '창조적 완구회사'에서 온 편지를 펼쳐들고 있다.

친애하는 친구분께(여기 예루살렘의 감방에서 창조적 완구회사가 나에게 말한다)

귀하는 학생들의 가정에 창조적인 환경이 조성되기를 원하십니까? 방과후에 학생들에게 일어나는 일은 대단히 중요합니다. 귀하는 일주일에 평균 스물다섯 시간 정도 아동을 귀하의 지도하에 두지만, 부모는 평균 마흔다섯 시간 동안 아동을 지도합니다. 그 시간에 부모가 하는 일은 귀하의 프로그램을

악화시킬 수도 있고 촉진시킬 수도 있습니다.

우리는 창조적 완구회사가 보증하는 장난감이 조기 아동 교육의 지도자인 귀하가 조성하려 노력하는 창조적인 환경을 학생들의 가정에 충실히 조성할 것이라 믿습니다.

창조적 완구회사의 장난감이 어떻게 학생들의 가정에 창조적인 환경을 조성할까요?

창조적 완구회사의 장난감은 성장하는 아동에게 신체적으로 필요한 활동을 제공해줍니다. 창조적 완구회사의 장난감은 아동이 가정에서, 그리고 지역사회에서 인생을 발견하고 실험하도록 도와줍니다. 창조적 완구회사의 장난감은 단체생활을 하는 학교에서 부족하기 쉬운 개인적 표현의 기회를 만들어줍니다.

창조적 완구회사의 장난감은 아동의 공격성을 해소해줍니다……

나는 이렇게 답장을 보냈다.

친애하는 친구분들께

가정에서, 그리고 사회에서 실생활을 통해 인생을 폭넓게 경험한 사람으로서 나는 어떠한 장난감도 아이들에게 사회에서 맞닥뜨릴 경험의 백만분의 일조차도 준비시켜줄 수 없다고 생각합니다.

본인의 생각을 말씀드리자면, 아이들은 가능하다면 태어난 순간부터 실제 인간과 실제 사회를 통해 실험을 해야 합니다. 만일 이런저런 이유로 그런 재료를 이용할 수 없다면, 그때 장난감을 이용해야 합니다.

하지만 친구분들! 이 카탈로그에 소개된 것처럼 순하고, 즐겁고, 매끄럽고, 조작하기 쉬운 장난감은 절대 아닙니다. 우리 아이들의 장난감에는 조화로운 면이 전혀 없어야 합니다. 그렇지 않으면 아이들은 평화와 질서를 기대하고 자라나 산 채로 잡아먹힐 것입니다.

아이들의 공격성 해소라는 면에도 나는 반대하는 입장입니다. 아이들은 나중에 성인 세계에서 분출할 수 있도록 모든 공격성을 잘 품고 있을 필요가 있습니다. 역사 속의 위대한 인물 중에서 어린 시절에 안전밸브가 꽉 잠겨 속을 부글부글 끓이지 않았던 사람이 누가 있습니까?

내가 일주일에 평균 스물다섯 시간을 담당했던 아이들은 부모와 함께 마흔다섯 시간을 보내는 동안에도 그들의 예리한 모서리를 잃지 않을 것입니다. 아이들은 노아의 방주라는 장난감에 태웠다 내렸다 할 수 있는 장난감 동물이 아닙니다. 아이들은 언제나 실제 어른을 감시하면서, 어른들이 무엇 때문에 싸우는지, 무엇에 욕심을 부리는지, 그 욕심을 어떻게 채우는지, 무엇 때문에, 그리고 어떻게 거짓말을 하는지, 무엇 때문에 미치광이가 되고 어떤 미치광이가 되는지 등을 배워나갑니다.

나는 내가 가르치는 이 아이들이 어느 분야에서 성공할지 예측할 수는 없지만, 문명 세계라면 어디에서든 단 한 명의 예외도 없이 성공할 것이라 장담하는 바입니다.

현실주의 교육을 위해,

하워드 W. 캠벨 2세

두번째 편지는?

이것도 하워드 W. 캠벨 2세를 '친애하는 친구분께'라고 부르고 있다. 그러니 오늘 세 통의 편지 가운데 적어도 두 통의 발신자는 하워드 W. 캠벨 2세에게 전혀 악감정이 없는 셈이다. 이 편지는 캐나다 토론토에 사는 어느 증권 중개인이 보낸 것이다. 나의 자본주의적 일면을 두드리는 편지다.

그는 캐나다 매니토바에 있는 텅스텐 광산의 주식을 사라고 권유하고 있다. 그러려면 먼저 그 회사에 대해 좀더 알아야 한다. 특히 그 회사의 경영진이 유능하고 평판이 좋은지를 알아야 한다.

난 세상 물정을 모르는 바보가 아니다.

세번째 편지는? 여기 감옥에 있는 내 앞으로 직접 발송된 편지다.

이게 웬일인가. 이건 정말로 흥미로운 편지다. 여기에 그 전문을 소개하겠다.

친애하는 하워드 씨에게

평생 동안 지켜온 규율이 예리코의 성벽처럼 무너지고 있소. 누가 여호수아이고, 그의 나팔에서 울리는 곡은 무엇인지 알고 싶소. 그렇게 오래된 성벽을 무너뜨린 그 음악은 소리가 크지 않소. 가냘프고, 희미하고, 독특한 음악이오.

혹시 내 양심의 음악은 아닐까? 그건 아닐 것이오. 나는 당신에게 잘못한 게 없으니까.

내 생각에 그 음악은 아주 작은 반역죄를 저지르라고 유혹하는, 노병의 참을 수 없는 갈망인 게 분명하오. 바로 이 편지가 그 반역이오.

나는 지금 미합중국이 국가의 이익을 위해 나에게 내린 직접적이고 명시적인 명령을 어기려 하오. 나는 지금 당신에게 내 본명을 밝힐 것이오. 나는 당신이 '프랭크 위르타넨'이라고 알고 있던 사람이오.

내 이름은 해럴드 J. 스패로요.

미합중국 육군에서 퇴역할 당시 내 계급은 대령이었소.

군번은 0-61134요.

나는 존재하오. 메인 주 힝클리빌에서 서쪽으로 6마일 떨어진 코긴 호숫가에 집이 딱 한 채 있는데, 나는 그 안에서나 그 주변에서 거의 매일 보고, 듣고, 만질 수 있는 실존 인물이오.

나는 다음과 같은 사실을 지금이나 앞으로나 엄숙히 맹세하는 바입니다. 나는 당신을 미국 첩보원으로 포섭했고, 당신은 개인적인 모든 것을 희생하고 2차세계대전의 가장 유능한 첩보원 중 한 명이 되었습니다.

만일 독선적인 국수주의 세력에 떠밀려 하워드 W. 캠벨 2세가 재판을 받는다면, 내가 가만히 있지 않을 것이오!

당신의 친구 '프랭크'

이렇게 해서 나는 다시 한번 자유의 몸이 되어 마음대로 돌아다닐 수 있게 되었다.

하지만 그 생각을 하니 구역질이 난다.

나는 오늘밤이 하워드 W. 캠벨 2세를 그 자신에 대한 범죄의 대가로 목을 매달기에 좋은 밤이라고 생각한다.

오늘밤이 바로 그 밤이란 것을 나는 잘 알고 있다.

목을 맨 사람의 귀에는 아름다운 음악이 들린다고 한다. 내가 음악가인 어머니와는 달리 아버지를 닮아 음치인 것이 너무나 유감스럽다. 아무래도 상관없지만 내가 곧 듣게 될 음악이 빙 크로스비의 〈화이트 크리스마스〉는 아니기를 바란다.

잘 있거라, 잔인한 세상이여!

아우프 비더젠?

가면과 분열의 세상에 던지는 메시지

자아를 생각할 때마다 떠오르는 인물이 있다. 이미 심리학의 전설이 된 피니어스 게이지는 1848년 버몬트주 철도 공사장의 작업반장이었다. 예나 지금이나 철도 공사 현장에서는 장애물을 제거하고 노반을 고르기 위해 발파 작업을 많이 한다. 이십대 중반의 피니어스는 긴 쇠막대를 이용해 폭약을 다져넣는 위험한 작업을 하고 있었다. 그때 쇠막대에서 스파크가 일어나 다이너마이트가 폭발했고, 그로 인해 쇠막대가 피니어스의 왼쪽 뺨과 눈을 거의 수직으로 뚫고 들어간 다음 그의 왼쪽 전두피질에 큰 구멍을 내고 머리 위로 관통했다. 그러나 놀랍게도 피니어스는 침대에서 몇 주를 보낸 뒤 완전히 회복했다. 그는 걷고, 말하고, 머리로 셈을 할 수도 있었고, 장기 기억도 멀쩡했다. 변한 것은 그의 성격과 판단력이었다. 사고 이전의 그는 친절하고, 분별력 있고, 상냥하고, 카리스마 넘치는 젊은이였지만, 회복한 뒤에는 거만하고, 고집 세고, 충동적이고, 무례하고, 이기적인 사람이 되었다. 간단히 말하자면, 전두피질의 손상이 그를 좋은 사람에서 빙충맞은 얼간이로 바꾸고 말았다. 동료들은 "그는 더이상 피니어스 게이지가 아니다"라고 말했다. 딴사람이 돼버린 피니어스 게이지는 자신을 누구라고 생각했을까? 사고 전의 피니어스일까, 사고 후의 피니어스일까?

커트 보니것의 주인공 하워드 캠벨은 피니어스처럼 자아가 변하진 않았다. 그는 미국 정보부의 첩보원이 되어 나치당원이라는 가면을 쓰고 첩보 활동을 시작했다. 그는 너무나 완벽한 첩보원이었기 때문에 극소수의 사람만 제외하고, 심지어 그의 아내와 부모까지도 그가 첩보원이라는 걸 몰랐다. 모든 사람이 보기에 그는 히틀러와 나치에게 충성을 다한 라디오 선전원이었고, 전후에는 재판을 피해 뉴욕에 숨어 사는 전범이었다. 그러나 캠벨 본인은 자신이 누구인지 백 퍼센트 확신한다. 그는 자신이 미국 정보부의 첩보원으로서 나치당원이라는 가면을 썼을 뿐 실제로는 선량한 인간, 성실한 극작가, 낭만적인 남편임을 안다. 이스라엘 정보부에 체포된 캠벨은 이제 그 사실을 세상 사람들에게 입증해야 하지만, 설령 그의 진실이 입증되지 않는다 해도 자신이 누구인지에 대한 확고한 믿음은 흔들리지 않는다. 이 점에서 하워드 캠벨은 건강하다. 그는 사고로 도덕관념과 훌륭한 성격을 잃어버린 피니어스 게이지와 다르고, 전쟁의 광기에 휘말려 온전한 사고와 판단력을 잃고 대량학살에 직간접으로 참여한(지금도 참여하는) 세계 여러 나라의 보통 시민들과 다르다. 그는 위선과 자아분열의 세상에 외친다. "나는 내가 누구이고, 무엇 때문에, 어떤 행동을 했는지 분명히 안다."

보니것의 소설이 대개 그렇듯이 하워드 캠벨의 이야기도 풍자와 블랙유머가 넘쳐난다. 전후 미국에서 나치의 부활을 꿈꾸는 라이오넬 존스 박사와 킬리 신부는 어리석음과 부조리함을 넘어 기괴함까지 느껴지는 인물이다. 형부를 사랑한 나머지 과산화수소수로 머리를 탈색하고 실종된 언니 행세를 하는 레지노트 역시 진정한 사랑 때문이었다는 변명으로도 닦아낼 수 없는 그로테스크한 냄새가 나고, 진실한 우정을 내세워 캠벨을 음모의 소굴로 끌어들인 소련 스파이 조지 크래프트도 기괴하고 웃기는 인물이다. 특히 괴벨스와 아이히만은 전형적인 나치 전범으로, 이 소설에 묘사된 그들의 심오한 예술관과 지성은 읽는 이로 하여금 역겨움에 쓴웃음을 짓게 만든다. 그러나 이 모든 풍자와 블랙유머는 전쟁의 광기와 위선에 대한 반성, 그리고 캠벨의 진정성을 더욱 두드러지게 대비시켜 깊은 울림을 만들어낸다. (사실 이것은 보니것이 쓴 거의 모든 소설에서 확연히 느낄 수 있는 깊은 감동의 원천이다.) 이 점에서 전쟁과 전후 세계의 위선과 야만을 똑바로 주시하고 정면으로 비판했던 커트 보니것은 또 한번 강하고 건강하다.

그가 죽은 지 벌써 이 년이 되었다. 보니것은 생전에 그 자신을 휴머니스트라고 소개하고, 휴머니스트란 "사후에 받을 어떤 보상이나 처벌을 고려하지 않은 채 최대한 점잖고 공정하고 올바르게 행동하고자 노력"하고 "현실적으로 친밀감을 느낄 수 있는 유일한 추상적 실체", 즉 "우리 사회에 최선을 다해 봉사한다"고 정의했다(『나라 없는 사람』). 그리고 예수에 대해 다음과 같이 생각한다고 말했다. "그의 가르침이 훌륭하고 대부분의 말이 절대적으로 아름답다면 그가 신이든 아니든 무슨 상관이 있겠는가?"

살아생전에 그는 인간의 양심과 선량한 휴머니즘을 열렬히 옹호했고, 히틀러와 조지 부시와 미국 사회를 맹비난했다. 그는 가난한 노동자의 편에서 자신을 러다이트라 불렀고, 소외된 계층의 편에서 자신을 순수한 사회주의자라 칭했다. 그의 자아는 건강하며, 건강한 자아의 토대는 반성이다. 반성 없는 세상, 가면과 분열의 세상에 던지는 그의 메시지는 하워드 캠벨의 절규에 담겨 있다.

"싸움을 벌일 이유는 많다. 하지만 적을 무조건 증오하고, 전지전능한 하느님도 자기와 함께 적을 증오한다고 상상할 이유는 어디에도 없다. 악이 어디 있는 줄 아는가? 그건 적을 무조건 증오하고, 신을 자기편으로 끌어들여 신과 함께 적을 증오하고 싶어하는 모든 사람의 마음속에 있다. 그 때문에 사람들은 온갖 추악함에 이끌리는 것이다. 남을 처형하고, 비방하고, 즐겁게 웃으면서 전쟁을 벌이는 것도 백치 같은 그런 마음 때문이다."

김한영

1922년　　11월 11일 인디애나주 인디애나폴리스에서 커트 보니것 1세와 이디스 리버의 아들로 태어나다.

1940년(18세)　쇼트리지 고등학교를 졸업하고, 코넬대학 생화학과에 입학하다.

1942년(20세)　미군에 입대하다. 카네기 기술원과 테네시대학에서 기계기술자 훈련을 받다.

1944년(22세)　5월 14일 어머니가 자살하다. 12월 벌지 전투에서 독일군에 포로로 잡히다.

1945년(23세)　독일 드레스덴으로 보내져 임산부용 비타민 생산 공장에서 일하다. 2월 드레스덴 대공습에서 살아남아 소련군에 의해 구출되다(이 경험은 『제5도살장』의 주요 소재가 된다). 미국으로 돌아와 제인 마리 콕스와 결혼하다. 시카고대학 인류학 석사과정에 등록하고, 〈시카고 시티뉴스 뷰로〉에서 경찰 출입 기자로 일하다.

1947년(25세)　아들 마크가 태어나다. 뉴욕주 스케넥터디에서 제너럴일렉트릭사의 홍보 담당자로 일하다.

1949년(27세) 딸 이디스가 태어나다.

1950년(28세) 2월 11일 〈콜리어스〉에 첫 단편소설 「반하우스 효과에 관한 보고서」를 발표하다.

1951년(29세) 제너럴일렉트릭사를 그만두고 전업작가가 되고자 매사추세츠주 프로빈스타운으로 옮겨가다.

1952년(30세) 첫 장편소설 『자동 피아노』를 출간하다.

1954년(32세) 둘째딸 나넷이 태어나다. 가족의 생계를 위해 호프필드 학교에서 영어 교사로, 광고기획사에서 카피라이터로, 사브 자동차 영업사원으로 일하다.

1957년(35세) 10월 1일 아버지 커트 보니것 1세가 사망하다.

1958년(36세) 누나 부부가 사망하고, 세 명의 조카를 입양하다.

1959년(37세) 『타이탄의 세이렌』을 출간하다.

1961년(39세) 소설집 『고양이 집의 카나리아』와 『마더 나이트』를 출간하다.

1963년(41세) 『고양이 요람』을 출간하다.

1965년(43세) 『신의 축복이 있기를, 로즈워터 씨』를 출간하다. 아이오와대학 작가 워크숍에 출강하다.

1967년(45세) 구겐하임 기금을 받아 독일 드레스덴을 방문하다.

1968년(46세) 소설집 『몽키 하우스에 오신 것을 환영합니다』를 출간하다.

1969년(47세)　『제5도살장』 출간으로 작가로서 명성을 얻다.

1970년(48세)　나이지리아 내전 때 비아프라를 여행하다. 하버드대학에서 문예창작 강의를 하다. 희곡「해피 버스데이 완다 준」을 쓰고, 뉴욕에서 상연되다.

1971년(49세)　시카고대학에서『고양이 요람』으로 석사학위를 받다. 아내와 결별하고 혼자 뉴욕으로 이사하다.

1972년(50세)　미국 PEN클럽 부회장으로, 전미예술가협회 회원으로 선출되다.『제5도살장』이 영화화되다. 아들 마크가 정신분열증을 앓다.

1973년(51세)　뉴욕시립대학 영문학 명예교수로 임명되다. 인디애나대학에서 명예 인문학 박사학위를 받다.『챔피언들의 아침식사』를 출간하다.

1974년(52세)　호바트 앤 윌리엄 스미스 대학에서 명예 문학 박사학위를 받다. 에세이집『웜피터, 포마와 그란팔룬』을 출간하다.

1975년(53세)　전미예술가협회 부회장으로 선출되다. 아들 마크의 책『에덴 익스프레스』가 출간되다.

1976년(54세)　『슬랩스틱』을 출간하다.

1977년(55세)　손자 재커리가 태어나다.

1979년(57세)　질 크레멘츠와 재혼하다.『제일버드』를 출간하다.

1980년(58세) 소묘 작품 전시회를 열다. 크리스마스 이야기 그림책
『해 달 별』을 출간하다.

1981년(59세) 에세이, 단편소설, 연설문 등을 모은 『성지 주일』을
출간하다.

1982년(60세) 딸 릴리가 태어나다. 『데드아이 딕』을 출간하다.

1984년(62세) 술에 수면제를 섞어 마시고 자살을 기도하다.

1985년(63세) 『갈라파고스』를 출간하다.

1987년(65세) 『푸른수염』을 출간하다.

1990년(68세) 『호커스 포커스』를 출간하다.

1991년(69세) 질 크레멘츠와 이혼 소송을 냈다가 철회하다. 에세이
집 『죽음보다 나쁜 운명』을 출간하다.

1997년(75세) 마지막 소설 『타임퀘이크』를 출간하고, 소설가로서
은퇴를 선언하다.

1999년(77세) 이전 소설집에서 빠진 단편들을 모아 『배곰보 코담뱃
갑』을 출간하다. 『신의 축복이 있기를, 닥터 키보키언』을 출간하다.

2000년(78세) 집에 불이 나 연기 질식으로 입원 치료를 받다. 11월
뉴욕주 작가로 지명되다.

2005년(83세) 에세이집 『나라 없는 사람』을 출간, 베스트셀러가
되다.

2007년(85세) 4월 11일 맨해튼 자택에서 낙상으로 입은 치명적인 뇌 손상으로 사망하다.

2008년 미발표 원고들을 모은 유고집 『아마겟돈을 회상하며』가 출간되다.

지은이 **커트 보니것**
1922년 11월 11일 미국 인디애나폴리스에서 태어났고, 2007년 4월 11일 세상을 떠났
다. 『타이탄의 세이렌』『마더 나이트』『고양이 요람』『제5도살장』 등의 소설과 풍자적
산문집 『신의 축복이 있기를, 닥터 키보키언』을 발표했다. 1997년 『타임퀘이크』 발표
이후 소설가로서 은퇴를 선언했고, 회고록 『나라 없는 사람』을 남겼다.

옮긴이 **김한영**
서울대학교 미학과를 졸업하고 서울예술대학에서 문학을 공부했다. 제45회 한국백상
출판문화 번역상을 수상했으며 전문번역가로 활동하고 있다. 『빈 서판: 인간은 본성을
타고 나는가』『마음은 어떻게 작동하는가』『갈리아 전쟁기』『카이사르의 내전기』『사랑
을 위한 과학』『미국의 거짓말』 등을 우리말로 옮겼다.

문학동네 세계문학
마더 나이트

1판 1쇄 2009년 3월 5일 | 1판 7쇄 2025년 4월 21일

지은이 커트 보니것 | 옮긴이 김한영
책임편집 류현영 | 디자인 윤종윤 이원경 | 저작권 박지영 형소진 오서영
마케팅 정민호 서지화 한민아 이민경 왕지경 정유진 정경주 김수인 김혜원 김예진
　　　나현후 이서진
브랜딩 함유지 박민재 이송이 김희숙 박다솔 조다현 김하연 이준희
제작 강신은 김동욱 이순호 | 제작처 영신사

펴낸곳 (주)문학동네 | 펴낸이 김소영
출판등록 1993년 10월 22일 제2003-000045호
주소 10881 경기도 파주시 회동길 210
전자우편 editor@munhak.com | 대표전화 031) 955-8888 | 팩스 031) 955-8855
문학동네카페 http://cafe.naver.com/mhdn
인스타그램 @munhakdongne | 트위터 @munhakdongne
북클럽문학동네 http://bookclubmunhak.com

ISBN 978-89-546-0755-1 03840

잘못된 책은 구입하신 서점에서 교환해드립니다.
기타 교환 문의 031) 955-2661, 3580

www.munhak.com